Heibonsha Library

怪獣談

平凡社ライブラリー

Heibonsha Library

怪獣談

文豪怪獣作品集

武田泰淳、香山滋、光瀬龍ほか著
東雅夫編

平凡社

本書は平凡社ライブラリー・オリジナル編集です。

目次

小説篇

随筆篇

小説篇

怪獣《かいじゅう》 絵物語《えものがたり》 アンモジーラ

香山《かやま》滋《しげる》 ぶん
深尾《ふかお》徹哉《てつや》・え

かえらぬ船《ふね》

「たいへんです！」

顔《かお》いろをかえて、無電係《むでんがかり》が社長室《しゃちょうしつ》にとびこんできた。

「どうした？　そんなにあわてて……。」

北海漁業会社《ほっかいぎょぎょうかいしゃ》の少年社長《しょうねんしゃちょう》、角田輝夫《つのだてるお》くんはおもわずいすから立《た》ちあがった。

「捕鯨船《ほげいせん》の第《だい》三竜王丸《りゅうおうまる》がまた、れいの怪物《かいぶつ》におそわれてちんぼつしました。」

「ちくしょうっ。」

輝夫《てるお》くんは、歯《は》をくいしばってうなった。

「よし、こんどは最新式《さいしんしき》のジーゼル船《せん》、『ハヤブサ号《ごう》』を出航《しゅっこう》させろ。」

「はい。」

無電係《むでんがかり》が出《で》ていったあと、輝夫《てるお》くんは、壁《かべ》にむかってこぶしをふりあげた。

「怪物《かいぶつ》マンモジーラ！　きさまのために、もう五そうも船《ふね》をやられてしまった！」

そこにはってある大《おお》きな怪物《かいぶつ》の絵《え》——それは、見《み》るもおそろしい、マンモスの牙《きば》をもった大海竜《だいかいりゅう》マンモジーラであった。

いさみ立《た》って出《で》ていった『ハヤブサ号《ごう》』からは、三日《みっか》まえにクジラを十頭《とう》しとめたという通信《つうしん》があったきり、いまだにもどってこない。

「とうとう『ハヤブサ号《ごう》』も怪物《かいぶつ》マンモジーラにやられたのじゃないかしら。」

しんぱいのあまり、輝夫《てるお》くんは、風《かぜ》のふきすさぶ岩《いわ》に立《た》って海《うみ》をみつめている。

「あっ、あれはなんでしょう?」

部下《ぶか》のひとりが沖《おき》をゆびさしてさけんだ。

大波《おおなみ》にただよって岸《きし》にうちあげられたのは、数頭《すうとう》のクジラの骨《ほね》だった。

「やられた! 怪物《かいぶつ》マンモジーラのしわざだっ。」

輝夫《てるお》くんは、じだんだふんでくやしがった。

そのあとから、はんぶんこわれた『ハヤブサ号《ごう》』がよろめくようにもどってきた。

「社長《しゃちょう》もうしわけありません。機関室《きかんしつ》とクジラを、怪物《かいぶつ》マンモジーラにやられました。」

ひげづらの船長《せんちょう》は、男泣《おとこな》きに泣《な》いた。

「よし、きょうからクジラとりはやめにするっ。」

輝夫《てるお》くんのことばに、みんなはびっくりして目《め》をみはった。

「どうしてやめるのです？　社長《しゃちょう》。怪物《かいぶつ》マンモジーラがそんなにこわいのですか？」

「ばか！　怪物《かいぶつ》マンモジーラをやっつけに出《で》かけるんだ。このままでは、ぼくの会社《かいしゃ》だけではなく日本《にほん》の捕鯨船《ほげいせん》はぜんめつだ。」

輝夫《てるお》くんは海《うみ》をにらんでさけんだ。

マンモジーラ

捕鯨船《ほげいせん》『オーロラ号《ごう》』はただちに出航《しゅっこう》、流氷《りゅうひょう》をかきわけながらすすむ。

「この船《ふね》をやられたら、もうおしまいだ。みんなしっかりやってくれ。」

輝夫《てるお》くんが、船員《せんいん》をあつめてげきれいしているまっさいちゅう、

「おーい、怪物《かいぶつ》マンモジーラの姿《すがた》がみえるぞう！」

マストのてっぺんで見《み》はっていた船員《せんいん》が、われるような大声《おおごえ》でどなった。おお、怪物《かいぶつ》マンモ

ジーラ！

『オーロラ号《ごう》』のゆくてをふさぐようにうかんでいる巨大《きょだい》な氷山《ひょうざん》のうえに、どっかりすわりこんであたりをにらみまわしているのは、まさしく、うらみかさなる怪物《かいぶつ》マンモジーラ！『オーロラ号《ごう》』が近《ちか》づくと見《み》るや、怪物《かいぶつ》マンモジーラは、クワッと口《くち》をあけ、まがった大《おお》きな牙《きば》を空《そら》にむけてふりたてながら、ひとこえ大《おお》きくほえたてた。

船員《せんいん》たちは、ブルブルッとふるえあがった。

「うてっ、いっせいにモリをうちこめっ。」

まっさきに立《た》って、輝夫《てるお》くんは捕鯨砲《ほげいほう》をうちまくる。

怪物《かいぶつ》マンモジーラは、いかりの形相《ぎょうそう》もすさまじく、水柱《みずばしら》をあげて海中《かいちゅう》にとびこむや、正面《しょうめん》きって『オーロラ号《ごう》』におそいかかる。

「うわーっ。」

その強大《きょうだい》な尾《お》のひとうちで、船《ふね》は横《よこ》ざまにてんぷくする。いかりくるったマンモジーラはなおもバリバリと船腹《せんぷく》をかみくだく。

気《き》がついたとき、輝夫《てるお》くんはアメリカ海軍《かいぐん》の潜水艦《せんすいかん》にすくわれて、かんごされていた。

「いったい、どうなさったのです？」

ホプキンス艦長《かんちょう》がやさしくたずねた。

「怪物《かいぶつ》マンモジーラにやられたのです。」
「マンモジーラ？　おお、そいつをわれわれはさがしまわっていたのです。

やつは水爆実験《すいばくじっけん》におびえて北海《ほっかい》の底《そこ》からあばれ出《だ》した怪《かい》獣《じゅう》です。よろしい、すぐげきめつに向《む》かいましょう。」

艦長《かんちょう》は、うでをなでてよろこんだ。

「しかし艦長《かんちょう》……。マンモジーラというやつは、とても魚雷《ぎょらい》ぐらいでは死《し》にっこありませんよ。」

「そうでしょう。やつのこうらは鋼鉄《こうてつ》よりもかたいそうですからね。しかし、こっちには、ちゃんと作戦《さくせん》があります。」

大《だい》しょうり

なによりもまず、怪物《かいぶつ》マンモジーラのありかを発見《はっけん》することだ。

輝夫《てるお》くんは、潜望鏡《せんぼうきょう》をそうじゅうしながら、血《ち》まなこになってさがしつづけた。

それからなん時間《じかん》かすぎたときマンモジーラがあらわれ

たのだ。

「それっ、フルスピードだ。」

ホプキンス艦長《かんちょう》の命令《めいれい》がくだると潜《せん》水艦《すいかん》は、縦横《じゅうおう》むじんに方向《ほうこう》をかえながら追《お》いかける。

怪物《かいぶつ》マンモジーラもひっしだ。

もうすこしで海底大洞窟《かいていだいどうくつ》にもぐりこもうとするしゅんかん、追《お》いつめた潜水艦《せんすいかん》のものすごい体《たい》あたり。

いっしゅん、怪物《かいぶつ》マンモジーラの巨体《きょたい》は、まっかな花火《はなび》のように海中《かいちゅう》にくだけちった。


（おわり）

「ゴジラ」の来る夜

武田泰淳

アレがやってくるまでの一週間、われわれ日本経済の中枢部に位置する大実業家が、目のまわるほど、いそがしかったのは言うまでもない。

どんな多忙でも、へたばらないのが我々の通有性であるが、我々とちがって、ろくな金も儲けられない連中までが、めいめいの多忙に、不平を言おうとはしなかったのだ。

その多忙たるや、たんにアレがやってくるがために発生した、無意味ないそがしさにすぎないのだ。だから、常ひごろ不平不満でふくれあがっている、あれらの金に縁のない国民が、なぜ自分たちの無意味ないそがしさに、あれほど熱中していられたか、不思議なのである。

「恐怖」の効果たるや、まことに怖るべきものがある。などと書けば、テレビ俳優の得意な、ゴロ合せのようにきこえるだろう。

ゴジラを目撃したはずの、国民も少しはいたはずだ。しかし彼らは、ゴジラを目にしたあと、残らず死滅してしまっていた。したがって、現に生きている者のうち、誰一人、ゴジラの正体を見とどけた者はいないのである。

目に見えない「恐怖」は東京湾に上陸しない前から、目に見えない巨大な四足（あるいは数百本の脚）で、われわれのあいだを歩きまわっていた。

ゴジラブームがふくれあがるにつれ、かつてウォール街を襲った、あの大恐慌より、数十倍もひどいパニックで、株は暴落をはじめた。どこに上陸するか、その地点に指定された国の経済界は、いずれも、みじめなことになった。どこと「指定」することは、自由にできるのであるから、今日は、あの国、明日はその反対側の国が、指定をされた。

ゴジラの気持は、神さまのほかには推察できないのであるから、あらかじめ、どこの国の海岸へなどと予定するのは、もちろん、ばかげたことであった。

しかし「ここへは絶対に上陸しない」と、断言したところで、その保証はどこにもないのであるから、パニックは、資本主義、社会主義のいずれの国家を問わず、起りうる可能性があった。また、事実、次々と、まんべんなく、どこの国にも起ったのである。

自分以外の国、どこか他の国土へ、ゴジラが早いところ上陸してくれればいい、というのが、各国の首脳部の切なる願いであった。また、そうさせようと、あらゆる戦術がもちいられていた。そうさせようと、試みたとはいうものの、どこの深海にもぐっているのか、どこの砂漠のはずれに隠れているのか、所在さえつかめない「怪獣」を、誘導したり、逐いはらったりできるわけのものではない。

どこの国の映画製作者も、もはや一昔まえにはやったようなゴジラ映画は、つくらなくなっていた。あの天下泰平の時代には、スクリーンで逃げまどう群集は、たいがい、その映画のつくられた国の国民であった。ところが、ここ半年のあいだに、各国の映画陣が競って売り出したフィルムは、自分以外の国を舞台にし、自分以外の国民の、逃げまどう光景ばかりであった。

その慎重で、あくどい神経戦術が、かえって逆効果をおよぼした。と言うのは、「それほどまでお偉方が神経をつかっているからには、どこに上陸するか、先のメドはつかないにせよ、ゴジラがどこかへ上陸することは、やっぱり、まちがいがなさそうだゾ」と、誰でもが信じはじめたからだ。

ゴジラ恐慌を防ぎとめるために、「ゴジラ如きモノは存在しない」と、宣伝し教化することは、各国の政府にとって、まずい方策となった。「存在しない」と説教されれば、ますます「存在するゾ」と、思いこみたがるのが、人情だからである。

それよりも、むしろ「ゴジラは動きつつある。その身長、体重、性格、能力はかくかくである」と、ほかの国にさきがけて、くわしい「情報」を発表した方が、その国の科学力を、世界に知らせる役に立ちそうであった。そうやって、自分の国の科学力のすばらしさを、自国民にも外国人にも、よくよく心得させておけば、その国の情報局の発表や予言は、正確無比なものであると、世界じゅうの人々に、思いこませることができるわけだ。そうしておけば、「あそこの国に上陸することは、疑うべくもありません」という、自信たっぷりな声明によって、ねらった相手国をちぢみあがらせることが、可能になる。事態がこうなると、宣伝の下手な、科学力に自信がない国は、いつ「ゴジラ」を上陸させられるか、知れたものではない。

こういう奇怪な「上陸作戦」の、どす黒い渦の中で、日本国が、はたしてうまく立ちまわったか、どうか。

ゴジラ情報を製作し提供するのは、政治家やジャーナリストの役わりで、われら経済人はひたすら、息をひそめて「日本がゴジラに好かれている」という、うわさのひろまらぬよう願っていた。

ゴジラの視覚、あるいは嗅覚、または食慾や破壊慾が、とくにアメリカ人とか、ポーランド人とか、日本人を好むということは、あり得ないはずだった。

西欧側では、

「ゴジラはもともと、アジア的混沌から生れたものであるから、未開のアジア、熱帯あるいは温帯のアジアをなつかしがるであろう」という、ニュースを流していた。

アジア諸国では、もっぱら、

「この前代未聞の怪獣は肉食獣であるから、肉食を愛好する人種に、親しみを感ずるにちがいない。ことに、怪獣の皮膚が青黒いものと仮定すれば、自分とは、反対色である白色の生物に、興味をひかれたり、憎しみを感じたり、また奇妙な倒錯的な愛着をいだくにちがいない。彼は、原始的な性向の所有者であるはずだから、自分とは異質な、文明の匂いに、いらだったり、興奮したりして、そっちの方へ近寄って行くだろう」

と、主張していた。

両方が大量に醗酵させたり、流布させたりしている、ニュースと主張を、総合してみると、「もしかしたら、日本ではあるまいか」という不安が、早くから、私の胸中に芽ばえずにはいなかった。

日本こそ、アジア的でもあり、ヨーロッパ的でもあり、原始と文明のゴチャまぜ状態の国であったからだ。

それにしても、経済団体連合会の副会長たる私が、ゴジラ特攻隊の隊長に、こんなに早くえらばれようとは、予想してもいなかったのである。

警視総監の来訪をうけたとき、彼のただごとならぬ顔つきで、私は、社長室の椅子をきしませて、起ち上った。

ゴジラ関係だナと、すばやく私は見てとった。

「ゴの字ですね」

「そうです」

警視総監は、沈痛なおももちで言った。

彼は、うつむきかげんに、椅子に腰をおろす前に、まぶしそうに花山嬢の方を見やった。

社長室に入った客は、きまって、あまりにもなまめかしいミス花山（私の秘書）の方を、そんな目つきで、チラリと見ないではいられないのだ。

「では、極秘の用件ですな」

「そうです」

「それじゃ、花山君、だれもここへ入れないようにして。それから君も、しばらく遠慮して下さい」

「ハイ。承知いたしました」

タイトスカート、ナイロン靴下、靴下どめ、海水着、コルセット、Gストリング、ハイヒールなど。女の肉をしめつける服装を発明した先覚者に、祝福あれ。

タイトスカートの彼女が胸をかがめて、一礼し、脚と脚をこすりあわせて歩み去る姿を、私はいつもながらの、ほれぼれとした感嘆の念をもって、見送った。

「あなたが、おいでになったのでは、経済総動員計画の方の、お話じゃありませんね。大蔵省や、通産省や、運輸省の連中とは、毎にち毎ばん、うんざりするほど会ってますからね」

「経済界のゴジラ対策で、お骨折をねがって、おいそがしいことは、よく承知していますが、今日は、あなたの専門外のことで、どうしても引受けていただきたいことがあって……」

「おっかない話ですか」

「まあ、そうでしょう」

私が、十代で有名になったのは、上海の工場で、二千人の職工が暴動を起したさい、ワンワンする中へ一人で入って行き、騒ぎを取りしずめたおかげだ。それいらい、ストライキでも、工場占拠でも、デモの乱闘でも、殺気だった現場には、いつも派遣され、弾圧屋のあだ名まで、つけられている。

「はてな。ゴジラに関するかぎり、今のところ組合の指導者も、ぼくら資本家に協力してくれていますし、不穏の形勢は、どこにも見えないんだが」

「いや、いや」

と、総監は、あわてて手をふった。

「ゴジラ様のおかげで、不穏分子の取りしまりは、すっかりらくになっています。その方は、大いにありがたいんですが、問題は、ゴジラそのものなんです」

「ゴジラそのもの？　しかし、ゴジラを弾圧するのは、いくらぼくでも」

「いや、弾圧は、できるものでありません。そんな相手では、ありませんからね。弾圧されるのは、ゴジラではなくて、我々なんです」

「まあ、そうなるかも知れない。しかし、あなた方までが、そう弱気じゃ、困るじゃありませんか」

「そうです、そこで、特攻隊を組織することに決めたんです」

「特攻隊って、あんまり悲壮なのは、ぼくは好きませんな」

「そう、そう。悲壮な特攻隊などは、時代おくれです。地雷を抱いて戦車の下にとびこむ、勇気。そんなものでは、ゴジラに刃向えない。また剛勇無双の大力とか、射撃の名人、戦術のうまい参謀、そんなものも無意味です。何より必要なのは、物に動じない人物、いかなる事態が発生しても、沈着に事に処せる頭脳なんです」

「さあね。ぼくなんかも、おちつきはらって腰をぬかす方じゃないかな」

「いや、いや。今までの御経歴から言って、あなたこそ最適任の人物なんです」

ゴジラの襲来は、空襲とはちがうから、どこにいれば安全と、きまった地点はないはずだった。それに、いざ上陸したとなったら、大東京のみならず全国の経済の動脈も神経も、いっせいにストップするのは、わかり切っていた。そうなったら、社長も会長も、あったものではないのだ。万が一、生きのこったとすれば、最前戦《ママ》で、とっぱなにゴジラの実物にお目にかかっていた方が、有利だった。都内各所の、堅固な高層ビルの一室に、「特攻隊」は、それぞれ第一班、第二班といった具合に、配置されるという話だった。

「特攻隊は、女ッ気ぬきですか」

「いえ、いえ、とんでもない。その点はこちらも、充分に配慮します」

こんな質問を私がしたのには、理由があった。

私は、小学生のときから「人身御供」の話が、大好きだった。怪獣に要求されて、美しい女を、さしあげる物語だ。岩見重太郎の「ヒヒ退治」、スサノオノミコトと八岐《やまた》の大蛇《おろち》の武勇談。それにアメリカでは、キング・コング。いずれも、肌もあらわな女性の肉体を、縛ったり、とじこめたりして、怪獣の好きなようにさせる。結局は、犯される寸前に英雄が助けてくれるのだが、私に快感をおぼえさせるのは、縛られた女の、悲鳴、カッと見ひらかれた両眼、ねじあげられた腕や脚、つまり身もだえであった。インディアンの根拠地に連行された白人の女、アフリカの魔術師の掌中におち入った女探検家など、おなじ趣向である。キリシタンの殉教悲劇だって、若い女が十字架にくくりつけられるから、スリルがあるので、あれが爺さん婆さんの逮捕や処刑だけだったら、おもしろくも、おかしくもない。

ゴジラは、大蛇やヒヒよりも、はるかに巨大で機械のような動きをするであろうが、現在の常識では、メスオスの区別のある「けだもの」の一種ということに、なっている。無機物ではない。また、単殖細胞でもない。いちおう、怒ったり喜んだりする「怪物」と、予想されている。

ゴジラにとって、人間の女性はあまりに小さすぎるから、彼がこれに「性慾」を感ずることはまずあるまい。しかし、われら人間の男どもにとって、「ゴジラ」の来る夜の女体ほど、なまめかしく、魅惑的なものはないであろう。

「この女性は、いかがですか」

総監は、一葉の写真を私にわたした。

それは、かずかずのゴジラ映画で有名になった、一女優の写真だった。

「ふうん、これだったら、専門家だから、もってこいではあるだろうが。しかし、恐がるのが専門の恐怖女優が、ホンモノの恐怖の突角陣地に泊りこみを志願するかな」

「実は、この光光子《ひかりみつこ》と申す映画俳優は、現在、ゴジラノイローゼで、精神病院に入院中なのです」

「精神病院？　それじゃ、だめじゃないか、気ちがいじゃァ」

「いや、まだ、精神病者と確定したわけではありません。あまりムリに恐がって、その過労のため、ドック入りをしただけです。光さんにしてみれば、今まで急に、ゴジラで有名になり、ゴジラで大もうけしたところへ、ゴジラ上陸説がだんだん猛烈になってきたので、それだけでもショックをうける。もしも、ゴジラに情報網があり、スパイ組織があるとすれば、光光子こそ、かつての東京ローズのような『もっとも悪質なお人形』として、ねらわれていることになります」

「ゴジラに、人間なみの愛憎の念があればね」

「そうです。東大のM博士の御話によれば、ゴジラは無機的な有機物、有機的な無機物ということです。しかし、そんなわかったような、わからないような学説は、一ぱん民衆にとっては、どうでもいいことで、国民にとっては、ゴジラはあくまで『怪獣』でなければならんのです。国民がそうと決定したら、そうなるのが、民主主義国のモットーなのです」

「映画会社が、宣伝に使おうとしてるのと、ちがうかな」

「それもあるでしょうが、本人の希望ですし、院長も逆療法で効くかもしれないと、賛成してるそうですから」

そんな調子で、内定している第一班のメンバーは、次の如くだった。

ゴジラ側に内通したり、寝がえりを打つ人間がいるはずはないが、それでも人選は、思想健全、班の任務に役立つ者、組合せの妙など、なかなか苦心してあった。最上の待遇をあたえると言ったところで、この危険な任務につきたがる志願者が、こうまで殺到しているとは、いかなる心理によるものであろうか。

大鞭聖人。五十歳。

これは、宗教家。戦闘的な新興宗教の教祖だ。

「わしはかならず、ゴジラを教化してみせる」と、かねがね豪語していたから、教徒百万の衆望をになって、出馬したのか。それとも、大鞭の日ごろの傲慢をにくむ反対派が、わざとかつぎ出して、一敗地にまみれさせようとしたのか。なにしろ、武力で対抗できない相手であるから、こうした心臓男の、あるのか無いのか不明な、精神力を動員したくなるのであろう。

熊沢大五郎。二十七歳。

これは、天才的な脱獄囚である。彼が脱獄できない刑務所は、日本に存在しないそうである。熊沢大五郎とは、名前もすさまじいし、牢破りのために生れてきたような男ときいて、胸毛の濃い、鬼の如き兇悪漢を想像したが、これが案外、貴公子風の美青年であった。彼ならゴジラの鉄壁をも、ことによったら乗りこえるかも知れないと、その才能を買われたのであろう。

もう一人、ずばぬけてタフな男。

その男の名をきかされたとき、さすがの私もうんざりした。だが、資本家の代表者として私をえらんだとすれば、同じ班員として、労働者側の代表も選定するのが、公平だったにちがいない。河下委員長といえば、これまで何回となく歯をむき出して激突した、敵側の総大将である。いよいよ、人類を抹殺しようとするゴジラが出現する瞬間に、兄弟よりも戦友よりも密接な、運命を彼と共にするのは、これまた一興かも知れなかった。

「で、どうなんですか。河下君は、ぼくといっしょでも、さしつかえないんですか」

「河下さんも、のぞむところだと、張切っていますから」

「けっこうです。いずれも、ひとくせあるメンバーだから、楽しみだ。そのほかには？」

「それは、籠城していただく当日までに決定します」


かつて、帝国大学の建築学科の卒業論文に「廃墟」という題が、あったそうだ。のちに有名な詩人になった学生であるから、建物を立てる学科のくせに、そんな皮肉な題目をえらんだのである。

だが、人気のない深夜の大都会を眺めていると、その学生の気持もわからないことはない。ことに、一千万人の大人口のほとんどすべてが、退避してしまったあとの東京都は、破壊される前に、すでに「廃墟」なのだ。

十五年ばかり前、私は一兵卒として、中国大陸に侵入した。はてしもない農耕地をよこ切って、進軍をつづけ、やがて一つの町につく。疲れ切って、城門をくぐると、住民は誰もいない。城壁も、家々の土塀や石壁も、石だたみも、そっくりそのまま残っているが、人影も人声もない。ささやかな農村でも、住民の逃げ去ったあとは、不思議な感じがするものだが、商業などさかんな町だと、無気味さは、ひとしおだ。

ましてて、東京駅にちかい国立病院の、十三階の一室から、見わたした街は、全く荒涼そのものであった。

防衛司令室は、都民の強制疎開を、命令しはしなかった。脱出するかふみとどまるかは、都民の自由意志にまかせてあった。

ゴジラにおびえたとあっては、末代までの恥辱だと、ムリをした男たちもいた。国会議事堂の地下室には、代議士たちが、首をあつめて、ちぢかまっているはずだった。次期の選挙をひかえて、投票を失いたくないばっかりに、彼らはヤセがまんして、残留せねばならなくなった。郷土を守るためだと、逃げ口上をこしらえて、東京をはなれた代議士は、すぐ東京へ逐いかえされた。

ゴジラ献金は、大へんな額に達していたから、残留者は、自分のマネーは一文もつかわず、ぜいたくな暮しができそうだった。

献金は、国債を買うかたちで、行われた。総天然色の債券には、ゴジラを踏んづけたアマテラスオオミカミの姿が、印刷してあった。

大鞭聖人の教団は、献金に於ても、おどろくべき成績をあげていたから、やがて、債券の図がらは、オオミカミから聖人そのひとに変るだろうなどと、うわさされていた。

予定された日、私は花山嬢の運転する、スポーツカーで、国立病院にでかけた。

正門前には、二組の壮行祝賀団体が、たむろして殺気だっていた。

一組は、言うまでもなく、大鞭をホンモノの聖人と信じこんでいる、教徒の青年行動隊であった。

もう一組は、河下委員長を見送る労組員、これも威せいのいい若者たちであった。

白はちまき、白だすきの聖人組は、ラッパ隊までかり出して「悪獣ゴジラ、なにものぞ」と軍歌調の合唱をやっていた。

赤旗をひるがえした労組側は、

「きけ万国の労働者。とどろきわたる反ゴジラ。反ファシストの歌声を」

と、白だすき組をにらみながら、歌っていた。

白はちまきが
「赤色魔獣、おそるるな。来るなら来てみろ、アカトカゲ」

と歌うと、もう一方はすぐさま、

「帝国主義の怪物は、やがてほどなく消えゆかん」

と、歌いかえしていた。

つんぼになりそうな大騒ぎを通りぬけて、内部へ入ると、そこは冷蔵庫か屍体置場のように、しずかで、ひんやりしていた。

もちろん、患者も医師も一人のこらず、よそへ移されていた。守衛も、エレヴェーター係もいない。最上階へのぼると、そこで、美しい白衣の看護婦がたった一人、出むかえてくれた。

それが、われらの班員、光光子嬢であった。

ほほえむばかりで、口かずの少い、マリリン・モンロー型の光子嬢が、包帯のまき方を知っているか否か、まことに疑わしいが、彼女は救護係という名目だった。

名目といえば、私の要求で班員に加えられた花山嬢は、通信連絡係ということになっていた。

そのため花山嬢は、ひとまず南極観測隊員そっくりの、アノラックにズボンの、男のような服装で入場したのである。

私も河下氏も、自動車競争の選手のように、革ジャンパーを着こんでいた。服装といい、かっぷくといい、この二人は、見わけがつかないほどよく似ていたので、お互いに顔見あわせて、苦笑したものである。

教祖さんは、スサノオノミコトを思わせる「神代服」を、身にまとっていた。三種の神器も、忘れなかった。すなわち、悪魔をてらす鏡を胸にさげ、クサナギの剣を腰につるし、右手には、ウラン鉱石でこしらえた玉をにぎっていた。

「さあ、みなさん。くつろいで下さい。来襲までには、まだ時間がありますし、三日間は、ここで寝起きしなくちゃ、なりませんから」

愛想よく隊員をねぎらう、隊長の私までがいささか、緊張していたのだから、到着した隊員たちが、こわばって居たのは申すまでもない。それにしても、これ以上、快適な第一線陣地は、いまだかつて無かったであろう。

地下室の倉庫まで降りないでも、最上階の食堂には、五百人ぶん、一週間の食料がつまっていた。どんな一流ホテルにも負けぬ、献立をも組むことができる。とび切り上等のビフテキも、これ以上はない葡萄酒やウィスキーも、とりそろえてあった。どんな異常な手術をした重病人でも、安らかに睡れるように考案された、大小さまざまの、型のちがうベッドを、自由に使用することができた。

睡りたければ、死刑台を眼前にしても一分間で睡ってしまう薬。三日三晩たてつづけに女性とたわむれても、疲れをおぼえぬ薬。笑うための注射薬。泣くための塗りぐすり。何でも、あった。

さしあたっての仕事は、「待つこと」だけであった。

熊沢大五郎くんはなかなか現われなかった。

「これを保管してもらう、金庫はあるじゃろうか」

おもむろに、三種の神器を取りおろした教祖が、私にたずねた。

光さんが「まあ、きれい」と、マガ玉にさわろうとすると、大鞭は「シッ、シッ。さわることは許しませんぞ」と、逐いはらった。

「そんな大切なものを、こんな場所にもちこむのが、大体まちがってるよ」

と、委員長がひやかした。

「失礼をば、申上げるな。さがりおれ」

と、教祖が長い袖でふり向いたので、卓上の神剣は、もう少しで落っこちそうになった。

「宮中にも、三種の神器があるそうだけれどね。それと、これと、どっちがほんものなの」

「唯物論者には、精神の尊さがわからんから、話すだけムダじゃよ。卑しきやからに、尊いものごとが、理解できるはずないわい」

「とにかく、一致団結してもらわないと、困ります」

と、私は二人をなだめてやった。

「そこで、みなさんの御意見を、隊長として、いろいろ伺っておきたいのですが。まず、この場所はいかがですか。隊長としては、申しぶんのない根拠地であると、一おう満足しているわけですが」

「場所は、わるくないですよ。ただ、仲間が感心できないけど」と、河下さん。

「国立病院て、すばらしいわ。これなら、一生住んでいたくなった」と、光子さん。

仕事熱心な花山嬢は、しきりに、最新式の無線電話器をいじったり、各所の電気やガスのスイッチをひねっていた。このインテリ女性は、めまぐるしく立ちはたらいていると、実に可愛らしく見える。坐って考えこんだりすると、年よりふけて見える。それを自分でも、よく知っているので、コマネズミのように、うごきまわるのが好きだ。その点、ぼんやりとして、身うごきの少い光嬢とは、正反対である。ミス花山は、硬い美人。ミス光は、やわらかい美人。この二種類の美女を、はべらすことのできた我らに、文句を言う余地があるだろうか。

しかるに、大鞭さんの意見は、おそろしく否定的であった。

「国立病院なんて、こんな役にもたたぬ、でかい設備が、わしはもともと気に入らんのじゃ」

と、彼は意地わるく言った。

「病は気から、と言われる。大切なのは『気』である。精神である。『気』をよくしなければ、たとえ鉄の心臓が発明されようが、出血しないメスが生れようが、病人は、いくらでも出てくる。こういう馬鹿大きい病院を、国民の税金で建てなくちゃならんという現実が、そもそも唯物論的な医学の行きづまりを、示しとるのじゃ」

彼は、女ふたりをおびやかすように、自まんの腕をのばし、神秘の「掌」をひろげた。

両肩をすくめ、腰をうしろにつき出し、眼をカッと見ひらいて、首をさしのばした。

「マア、そうやると、ゴジラみたい」

と、ミス光が叫んだのも、もっともであった。

「ハッハア。全く、そうだよ。結局、ゴジラなんて、大鞭さんみたいな存在なんだ」

と、委員長が、光さんのそばへ寄って、親しそうに肩を叩いた。

「今にわかる。今に、わしの有難みがわかるんじゃ。おぬしらのように、フワついた人間に何ができる。わしのほかの誰に、ゴジラとやらを調伏する力があるか」

「まあ、まあ、まあ、まあ」

と、私は言った。

「とにかく、我々は、どうごまかそうったって、ごまかせないところへ来てしまっている。そりゃあ、相手がアメリカやロシアだったら、手をにぎるか、手を切るか、人さまざまで、もみあったり反対しあったりするでしょうが。相手が、なにしろゴジラなんだからね。ゴジラと手をにぎろうなんてことを、主張するものはいやしない。つまり、我々は最初っから意見が一致している。いやおうなく、団結するようにできているんだ。そうでしょう。ぼくは何も、隊長ぶって、各員一ソウ奮レイ努力セヨなんて、号令しません。だって、号令するまでもないことなんだから。こればっかりは、三つの子供でも八十の婆さんでも、自発的に抵抗しようとする敵なんだから。ですから隊長といたしましては、あなた方の自発的な意志、賞讃すべき勇気、たっぷりしたエネルギー、立派な才能を、あますところなく発揮できるように、あなた方をはげまし、あなた方におねがいするより方法はありません。かつての中国民衆が、抗日統一戦線をつくったとき『金あるものは、金を出す。力あるものは、力を出す』と主張した、あの偉大なる精神でやりましょう。ゴジラは、やってくる。まちがいなく、やってくる。これが我々の当面する、もっとも重大な事実であります。我々の眼の玉に焼きついてくる、我々の耳の孔にもぐりこんでくる、我々の鼻と口におおいかぶさって息の根までとめようとする、この重大事実にくらべれば、小っぽけなもめごとや、けちくさい心配ごとなどは、みんな雲散霧消してしまうはずであります」

女二人は、そろって拍手してくれた。

男ふたりは、不機嫌にだまっていた。

私の命令に服従するのが、イヤだからだ。イヤではあるが、どうやって反抗していいか、わからないのだ。私の命令といったところで、要するに腰を低くした、相談にすぎないのだから。

「この種の特攻隊が、滑稽に見えるのはあたりまえなことですよ」

と、私は、なおも言った。

「隊長ともなれば、なおさらなことだ。できもしない『任務』をかかえて、何をまごまごしているのかと、恰好も、歩き方も、しゃべることの一言一句、ばかばかしく見えるのも、やむを得ない。しかし、これは誰がやっても、結局はおなじことなんで。弁解するわけじゃないが、事実、そうなんです。我々はつまり、選抜された代表者、えりすぐった選手であると同時に、もっとも道化た道化役者なんだ。冷静に、合理的に考えると、どうしても、そうならざるを得ない。お互いさまに、かつて十八や二十の若さで、桜の花のごとくパッと散ったああいう航空隊の青年将校とはちがうんだから。彼らのように、ああ単純に、死ぬわけにはいかない」

「そうだ。君の命令で死ぬのは、ごめんだ」

「そうじゃ、わしが何も、この男の命令で死ななきゃならん理くつは、ないわい」

と、委員長と教祖の意見は、その点で一致していた。

「それで、よろしい。ぼくだって、ぼくのために、死んでくれなんて、あなた方にたのんでいやしない。しかし、河下さんは日本の労働階級のためなら、喜びいさんで死ななきゃならんでしょう。また、大鞭さんは、教徒信者諸君のためなら、みずからすすんで死ぬ覚悟でしょう。ぼくだって、日本経済を破壊から守るためなら、この命一つは、あっさり棄てる決心なんだ。ほかの奴ならとにかく、ゴジラに好き勝手なマネをさせたら、労働者も信徒も経済人も、みなごろしになる。目的はそれぞれ、多少ちがっていても、決死の勇者であることにかわりはない」

「まア、どうしましょう。死ぬんですの」

と、光嬢は悲しそうに言った。

「そうよ。社長さんのおっしゃる通りよ。私だって、その覚悟で、参加したんですもの」と、花山嬢は、怒ったように言った。

「まア、ちっとも知らなかったわ。何とか死なないですむ方法は、ありませんの」

そう言ってみんなを見まわす光嬢の目つきが、あまりに可憐で色っぽかったので、男たちは、めいめいのとげとげしさをやわらげて、くつろいだ気分になった。

「あの女優、アタマは大丈夫なのかね」

彼女が化粧室へ去ると、河下が私に耳うちした。

「精神病院から、出たばかりだそうじゃないか。チトおかしいんじゃないかね」

「少しおかしい方が、適してるんじゃないか。心配なら、質問して試してみようか」

「今さら心配したって、どうしようもないが。おれには、ああいうマスコミで人気のある、芸能人の心理が、まるでわからないんだ。ほんとに白痴化しているのか。それとも、狡猾で、人気を利用しているのか。バカが利用されて、いい気になっているのか。それとも、相当の才能があって、それを悪用しているのか。とにかく、ぼくら、まじめに生産に従事している労働者から見ると、ひどくあぶなっかしい、根のない存在に見えるからなあ」

「彼女に、質問してみようじゃないか。我々みんな、ゴジラのあたえる影響については、詳しいけれど、ゴジラの本体については、無知なんだし、彼女は今まで、とにかく、幻想のゴジラ、でっちあげたゴジラ、ニセのゴジラにはちがいないにせよ、ゴジラらしき物とつきあいがあったたった一人の隊員だろう」
化粧室で、看護婦の白服を、イブニング・ドレスに着かえて来た彼女は、ますます、あでやかになった。

「光さん。隊長として、あなたにおたずねしたいんですが」

と、私は切りだした。

「あなたの観察し、研究したゴジラについてですな。そのオ、何でもよろしいですから、お話しねがえませんか」

「ハイ」

ソファに腰をおろした彼女は、実におとなしかった。きっと警視総監から「行儀よくしなくちゃいかんぞ」と、申しつかって来たのであろう。

「精神病院の院長さんもおんなじ質問をなさったわ。わたくし、ゴジラ映画には、十五回出演しました。でも、いつでも、ゴジラとわたくしが、別々に撮影されて、あとでフィルムをつなぎ合せるやり方ですから。わたくしが、悲鳴をあげるのは、実さいは、ゴジラを見ないで悲鳴をあげるんです。ソラ、来ましたよ。あっちから来ましたよ。ソウ。ソウ。そっちを見つめて、と監督さんが指図すると、わたくし、そっちを見つめるんです。ホラ、ゴジラの掌が、光さんの首のうしろに伸びてきたぞ。ホラ、もうちょっとで、あんたの首に大きな大きな爪の先が、ひっかかるんだ、と言われると、わたくし、キャアアアアッと……」

と、彼女は真に迫った表情で、起ちあがった。

「なるほど、なるほど。ああ、そうですか」

と、私は感心したように、うなずいた。

「で、ゴジラの掌など、ぜんぜん見えないわけですか」

「ええ。でも、わたくしが恐がらないとダメなので、ほんとに掌を出してくれることもあります。でも、わたくし、あのゴジラの掌は、きらいですわ。なんだか、ペンキみたいな、とてもなまぐさい匂いがするんですの」

「ふうん。ペンキみたいな、なまぐさい匂いがね」

「わたくし、あの匂いだったら、いつでも嗅ぎわけられますわ。人間の掌とまるでちがって、ほんとに厭な匂いがするんです」

「で、ゴジラに対する、光さんの恐怖ですね。ゴジラ・ノイローゼで入院なすったくらいだから、そうとうの恐怖だと思うんですが。その恐怖の程度は、どんなものですか」

「ハア。その点は、院長さんからもくりかえし、質問されたんですけど」

彼女は、恥ずかしげに腰をくねらせて、下うつむいた。

「わたくし、恐がらなくちゃ、恐がらなくちゃ、と年中思いつめていますでしょ。ですから、うまく恐がれなかったら心配だもんで、それでノイローゼになりましたのよ。ほんとに恐ければ、よろしいんですが。ゴジラって、要するに単純なものでございましょ。ただ大きな怪物で、気味のわるい恰好をしている。そのほかは、別だん複雑な好みとか、下心はありませんのよ。それに、最後はかならず、人間の知恵で退治されてしまうんです。ですから、今度だって、きっとそうなると思っていますの。ただ、わたくしの役割は、怪獣が退治されるまで、できるだけ上手に、大げさに、恐がったり、騒いだりすれば、よろしいんでしょ」

「ええ、まあ、たぶん、そういうことになるでしょうが。それにしても……」

「ねえ、隊長さま。どうぞ、わたくしを逐い返したりしないで下さいまし。わたくしは決して、ミスキャストじゃありませんもの。わたくしほど、巧みに恐がれる女優なんて、他にいるはずがないじゃありませんの」

「あんまり巧みすぎて、どうなることやら、先が思いやられる」

と、委員長は皮肉をこめて言った。

ものの十分もたたぬうちに、彼女の演技が、いかにすばらしいか立証された。

彼女が突然、キャアアッと叫び声をあげたとき、我々ぜんぶが、彼女と同じゴジラ映画にうつされている「恐怖せる群集」に、なったみたいだった。

熊沢大五郎さんは、エレヴェーターを使用せずに、屋上から、縄でぶらさがって出現した。縄のきしみ一つたてずに、かるがると降下した大五郎青年は、彼女に発見されるまで、窓ガラスの外で、なかをうかがっていたらしかった。花山嬢が駈けよって、迎え入れる前に、彼は自分で窓をひらいて、入ってきた。

繊細な感じのする、清潔な美青年は、どちらかと言えばハムレット型だった。街の不良少年の、あの無神経で粗野なところは、少しもなかった。

「おそくなりまして」

と、隊長に挨拶する彼の、スマートで上品な態度を見たとき、私は、

「入社試験、合格!」

と、胸の中で、つぶやいたほどだ。

光さんも、理想的な勇士の到来に「ハアアーッ」と、感嘆のため息をもらした。物に動じない、理知的な花山さんまで、かなりの性的ショックを受けたらしいと、私は見てとった。彼女は、キビキビした調子で、本部へ無電の連絡をした。それも、青年の注意をひくために、特にやっているように見うけられた。

とっくに青春から遠ざかった、われら三人の男が、彼に嫉妬を感じたのは、言うまでもなかった。

「よかったわ。あなたが来て下さって」

と、光嬢は青年のそばへ、寄りそった。

「中年や老年の方ばかりじゃ、気づまりだったの、わたくし」

憂鬱そうな青年は、しかし、美女には興味を示さなかった。

「屍室《しかばねしつ》はどこじゃね。屍体を安置する場所、礼拝堂などはどこにあるのじゃかね」

教祖は、腹だたしげに言った。

「地下室にございます。私が案内いたしますから」

「そこが一ばん、大切な場所になるんじゃ」

花山嬢は、うるさ方を階下へ連れて行った。

「ぼくも、地下室を見てきます」

と、青年が出て行こうとするのを、私と光さんが、おしとどめた。

「おちついて、おちついて。脱獄するのは、ゴジラの腹の中へ入ってからで、よろしいのだから」

と、私はおちついたフリをして、言った。

入獄した経験のある委員長も、青年に興味をいだいた様子で、そばへ寄ってきた。

「君は、脱出の名人だそうだね。どうかね。ゴジラの巨大な魔手から、脱出できる自信が、君にありますか」

「さあ。……ぼくには、自信ありません」

「ふうん、だめかね」

「いいえ。だめというわけではありません。ぼくはいつでも、自信がないんです。自信がないから、やってみたくなるんです」

「ははア。そうか。困難は困難であるが、絶望的ではないわけだね」

「ええ、そうです。絶望的なほど困難なことに、とりかこまれていないと、ぼくは生きがいを感じないものですから」

「偉いぞっ」

と、河下さんは、はげますように言った。

「君はつねに、官権の弾圧をはねのけ、支配者のはりめぐらした、高い厚い壁をのりこえてきた。君はつねに、半封建的ブルジョア政府の鼻をあかして、権力の網の目をくぐりぬけてきた。君は、かの鼠小僧にもおとらぬ、勇敢な義賊だ」

しかし青年は、委員長のさし出した掌を、にぎろうとしなかった。彼は、相手の好意に困ったように、悲しげに首をふった。

「いいえ、ぼくはただ、人生を楽しんでいただけなんです。ぼくはむしろ、監獄をこしらえてくれた政府、犯人を看視する警官がいてくれることに、感謝しています。監獄も看守もいなくなったら、ぼくはもう、死んだも同然なんですから……」

「ふうん、なるほど。そうすると、君にとっては、ゴジラの襲来は、願ってもない生きがいということになるんだね」

「ええ、そう思います」

「厭な野郎だよ」

と、委員長は、がっかりして言った。

花山嬢は、ひとりだけで、もどってきた。

「教祖さんは、地下の礼拝堂にとじこもって、調伏のお祈りをなさるそうです」

と、彼女は報告した。

「あの野郎、うまいこと言って、地下室なら安全だと思ったからだよ」と、委員長。

「お食事も、地下室でするから、運んでもらいたいと、おっしゃってます」

「よせ、よせ。お祈りなら断食させといた方がいい」

「なんだったら、わたくし、運んであげてもいいわ」

と、光嬢が申しでた。

「あの方、鎌倉市をそっくり買って、大鞭教のメッカにしようとなさったでしょ。わたくし、お金持にサービスするのは、大好きですから」

「それじゃ。あなたにお願いしますわ」

と、花山さんは冷く言った。

「いや、いや。女性は行かない方がいいよ」

と、私はいましめた。

「心が乱れて、お祈りが効かなくなるといけない。それに、ぼくだって御二人のような美女を、あんなヒヒ爺さんの餌食にしたくないよ」

「餌食になるのは、わたくしの役目なのよ。それから、隊長さま、あのオ……」

と、女優は私の両掌をなでたり、もんだりした。

「あのオ、今晩、寝るときには、どういうことになりますの」

「もちろん、不寝番は、交替でやってもらわなくちゃ」

「いいえ、そうじゃなくて。男と女の組み合せは、どういうことになりますの」

さすがの隊長（経営責任者）も、その種の人員配置は、今までやったことがなかった。

「つまり、誰と誰が一しょに寝るというような……」

「ええ、それが根本問題だと、思いますの」

「しかし、ここは慰安所でもなし、ダンスパーティでもなし、隊員はやっぱり、全員一ヵ所にキャンプすべきだと思うがね」

「別室では、いけませんの」

「禁止はしませんよ。だけど、任務が任務なんだから、ベッドの組み合せを決めたりするのは、よしましょう」

「まア、つまらないのね」

「光さんの選ぶのは、わかってるからね。だから、選んだり組み合せたりするのは、隊長として反対なんだ。選ばれなかった者は、どうしたって淋しくなったり、ヤケになったりするからね。そうなると統制が乱れるし、仲間われができたりするからね」

「そうよ。わたくしの選びたい相手は、決まってますの」

と、彼女は熊沢くんの方を流し目に、見やった。

「でも、隊長さまの御命令なら、わたくし、順番に、えこひいきなしでも我まんしますわ。どうせ特攻隊ですもの」

ラジオもテレビも、放送を厳禁されていた。ゴジラは、グロテスクで原始的な皮膚にもかかわらず、電波には、ひどく敏感だと想定されていたからである。

競馬も、競輪も、映画館もキャバレーも、閉鎖されていた。ゴルフ場では、牛や馬があそんでいた。結局、人類の男性のお楽しみといえば、食べること、それから、ナマ身の女性とたわむれることになる。マージャン、花札、ルーレットなど、魅惑的な勝負ごとも、ゴジラ相手の必死のゲームにくらべると、血の気のうすい退屈なものであった。

「どうかね。わが隊に入隊してからも、君はまだ、探偵小説が読みたいかね」

と、私は、その方のマニアである花山嬢にたずねてみた。

「いいえ。読む気が起りません」

「ふうん。それから君は、むずかしい哲学の本。西田哲学とか、カントとかフロイドとか、いろいろ好きだったじゃないか。あの手のものも、読みたくないかね」

「ええ、さっぱり」

「それは、いい傾向だ。しかし、急にそうなったのは、なぜだろうか」

「ええ。私もそのこと、反省してみたんですけど。哲学にしろ、自然科学にしろ、ゴジラを克服できない学問が、急速に色あせて行く。これは、社長さんのおっしゃる通り、必然的にそうなりますわね。探偵小説の方は、なぜか。これはつまり、この場所、この人物たち（すなわち我々）が、あまりにも探偵小説的にできあがっていますし、推理ミステリーのページの、活字のあいだから立ち昇る犯罪の煙より、もっと濃厚で息苦しい犯罪ガスが、現実に特攻隊基地にみちみちているからではないでしょうか。自分たちが実生活で、ミステリー・スリラーを演じているから、読む必要がなくなるのとちがいますか」

ミス花山の探偵眼、推理力は実にたいしたものであった。

翌朝、大鞭氏は地下室で、死体となって発見されたからだ。

とじこもった教祖は、我々との協力をこばんで、その夜の不寝番にも立たなかった。百歳を越しても死にそうになかった、このアクの強い宗教人が、まっさきに屍体と化そうとは、意外だった。

朝食を運んで行った花山嬢が、

「大鞭氏が、殺されています。本部に連絡いたしましょうか」

と、報告に来たとき、私は突発事件に胆を冷やすとともに、眉一つうごかさない報告者の冷血と称したいほど冷静な態度にも、おどろかされた。

むりやりキッスしようとして、青年を追いまわしていた光嬢。ながいながい遺書を、執筆している河下氏。いずれも、意外であるような、当然であるような顔つきで、私の周囲に集ってきた。

一同そろって、地下室へ降りた。

階上より明るいぐらい、蛍光灯でアカアカと照された地下の、ボイラーの前に、血まみれの大鞭氏が倒れていた。

どんな非情の犬殺しでも、これほど残忍な殺し方はしないであろうような、メチャメチャな殴り方で撲殺されていた。火搔き棒、シャベル、ハンマーなど、鉄製の器具があたりに散乱して、どれもが血にまみれていた。一人の犯人が、これほど沢山の兇器を使ったのであろうか。頭蓋骨フン砕。四本の手脚の骨は、ことごとく打ち折られている。ただたんに、殺害されたというより、バラバラにバラされた感じなのだ。

「おれも、この男は気にくわなかった。死にゃアいいのにと、思ってはいた。しかし、こんな殺し方は、俺にはできないな」

と、蒼ざめた河下氏は、うんざりして言った。

「ぼくもこういう、非合理主義で民衆をだます奴は、大きらいだった。隊員の中で、誰かに死んでもらうとなったら、こいつを指名したにちがいない。しかし、こうまで、むごたらしくは……」

と、委員長と似かよった意見を、私ものべた。

熊沢くんは、礼拝堂から屍室、さらに解剖室から廊下へと歩きまわっていた。

「ゴジラの仕業でしょうか」

と、光嬢は、恐そうに爪先き立っていた。

外部からは、めったなことで侵入できないはずだった。そうすると、我々のうちの誰かが？そういう、もっともらしい疑念で我々は、お互いに顔を見あわせた。他の者の睡っているあいだに、我々のうち誰かが、十三階から地下室へ降り、また引返してくるのは、わけのないことであった。

「本部への連絡は、しばらく待ちなさい。よく調査してからにしよう」

と、私は花山嬢に命令した。

「その方がよろしいと思います」

名探偵きどりの彼女は、屍体の上にかがみこんだり、周囲を探索したりしていた。

地下室の洗面所をしらべた彼女は、犯人がそこで手を洗ったらしいと、報告した。グショぬれになったタオルには、かすかに、うす赤い血が付着していた。

「これはしかし、本部に連絡すべきだよ。我々だけじゃ、どうにも仕方ないだろう」

委員長は、気よわく言った。

「けれど、報告や連絡はいつでもできます。その前に、我々だけで解決できることは、解決した方がいいと思います」

と、花山探偵は、あくまで自信ありげだった。

「解決するって、どういう？　犯人を探し出すことかね」

「ハイ。そうです」

「我々の中にいるのかね」

と、すっかり私は、気味わるくなっていた。

「ハイ。私には、大体の見当はついております」

「そんな男がいたのかね、隊員のなかに」

「男とは、かぎりませんよ」

と、女探偵が答えると、光さんはキャアアッと叫び声をあげた。もはや我々には、女優の悲鳴が、名演技なのか、それとも本音の恐怖なのか、見わけがつかなくなっていた。

「す、すると、ハ、犯人はあなたなの？」

と、女優は女探偵にたずねた。

「この殺人事件は、特攻隊第一班の全員に関係あることですから、我々ぜんぶで考える責任があります」

と、花山嬢は、専門のレクチュアでもやる主任教授のように、おちつきはらっていた。

「動機は一体、なんなんだい。ここにいる者は、被害者とは昨日ここへ来て、はじめて会ったんじゃないのか。みんな、奴とは初対面だったんだろ？」

一同は、河下氏の質問に、一せいにうなずいた。

「二十四時間もたたない、初対面の相手に、殺人の動機が生れるかねえ」

「動機は皆さんの心の中にあります」

と、女探偵は言った。

「皆さんだって?」

と、私は思わず口走った。

「そうです。私もふくめて、皆さんぜんぶです」

「しかし、それじゃ、誰が犯人か決められやせんよ」

「誰が犯人か、決める必要はありません」

「え?」「それじゃア」「何だって」と、一同は不思議そうに、彼女を見まもった。

「皆さんは、どなたも昨夜、就寝前にキルドルムを服用なさいましたね」

それはまさしく、その通りだった。

キルドルムは、覚醒薬と睡眠薬、ことにトランキライザーの安静作用を兼ねそなえる、最新式の輸入薬だった。誰かにつけねらわれているギャング。常に相場の変動で緊張しながら、おちつきたい株屋さん。徹夜の科学者。気のよわい自殺者などに、愛用されている妙薬だった。

キルドルムの服用を、花山嬢が提案したとき、まっさきに賛成したのは、隊長の私である。ゴジラの恐怖に抵抗するには、睡るのが一ばん良い。しかし、イザというとき、だらしなくボンヤリしていて、活動力を失っていたら、なんにもならない。それには、活動力を倍加しながら、沈静と睡りをあたえる、この新薬がもっとも適していると判断したからだ。

「私がみなさんにおわたししたキルドルムは、定量の三倍だったのです」

と、花山さんは説明した。

「ゴジラの襲来に対処するには、そのくらいでないと、効き目がないからです。それがいけなかったのです」

「と言うと」

「殺人的睡眠薬は、効きすぎると、名前どおりの作用をするのです」

「ええと、ええと。そうするとだな……」

私は、うす気味わるいのを通り越して、背すじが寒くなってきた。

「もう、おわかりになったと思いますが」

「すると、我々ぜんぶが?」

「そうです。第一班ぜんぶが、自分たちの知らぬまに、大鞭さんを寄ってたかって殴りころしたのです」

彼女がそう宣告すると、もはや悲鳴もあげることのできなくなった光さんは、コンクリートの床に膝をついてしまった。

「まさか、そんな」

「ひどいよ、そんな。いくらなんでも」

「このひと、自分が少し、おかしいんじゃないかなア」

騒ぎ出す男たちを、女探偵は冷ややかに眺めまわした。

「お疑いになるなら、皆さんの衣服を、めいめいでおしらべになって下さい。きっと、どこかに血が付着しているはずですから」

「君自身は、どうなんだい」

「私は、ブラウスに血痕がついているのを見とどけて、さっき着がえをすませました」

ジャンパーを脱いだり、スカートを裏がえしたりして、我々はくるくる舞いした。

「アッ。そこそこ。その袖口に、付いてるじゃないか」

「ひとのこと言うけど、君のズボン、見てみろ。血のしみがベットリ」

と、互いに探しっこした。

最後まで血潮の洗礼が発見されないで、喜んでいた光さんの、鹿革のハイヒールにも、教祖の血がしみこんでいた。

「すると、我々が殺害犯人」「殺したのかねえ、ぼくが」「へんな薬、のませるからいけないんだ」

顔面蒼白となった一同は、

「本部に連絡いたしましょうか」

と、花山嬢に問いかけられると、首を横にふらずにはいられなかった。

誰か一人が、特殊の怨恨や目的のため、大鞭氏を抹殺しようとはかったのなら、話はわかっている。しかし、こんなにも種類のちがう隊員が気をそろえて、無意識のうちに、集団をなして教祖に襲いかかったのは、フにおちなかった。

どうして、彼だけが、被害者にならねばならなかったのか。

「まア、まア。かりに我々が、集団的な殺人者になってしまったのが事実だとして、どうして大鞭氏をねらうことになったんだろうか。それに、ぼくだって河下氏だって、戦闘的ではあるが、殺人という暴力手段には反対な男だし、まして、あなた方恵まれた美貌の女性に、そんな趣味があるわけはなし。ぼくにはどうしても、納得が行かんがね。花山探偵から、御説明ねがえませんか」

「説明できるだけのことは、説明いたしますけれど」

と、花山嬢（もはや博士と言いたいところであるが）は、考え深げに言った。

「ゴジラ時代の犯罪心理に関しては、まだ先進諸国でも、充分の研究がすすんでおりません。あまりにも急速に、人類の歴史はゴジラ恐怖に突入することになったので、研究者、科学者そのものが、自分たちの踏みこんだ妖怪屋敷の入口でよろめいているのです。

ただ一つ明白なこと。それは、ゴジラが人間のあらゆる種類、差別におかまいなく、すなわち、善人であろうと悪人であろうと、強者、弱者の区別も、美女と醜女のわけへだてもすっとばして、大小さまざまの権力の有無にかかわらず、あらゆる人類を抹殺しようとしていることです。ゴジラによる人類殺害は、もちろん人間の眼から見れば、無目的であり、無意味であり、なんとも形容しがたいほど圧倒的に腹立たしきかぎりでありますが、それ故にまた、『彼』の殺戮は、絶対平等だとも言えるわけです。ただただ人間であること、そのことが、ゴジラに抹消される理由なのです。

したがって、ゴジラ的殺人の動機は、今までの推理小説の『動機』とは、まるでちがっています。我々にとって問題なのは、アレやコレやの動機などという、ノンキなものではありません。殺し尽そうとする『彼』の絶対性、どうやっても改心させることのできない『彼』の、意志と行動なのです。ゴジラの殺意を、いくら批判したり、分析したりしても、なんの役にもたちません。ゴジラが存在する、それが、絶対に防ぎとめることのできない『動機』なのですから。

そして、困ったことに、われら感情的な動物は、いつのまにか、ゴジラ的動機を理解するようになって行くのです」

「ぼくは、ゴジラとはちがうぞ」

「そうです。むろん、社長さんも委員長さんも、また脱獄の名人も、シャッチョコ立ちしたってゴジラになることはできません。しかし、ゴジラ恐怖に圧しつぶされそうな時代には、ゴジラになれないことが、そのまま、ゴジラ的になる理由ともなるのです。

抹殺することとは、抹殺される者（つまり我々）の側から言えば、迷惑しごくなことです。抹殺は、されたくない。しかし同時に、かならず抹殺されるという予感（あるいは確信）が、私たちをスッポリと包んでいます。

無意味に、無目的に、泣こうが騒ごうが、殺されるときは殺されるという、未来感覚がしみわたってくる。そうすると、にくむべき死の絶対平等が、なんとなく解放感や救いに変形される。そこまで行かなくても、ゴジラが存在するという事実が、あまりにも大きくのさばって、ふくれひろがっているので、もしかしたら殺害や殺戮、抹殺や抹消は、きわめて日常的で、まちがいない出来ごと、いなむしろ、自然現象のように思われてくるのです。

ここまでは、一般論です。

では、なぜ大鞭教祖が第一の被害者に、えらばれたか。彼が、想像図のゴジラを想起させる、風格をもっていたこと。これも、かすかながら、原因にはなるでしょう。しかし、真の原因は、別に一つあります。

大鞭氏だけが、安全そうな地下室にかくれたこと。大鞭氏だけが、私たちの集団をはなれて、勝手な行動をとったことです」

「でも、そんなことぐらいで」

「そんなことぐらいが、充分に理由になるのです。定量三倍のキルドルムで睡眠中の私たちは、ほんのわずかの理由でも、ムリヤリ発見して行動にうつるのです。私たちは、睡りながら、ゴジラのあたえる絶対平等の被害を、待ちうけている。念願してるとは言えないにしろ、期待している。そのとき、仲間のなかの誰か一人が、別の安全な場所にいて、この絶対平等にそむこうとしている。奴を、あのままにしておいてよいのか、と睡眠者たちは、考える。そんな、わがままは許せんぞ。集団のおきてを破って、ただ一人助かろうなんて、そんなまちがった自由を許しておくことはできんぞ。ゴジラ恐怖は例外のない恐怖なのだ。例外をつくることは、ゴジラ時代にふさわしくない。起《た》て、ゴジラ特攻隊。行け、人類の代表者。起ち行きて、かの不こころえ者を罰せよ」

「まア、勇ましい」

と、光嬢がつぶやいた。

「勇ましいどころか、臆病な恐怖心、陰惨な衝動にかられて、第一班はベッドから起き上り、地下室へ降りて行く。手あたりしだいに、人殺しの道具を手にする。そして、寄ってたかって、鉄の棒やシャベルで……」

「キャアアアッ」

と、光嬢は叫んだ。そして、失神して倒れた。

大鞭氏の死体は、ボイラーで焼かれた。

いそがしい、味もソッ気もない葬式だった。しかし、加害者たちが全員そろって、ねんごろに、真剣に、被害者をとむらうなどということは、あまり例がないであろう。

軍命令で殺しておいてから「キミは護国の鬼となられた」などと、靖国神社の前で涙をながす、陸軍大臣の心境より、もっと複雑な感慨をもって、我々は、我々の殺した男の肉と骨と髪と爪の焼ける音をきき、焼ける匂いをかいだ。

我々は、人の命のはかなさを痛感した。生きているあいだ厭でたまらなかった男も、死ねば(ことに、殺されれば)気の毒にもなった。しかし、涙は流れなかった。たぶん、我々のおち入った状態、あるいは運命が、あまりにも無気味で、思いがけないものであったので、涙の源も涸れてしまったにちがいない。

ふつうの常識をもった社会人なら、「人を殺せば自分も死ななければならぬ」と、考えるはずだ。

その考えは、私にも皆さんにも、とりついていた。

「死ななければならぬ。しかし、死にたくない」

次に湧きあがる想いは、コレなのだ。

第一に、我々の犯罪は、我々ぜんぶが犯したものであるから、密告者の出るはずはない。結局のところ、発覚しないですみそうだった。

第二に、今回の殺害は、キルドルムの作用であって、我々の意志ではない。したがって、われわれ加害者には責任がないという理くつが、生れた。

第三に、ゴジラ恐怖は、一教祖の生死にかかわらず、依然として続いているのであるから、我々も昨夜の被害者とおなじく、絶対平等の死に、やがては見まわれるにちがいない。そうなれば、犯罪者であろうが無かろうが、抹殺されるにきまっているのだから、何もそうキチョウメンに、死刑になりたがる必要はない。

ゴジラ対策本部が、第一班に要求するのは、ゴジラとたたかうことであって、罪の意識に溺れることではない。なるほど我々が、隊員の一人を殺してしまったのは、まずかった。けれども、我々の重大任務があいかわらず残存しているからには、とりあえず、その任務を邁進することは、一向にさしつかえない。

どうやったら部下の隊員を、厭世気分から抜け出させて、攻撃態勢に入らせるか。というより、むしろ私自身の淋しいような、たよりない感じを、どうやって吹きはらったらいいのか。

「キルドルムの服用は、今後、一さい禁止します」

「しかし、社長さん。あの薬の効き目は、まだ三日間は継続することになっています」

「まだ、三日間？　すると、今夜も、明日の晩も、我々はまたまた殺人を犯す危険性がある
と言うのかね」

「さようです」

光嬢は、失神から恢復して、すすり泣きはじめた。私だって、泣きたいところだった。

「組合事務所へ、帰りたくなったよ」と、委員長。

青年は青年で、

「牢屋の方が安全らしいな」

と、こぼしている。

「わたくしも、もう一度、精神病院へ入ってよろしいかしら」

と、光さんは泣きながら訴える始末だ。

「しかしだね。皆さん、よく考えて下さいよ」

と、私は自信のない説得にとりかかった。

「もしもここで、第一班を突然、解散すればですよ。なぜ急に解散したか、その理由を本部に報告して、釈明しなければならない。そうすれば、我々の集団殺人は厭でも明るみに出ますよ。それでは、困るでしょう。どうですかね。ゴジラは三日以内に襲来する予定ですから、もう少しガンバッてくれませんか」

「しかし、君。ここにこうしている我々のうち、また誰かが誰かを殺すんですよ。もう殺す方も、殺される方もたくさんだよ」

と、委員長は抗議した。

「だからさ。殺したり殺されたりしないように、工夫をめぐらすのさ、花山くん。何か名案はないかね」

「はたして、うまくいくかどうか不明ですが、一つだけ方法があります」

と、彼女が答えると、我々はホッと安心した。

「共同キャンプをやめて、一人々々が個室にとじこもるんです。寝るときは、各部屋に鍵をかける。一人ずつ平等に孤立していれば、寄ってたかってという、集団殺人はなくなるでしょう。我々のうちの一人だけが、離れていたのが、いけなかったのです。全員がバラバラに、分れていれば、誰を目標にするということは、なくなるはずです」

彼女の提案は、すぐさま採用された。

一階、三階、五階といった具合に、階数のちがった部屋を、めいめい選ぶことにする。さすがに、地下室を希望する者は、いなかった。熊沢青年は、星をちりばめた青天井のあおげる、屋上がいいと言った。

「誰かと御一しょじゃ、いけませんの？　わたくし一人じゃ、こわくて、こわくて」

「でも、誰かと同室すれば、そのひとがあなたを殺すかも知れないわよ」

と、花山嬢は言いきかせた。

「いくら愛しあっていても、いけないんですの？　でも、それじゃ、ダブルベッドを使うことは永久にできないのね」

「美しすぎる人。強すぎる人は、こんなさい特に危険なのよ。美しい人や強い人は、めったにいないでしょ。だから、民衆のあいだに潜在する嫉妬心で、ねらわれることになるのよ」

「まア、それじゃ、わたくしも危いのね」

と、おびえ切った光さんは、つぶやいた。それからすぐ
「失礼。わたくし、そんな美人じゃないわよ、ねえ」と、附け足した。

二日目の夕食は、豪奢な宴会にした。音曲入りの馬鹿さわぎでもしなければ、刻々に迫ってくる不安を、どうしようもなかったからだ。しかも恐怖が外部からばかりではなく、われわれ自身の内奥にひそむゴジラ性から来ているのだから、なおさらのことだ。

銀座のクリスマスパーティも顔まけの、華やかな飾りつけもした。

脱獄青年は、サーカスの演題《だしもの》より、もっと危険な綱わたり、もっとむずかしい壁から壁への飛躍などを、やって見せてくれた。とんぼがえり、アクロバットと息もつかせぬ早業で、しまいには、光さんの髪の毛や足首をひっつかんで、アパッシュダンスの猛演技も披ろうした。

酔っぱらった河下氏は、重量挙げをやってくれた。重労働できたえただけあって、ほれぼれするほどたのもしい、筋肉の躍動であった。

木製の人体白骨をかかえて踊ったあげく、勢いあまって、ゴジラの標本を打ち砕いたときは、拍手せずにはいられなかった。美女たちの喝采にあおられて、河下氏が、ウォーッとうなると、ゴジラの咆哮もかくやと思われた。

二人の美女が、お待ちかねのストリップを見せてくれたのは、申すまでもない。

白痴型の光さんと、理性型の花山さん。こんなすばらしい裸女の組合せは、どこのミュージックホールでもお目にかかれないものであった。知的な手つき指さきで、一枚ずつ文化の衣をぬぎすてて、原始動物の柔軟さ、自由と欲望をとりもどして行く花山さん。それとは逆に、奔放で魔女的なスッ裸から、天使的で文化人らしい羞恥のうす衣を、重ねて行くような光さん。

「あなた、なまぐさいわよ」

と、光さんが花山さんの胸のふくらみに、顔を押しつけると、

「こら、お前は血の匂いがするぞよ」

と、花山さんが光さんを、残酷に突きころばす。二人はかわりばんこに、男役と女役、いじめ役と、いじめられ役を演じた。なまめかしく、物騒になったり、古典的で陰にこもったりして、二つの肉は二個の機械の如く、精妙にからみあった。

「ああ、疲れたわ。もう、だめよ」「まだまだ。ホラ、くすぐってやるから元気を出さんか」「だめよ。いくら、そんなことしたって。ああ、いっそのこと殺してちょうだい」「殺すのは、わけはない。生かしておいて、ゆっくり首をしめてやるのだ」「アッ。可愛がらないで。おねがいだから、もう可愛がらないで」「サア。おとなしくゴジラの人身御供になれ！」「いやよ。いやよ。私は、あなたのものよ。私を、ゴジラのものにしないでちょうだい……」

クタクタに疲れたのは、見物人の方であった。

本部から、無電の連絡があった。

翌朝までに、ヘリコプターを一機、よこすと言うのだ。イザというとき特攻隊が脱出するには、ヘリコプターが便利なのだそうだ。

なまぐさい宴会は、愉快に幕をとじた。各階の各室に、花山探偵が各人を送りとどけた。あとは、熟睡すればいいのだ。

「神よ。守りたまえ。翌朝までに、何ごとも起きませんように」

私は、七階の中央の一等病室で、生れてはじめて、天にましますわれらの「父」に祈りをささげた。

だが、その祈りは、急場の間にあわなかった。

二日目の朝が、うす墨色の雲の下であけそめたとき、またしても一個の死体が（今度は地階

では なくて) 屋上に横たわっていたのである。

それは、我らの救援に飛来してくれた、ヘリコプターの操縦士の死体だった。

発見者は、屋上で睡った熊沢青年である。

しかも被害者の殺され方は、前回と全く同じだった。

あれほど厳重に、めいめいを閉じこめておいたのに、我々は、我々を救出するためにわざわざ来てくれた男を、よってたかって殺してしまったのである。

睡りこけている我らの耳に、ヘリコプターの廻転翼が、ゴジラ襲来を想わせるとどろきを、吹き入れたからだろうか。

もはや我々には、動機や理由を考えている、ひまさえなかった。

「よそから来た、よそ者」というだけで、もはや我々は彼を抹殺しようと決心したにちがいない。ああ、何という、絶望的に恐ろしいことだ。

もはや、我々の被服についた血痕を、いちいちしらべるまでもないことであった。

「ゴジラが早く来てくれないから、いけないのよっ」

と、光嬢は血にまみれた右手を振りあげて、泣き叫んだ。

「そうだ。ゴジラがもっと早く来てくれていたら、こんなことにはならなくてすんだんだ」

と、頬に血のこびりついた委員長も、悲痛の表情であった。

殺害に使用された兇器だけが、前回とちがっていた。被害者の飛行服には、よく光るナイフやフォークが突き刺さっていた。それらの食器は、宴会の席から護身用に、めいめいが持ち去っていたものであった。

死体は、まだ匂っていなかった。

「なまぐさいわ」

と、光嬢がつぶやいた。

たしかに、死体の匂いとも血の匂いともちがう、厭な臭気が屋上に漂っていた。ゴミ箱や溝の、あの腐ったような匂いともちがっていた。しかもその不可解な悪臭は、病院の屋上ばかりではなく、あまねく全都の空をおおっているのであった。鉛色をます空からの風がつよまると、臭気は強くなった。そして、風は、はげしさを加えはじめた。

「ゴジラだわ。ゴジラの匂いだわ」

と、花山嬢が言った。

「そうよ。もう来てるんだわ。上陸してるんだわ」

見わたす町々は、灰色にしずまりかえっていた。金属の屋根やコンクリートの壁が、鈍く光っていた。異様なとどろきが、東京港の方からつたわってきた。突風が吹きすさぶにつれ、異様な大音響は近よってきた。

そのさわがしさに反抗するように、ヘリコプターのエンジンが鳴りはじめた。廻転翼は、大きな鳥の羽音に似た、たよりない音で風を切ってまわりはじめた。操縦席には、いつのまにか熊沢青年が、のりこんでいた。光さんは、よろめきながら、離陸しようとするヘリコプターに走りよった。

国立病院の岩丈《がんじょう》な建物ぜんたいが、何かの衝撃で、大きくゆれうごいた。そのため、私たちは、尻もちをついたり、横たおしになったりした。大震動はつづいた。

上昇するヘリコプターの上で、青年と女優が我々に向って、手をふる姿が見えた。しかし、それもほんの一瞬であった。次の瞬間、見えない掌で殴りつけられたように、ヘリコプターは揺れうごき、落下していった。

やっとのことで起ち上った私の、目まいでかすむ眼には、大東京の破滅の開始がうつった。見えないゴジラの脚が、一歩ふみ出すたびに、一キロ四方ぐらいの大穴が、街に口をあけるのであった。透明ゴジラは、家を踏みつぶしながら、進んでいた。

「目をやられた。目が見えない」

と、河下氏は私にとりすがった。

何かの光線が、私たちを焼きほろぼそうとしていた。私の皮膚も、知らぬまに焼けただれていた。

ふり向くと、化物のようになった女探偵が見えた。彼女の髪の毛はぬけおち、むけた皮が彼女の鼻さきや口もとに、垂れさがっていた。咽喉を焼かれた彼女は、声の出ない口をわずかに動かして、私に向って両掌をさしのばした。

「しっかりしなさい」

と、叫んだつもりの私も、すでに発声ができなかった。たえまなく、ゆすりあげる大地は、病院を呑みこもうとしていた。もはや、視力を失った私には、隊員の最期を、見とどけてやることができなかった。

「神よ。あなたはゴジラだったのですか」

という想いが、ブリキの破片のようにきらめいて、かすめ過ぎた。

すると、かつて命令にそむいて偶像を崇拝した、古代の諸民族を、あますところなく打ちほろぼしたエホバの、おそるべき哄笑が、私の耳をつんぼにした。

「神よ。あなたは、ゴジラだったの、ですか……」

発光妖精とモスラ——【上】草原に小美人の美しい歌声

中村真一郎

若い言語学者の中条信一は、船室のベッドに仰向けになったまま、吸いかけの煙草《たばこ》を傍らの灰皿のなかへ抛りこむと、手探りで枕もとの大きなパンフレットを取りあげた。そして、その表紙を暫く眺めていた。それがこの退屈な航海中の毎日の習慣だった。しかし、その習慣も明日で終わる。明日は目的地インファント島に、この調査探検船は到着する。だから、このパンフレットを読み返すのも、これが最後である。

「日本国ロシリカ国合同調査探検資料」という活字を、ゆっくり自分に納得させるように見直した後で、頁を繰る。なん度も読んだので、いつも同じ頁が開く。それは「玄洋丸生存者二等航海士以下四名の談話要約」という頁である。

最近の第八号台風の中心に、中型貨物船の玄洋丸という船は捲きこまれて沈没した。どうしてそういうことになったのかというと、その数時間前に、無線局員の不注意で、通信室の一部を焼く火災が発生し、そのために予備通信機と交換部員を含めて、受信装置の主要部分が全く作動しないという、最悪のことになった。そのために台風特別警告も、避難命令も、全然、玄洋丸には通じていなかった。それが非常に突発的だったこのA型台風に対して、逃げる機会を失わせることになってしまったわけだ。

が、そこまでは必ずしも稀な事件だとはいえない。それから先に起こった不思議な事件が、全世界に衝動を与えた。この玄洋丸の船員のうち四人が、付近のインファント島へ打ちあげられた。救助隊員は、あるいは遺体があるかも知れないという想定で、この島へ上陸して、生きている人間を四人も発見した。

何故、生きていることが、驚きを誘発したのか。隊員たちは、裂きちぎれた船員服の男たちが、大声で叫びながら、海岸へ向かって走りでてきたとき、「白昼夢」にまどわされているのではないか、と疑ったという。このインファント島は最近、ロシリカ国が水爆実験場に使用し、島の四分の三を爆風と熱とで吹きとばしたばかりで、到底、上陸しても生存可能だとは思われなかったからである。

その生存者たちは、このパンフレットのなかで、こう語っている。

「吾々《われわれ》が意識をとり戻したのは、砂浜ではなく、奇妙な感じの部屋の中だった。そこはかなり広々とした部屋で、周囲が岩石からできているのを見て、地下を刳りぬいて作った洞窟だろうと思った。吾々は、何か植物をたくさん積み重ねてできた寝台のようなものの上に寝かされていた。

そして、吾々が気がついたとき、近くに五、六人の人間がいて、吾々が軀《からだ》を起こすのを見ると、なんともいえない奇声をあげた。吾々とあまり変わらない人間だったが、一口でいえば、未開地によく見る原住民という感じで、言葉は全然、通じなかった。吾々は彼等からドロドロに煮つまった汁をなん杯か飲まされた。別に不味いものではないし、危険にも思われなかったので、——いや、それよりも空腹に耐えかねていたせいもあって、吾々は自分の方から追加を求めて、飲んだほどだ。それから、植物の実のようなものを、相当、多量に食べさせられた。

彼等は身ぶり手ぶりで、吾々に何かを伝えようとした。その意味は、この島は大変危険だが、ここでお前たちはもう安全だ、というように解釈された。救助されてから、説明され、吾々は非常に驚いたのだが、その危険は放射能障害を意味していたのだと思う。しかし、吾々は、帰国後の国立総合研究所での診断によって、放射能障害はおろか、すでに普通以上の体力をとり戻していることを知ってみると、あの煮つめた汁と植物の実が、何か特別の作用をするものであったと信じないわけにはいかない。

原住民については、吾々に付き添った五、六人しか見ていないが、もっとたくさんいることは殆ど間違いないと思う。その原住民たちが、吾々を案内して階段を昇りはじめたが、その階段の数で、吾々のいた部屋が、かなり深いところにあることもわかった。ただ、今でも不思議でならないのは、電灯もランプも、その外、採光のための設備が何もないのに、どうしてあの地下が明るかったかということである。吾々が漸く太陽の下に再び出られたとき、原住民たちの姿は消えてしまった。そして吾々は救助隊を見つけ、救われたのだ」

扉がノックされ、原子力学者の原田教授が入ってきた。

「中条君、君は呑気でいいね」

と、原田は子どものような赤ら顔で笑った。

「いや、君たちみたいに、毎日、食堂に集まって討論しているのが、羨ましい」

そういって中条は起き直った。

日本、ロシリカ両国政府の申し合わせによってできた、このインファント島の調査団は、両国の物理学者、生物学者、医学者、民族学者などによって構成されている。原住民の言葉を研究し、もしそれが幾分でも解明されれば、調査団の仕事は急進展するだろうという見通しから、ただひとり参加させられた言語学者の中条は、他の専門家との打ち合わせの必要もなかったからだ。

「ネルソンの奴が、また会議の間で、不愉快な態度を取った」

と、原田は眉をひそめて云った。

「いったい、あいつは何が専門なのだ」

と、中条は訊いた。

ネルソンはこの調査団のロシリカ側の事務係というような名目で参加してきた。日本語がうまい男だが、その傲慢な態度は、たびたび、日本側の団員たちを不快がらせている。

「秘密機関の男かも知れない。……しかし、これは純然たる学術的目的の団体なんだから、ああいう男を加入させたロシリカ政府の良識を疑うよ」

と、原田は椅子の背を両手で抱えて、またがるようにして、中条に云った。

「日本はロシリカの植民地じゃない」

と、中条もネルソンの冷酷な目つきを想い出して呟いた。

「あれは人殺しの目だ。……」


翌朝、甲板に銅鑼《どら》が鳴り響いて、一同は上陸準備をはじめた。

彼等は新たな設計によって作られた、放射能遮断服を身にまとった。それには小型のサイレンが付着されていて、胸のボタンを押せば鳴り響き、それによって、危険を同僚に知らせることができる。ヘルメットに備えてあるイヤホーンが、この明るく澄んだ音色を把えてくれるはずだった。

隊員たちは緊張した表情で、黙って上陸用舟艇に乗りこんだ。隊長の物理学者ラーフ博士は、島を睨むようにして、独語した。

「秘めた怒りを感じさせる島、そして孤独を訴えている島」

中条の仕事は、できるだけ原住民を発見し、その言語の体系を解くことだった。漂流者たちは確かに原住民に会ったという。しかし、水爆実験を行なうまでは、このインファント島が無人であることは定説となっていたのだ。だから、安心してロシリカ国は実験を行なったのだ。しかし、あの玄洋丸の生存者たちが四人もそろって、発狂したのでなければ、何処かに、原住民が潜んでいるに相違ない。

他の学者たちは上陸地点で、早速、調査にかかっている。中条だけは、ひとり先になって、草原のなかへ分け入って行った。名前も知らない巨大な草が彼の頭よりも高く生えている。水爆実験後、短時日で、このような草原ができ上ったとは、信じられない。

彼はふと不吉な予感を感じた。蛇か？　いや、目のまえの大きな毒々しい色彩の花を持つ、風変わりな植物の蔓《つる》が、軟体動物のようにゆるやかな屈伸をみせている。盲人が杖の先で探っているように、蔓はあたりを這いながら、次第に中条の方に伸びてくる。

中条は飛びすさった。

その瞬間、鎌首をもたげた蔓は、きらめくように中条の脚にからんだ。もぎとろうと蔓を摑んだ中条の腕に、どこで狙っていたのか、別の蔓がしなやかに絡んできた。それらの蔓の先端には、粘液をたらしながら、うごめく吸盤のような口が見えていた。

吸血植物！　その吸盤から血を吸うのだ。たちまち何本かの蔓が中条の軀に、ものうげに巻きついてきた。

中条は、わずかに自由になる手先を使って、胸のボタンを押した。

隊員たちが駆けつけてきた時は、蔓は大きな花のしたにみな、巻きついて、茫然とした中条が、その花を見つめたまま、酔った人のように、上体をふらつかせていた。

「どうしたのだ。中条君」

と、原田が訊いた。中条はこの吸血植物と今まで格闘していたことを、とぎれがちに話した。

「しかし、あの不思議な、小さな人間が来てくれなければ、ぼくも助からなかったろう」

隊長は鋭く訊きかえした。

「不思議な生物？　原住民じゃないんだね？」

「いえ、生存者の報告によれば、原住民は吾々と変わらない身長の持ち主のはずです。だから、もっと別な……」

「子どもなんじゃないのか?」

と、生物学者がたずねた。

「いや、大人のようなのだ。想像できないくらい小さな女。身長五、六十センチの……」

「なに、小人の女?」

と、ネルソンは叫んだ。彼は狩人のように、細めた瞼《まぶた》の間から、狂暴な視線を走らせ、口元に気味悪い笑みを浮かべた。


その夜、船に引き揚げた一同は、調査の結果を整理し記録するために、熱心な討論を行なっていた。

ただひとり、中条はあの毒々しい花のまえに立ちつくしていた時の、茫然とした表情をそのまま持ち帰ってきて、隊員たちから離れ、甲板から海を見下していた。慌しい足取りで通りかかった二人の隊員が、中条のうしろで足をとめた。

「どうしたんだ、中条君」

と、声をかけたのは原子力学者の原田だった。

中条は相変わらず黙ったまま、顔をあげて振りかえった。

「君はすっかり元気がなくなってしまった。医学班のところへ行って、診てもらった方がいいんじゃないかね」

と、原田は心配そうに訊ねた。もうひとりの同僚は、

「じゃ、原田君、今の問題は明日、上陸してから、もっとよく調べよう」

と、早口にいいながら、タラップを降りて行った。

中条は何かに気をとられているように、ぼんやりした微笑を作り、

「ぼくは病気じゃあない。事実の方が、ぼくらの想像を超越しているだけだ」

と、ひとりごとのように答えた。

「いや、あの花には何か麻薬のようなものが、あるのかも知れないよ。君は酔っているみたいだぜ」

と云いながら、原田は煙草に火をつけた。

「いや、頭痛もしないし、足もふらつかない」

そう答えて、中条は甲板のうえに両足を開いて立ってみせた。

「しかし、君はあの時、幻覚を見たのだ。あの花の匂いをかぎながら……」

「いや、それが幻覚じゃあない。たしかに小人の女が現われたのだ。明日になればわかる」

「どうするのだ。またあの草原のなかへ入って行くのか。行くなら、ぼくも同行しよう」

「一緒に来たまえ。そうすれば、ぼくが幻覚にまどわされているのではないことがわかるよ」

原田は眉をひそめて、中条の肩に手をかけた。

「とにかく、今夜はゆっくりと眠ることだな」

中条は大きく目を見開き、

「明日が愉しみだよ」

と、今度は、はっきりとした自信のある声で、原田に云った。


サイレンの響きが、明るい空の下で鳴りはじめた。海岸にいた隊員たちは、また仲間の誰かが吸血植物に捲きつかれたのかと思い、音の方へ集まってきた。

中条と原田とが、昨日の花のまえに立っていた。今度は凝然としているのは原田の方だった。中条は集まってきた仲間に向かって叫んだ。

「さあ、小さい女の実在がこの通り証明された」

一同は中条の指さすところを見た。地面にひとりの小型の女が立って、一同を見上げていた。身長六十センチ余り、乳房と腰だけを掩《おお》った美しい女性が、不思議に輝かしい小さい瞳で、隊員たちを見回している。

「昨日の経験で、ぼくはこの美しい小人が音響に対して非常に敏感なのだろうという推理を得た。それでこのサイレンを鳴らしてみた。実験は成功した。この通り、彼女は現われでた。

もう疑うことはできないだろう」

一同は感嘆して、この自然の傑作を見下していた。

その時、突然、小美人は話しはじめた。——それは、言葉というより、歌だった。かつて人間の喉《のど》から生まれるのを聞いたことのない、透明な歌声が、彼女の小さい口から、次々と溢れ出て、それに合わせて、彼女の四肢は舞踊のように動く。

中条はじっとその旋律に耳を傾け、また身体の動きを追っていた。それから、目を小美人から放さないままで云った。

「この言葉は、どの言語体系にも入っていない、全く独自のものだ。ここには主語と述語しかない。それは殆ど言葉というより、暗号だ。……しかし、水爆実験はもうしないだろうか、と訊いているように思われる」

女は話しやめ、中条の顔を見上げて微笑した。その信頼に満ちた表情は、中条の心のなかに、名状しがたい幸福感を湧きださせた。彼は思わず、その女に手を差し延べようとした。

その時、背後で、ラーフ隊長の苦々しい言葉が聞こえた。

「中条、この島には、もう演習上の価値はない、と伝えてくれ」

中条はそれを、この女のように旋律に翻訳する能力がないことを悲しむように、黙って微笑しながら、首を横に振った。

小美人は、顔に歓喜の表情を浮かべた。中条は自分の気持ちの通じた喜びに、何度も女に向かってうなずいてみせた。

女は片手をあげ、それから急に走り去ろうとした。

その時、不意にネルソンが女の前に飛び出した。そして、逞しい腕で、女をかかえあげた。

「なにをするのだ!」

中条は驚いてネルソンの肩に手を掛けた。

「乱暴をするな」

ネルソンは振り向くと、軽蔑的な目で中条を見た。

「貴重な資料だ。資料は採集する」

腕のなかでもがいていた女は、ネルソンの顔を見上げ、自分が捕えられることを察したのだろう、突然に鋭い叫び声をあげた。それもまた、素晴らしい歌だった。それは暑い空のなかへ吸いこまれて行くような想いに、一同を誘った。

「原住民だ!」

と、誰かが叫んだ。

まわりの背の高い草の間から黒い肌の裸の男女が、続々と現われでて、一同を取りまきはじめた。彼等の表情には殺気が溢れている。

「危険だ！　ネルソン、その女を放せ！」

と、ラーフ隊長は叫んだ。

ネルソンは舌うちをしながら、女を地上に降ろした。

原住民たちは忽ち、その小美人を取りかこみ、一瞬の後には、みな、草の間に消えてしまった。

「何を恐れているのだ。吾々にはピストルだって、ライフルだってある」

と、ネルソンは隊長と中条とを、交々《こもごも》睨みながら云った。その目には醜い情熱が燃えていた。

「暴力の必要がどこにあるのだ。ネルソン」

と、中条は大声をあげた。

「アフリカで猛獣狩りをするのとはわけが違うぞ。彼等も吾々と同じ人間なのだ」

「人間？」

と、ネルソンは両手を差しあげて、嘲笑した。

「あの小さい動物が人間だというのか？　あれが人間の女なら、君、あの女と結婚するがいい。……」

ネルソンの顔に、卑猥な笑いが浮かんだ。

「ジャップと小人女！」

ラーフ隊長が鋭い声で停めた。

「ばかな争いはやめたまえ。学問上の討議なら、いくらでも続けるがいいが……」

一同はふたたび、自分の調査に戻って行った。中条はひとり残り、小さな女の消えて行った植物の間を見詰めていた。そして、何度か胸のスイッチに手をやりかけては、また諦めた。もしサイレンを鳴らせば彼女はまた帰ってくるだろう。あの不思議に幸福な想いに人を誘う目つきをして。……しかし、その音は隊員たちをもまた呼びよせる。そして、今度はネルソンは本当に彼女を捉え、「貴重な資料」という言葉で、一同を承服させてしまうかも知れない。

彼は空想する。この調査の終わるまでに自分はどこかで、また彼女と会うだろう。そうして彼女のあの単純な言葉を習得しさえすれば、彼女の心にさえ、自分は触れることができるようになる。あの小さい身体のなかの心は、なんと小さく、そして可愛いことだろう。が、それは文明の汚れを入れることができないほど小さいが故に、また自分たち文明人の失ってしまった、純粋な感情が、真珠のように、静かな光を放って生きているのだろう。……

中条は突然に、夢想を中絶した。自分の今の想いに答えるかのように、島のどこかから、あの不思議な旋律が立ち昇ってきたのだ。それは確かに、彼の想いに答えている。その旋律は、彼の想いと対話をするように、断続する。

彼は立ちあがると、二、三歩、歩みでた。歌声が途切れる。中条は叫ぶ。

「小美人！」

歌がそれに答える。

「小美人！」

また同じ旋律が、短く繰りかえされる。

「小美人！　小美人！　小美人！」

今度は、島の東から、また西から、旋律が呼応するように立ち昇りはじめる。それはやがて、南からも北からも、相応じるように、別の声で、しかし、ひとつの旋律のまわりに、美しいハーモニーを響かせながら、ひとつのコーラスを作って行った。

発光妖精とモスラ──【中】四人の小妖精見世物となる

福永武彦

沿岸警備隊所属の第四救助船が、インファント島の調査探検隊の一行を乗せて、早朝、東京湾に入港した日の、ラジオ、テレビ、新聞は、全機能を動員して埠頭《ふとう》に一行を迎えた。危険な水爆実験の島へ、日本とロシリカとの有能な学者たちを送った以上、万一の放射能障害を気づかう気持ちが、出迎えの全員の胸の底にあったから、次から次に、元気な足取りでタラップを降りて来る学者たちが、一人も欠けずに、自信ありげな微笑を見せていることは、この調査隊が南海の孤島で十分の成果を収めたものであろうことを、まず約束していると言ってもよかった。

そこで雲集した報道陣の諸君は、なんとか一言でも結果を聞こうとして殺到していたのだが、これはものものしく警固に当たった警官隊によって阻止された。調査隊の一行は全員まず中央病院に送られて、放射能に関する詳しい検査を受けなければならない。万事はその後である、と簡単に発表された。

このこと、つまり東京港の埠頭で、折角の歓迎陣がなんのお愛想もなく、というのはなんの公式声明も与えられずにすっぽかされたことは、かえって特殊な効果を生んだ。わが国の新聞は、この事実によって、インファント島の探検では、意外な重要きわまりない発見があったに違いない。調査隊の一存では発表ができないので、ロシリカ政府と連絡を取っているのではないか、と推測した。一方これに対してロシリカ本国からわが国に特派されている新聞記者諸君は、むしろ調査隊に対して食ってかかるような記事を本国に打電した。

もともと、この日本ロシリカ合同調査隊が出発するに当たって、一人の新聞記者をも乗船させないという秘密主義(と有能なロシリカン・プレスの記者は論難した)から、早くもそうした感情はくすぶっていたので、その一行がめでたく帰還したのに、声明文さえも用意していないとは怪しからん、というのが彼等の論旨だった。しかしどっちにしても、こうしたわが国およびロシリカの新聞の論調が、全世界に、焦躁に近い烈《はげ》しい期待感を与えたことは疑い得なかった。

その翌日、調査隊の公式声明が、隊長ラーフ博士と情報事務を掌《つかさど》っている(と称する)ネルソンとによって発表された。日本側からは、一人の隊員も顔を出していなかった。しかも、さんざんじらしたあげくの発表にしては、それはあまりにも簡潔で、要するに隊員はそれぞれ研究の結果をまとめるのに数カ月を要するから、正式の発表は三ヵ月後に行なう、それまでは一切ノー・コメントである。諸君は絶対に個々の隊員からスクープを得ようなどと試みられてはならない、云々。

R・P（ロシリカン・プレス）の記者を初めとして、その場にいた全員がいきり立ったために、ネルソンとの間に簡単な一問一答が許されることになった。

——所期の成果はあがったと認めてもよいのか？

——イエス。

——水爆の影響はインファント島に於いて認められたか？

——イエス。

——しかもなお、原住民は生存していたか？

——イエス。

——その理由は判明したか？

——ノー・コメント。

——何か特に秘密にすべき理由がそこにあるのか？

——……（ネルソンは肩をすくめた）

——何かその他にも重要な発見があったのか？

——（ややためらった後に）イエス。

一問一答はいい加減のところで打ち切られた。しかし奥歯に物の挟まったようなネルソンの態度には、いかにも人をじらすようなものが隠されていた。記者会見の終わりに、彼は一言、「君たちはやがて見るだろう」と謎のようなことを言った。

日東新聞の社会部記者福田善一郎は、この記者会見にあきたりなかった一人だった。調査隊に参加したロシリカ人の学者たちは、早々と本国に引き上げて行ったから、彼は日本側の学者たちを、研究室から自宅へと次々に追い掛け回した。しかし彼等は容易に面会してくれず、会っても実のあることは殆ど喋らなかった。ただ原子力学者の原田教授だけは、彼の熱心さに半ばあきれて、一つだけ有益な忠告をしてくれた。それは冗談半分の言いかただったが、「インファント島に密航するさ、そうすればわかる」それからこうも付け足した。「中条君に原地の言葉を教わって行くんだね。但し、命がけだよ」。そして福田善一郎は熱血漢だったので、この冗談を真に受けた。

中条信一は大学の研究室に閉じこもったきり、決して新聞記者に会おうとはしなかった。彼は帰国してからひどく愛想が悪くなり、何やら研究に没頭しているように見えた。新聞記者の福田がインタビューに成功したのは、彼がオセアニアの言語分布について教わりたいと申し込んだからだった。その実、福田は言語学のことは何も知ってはいなかったのだが。

言語学者と新聞記者、ところがこの二人は奇妙にウマが合って、二、三度会ううちにすっかり仲が良くなった。福田はそこで、彼の本心を、つまり、インファント島に渡って自身調査をやってみたいから、ご存じの限りの原地の土語を教えてほしい旨を、白状した。中条信一の研究はすでに相当に進捗していて、テープに取った言葉がカードに分類されていた。

「羨しいな、僕も行きたいな」

と若い言語学者は遠くの方を見詰める目つきをした。

「行きませんか、一緒に。中条さんと一緒なら僕も安心だ」

「僕は行かれない。それに君、放射能のある島ですよ、万一ということもありますよ」

「なに、原住民と親しくなって、例のドロドロの汁を飲ましてもらえば大丈夫なんでしょう」

と福田は平気の平左だった。

「君が新聞記者でさえなければ、僕は君にいろんなことを教えてあげられるのだが」

「僕は約束は守りますよ。しかし、なぜなんです。なぜ、こんなに秘密秘密で凝り固まっているんです?」

「それは僕には言えない」

「僕個人の考えでは」と福田は皮肉な表情で言った。「これはロシリカ政府の要請によって、政府があなたたち調査隊員を縛っているんじゃないですかね。あなたがたは、みなさん大学の先生で、つまりは公務員ですからね。ただわからないのは、なぜロシリカがそれほど圧力を加えるかってことだな。どうです？」

中条信一は曖昧な表情を浮かべたきり答えようとはしなかった。

福田善一郎は二カ月の休暇を取って、インファント島へ密航した。彼がどのような方法で便船を得たかは省略しよう。彼が到着してから正確に三十日後に、迎えの船が来る手筈になっていた。

福田はもちろん、放射能遮断服を着込み、中条が彼のために作ってくれた地図を頼りに、島の奥地を目指して進んで行った。福田の決心が牢乎《ろうこ》として抜きがたいのを知ると、中条はある程度まで（つまり原住民の言葉とか、島の地勢とか、危険な吸血植物の存在とかについては）親切に教えてくれた。「それ以外のことは、君が自分自身の目で見るさ」と中条は言った。

福田善一郎は怖いもの知らずの青年だった。彼は身の丈よりも高い草原を、吸血植物とやらを警戒しながら、そろそろと進んだ。こっそりと草の陰から、自分の方を窺う人影を見出した時には、驚くよりも寧ろほっとした。彼はかねて中条から教わって十分に習い覚えた土語を操って、彼等に話し掛けた。冒険は彼の計算通りに運んだ。原住民と思われる土人たちが数名姿を現わし、彼を案内した。草原を抜けると山岳地帯になり、大きな岩がごろごろしたあたりに洞窟があった。一行はその中に入って行った。福田は例の「玄洋丸生存者の談話要約」を暗記するほど熟読していたから、この洞窟の抜け道が、そして岩を刳り抜いたと思われる部屋が、仄かに燐光を発しているのにも、また、放射能遮断服を脱がされてから、例のドロドロの汁を飲まされたことにも、ちっとも驚かなかった。

こうして福田はこの地下の洞窟の客となった。言葉が通じるほどありがたいことはない（もっともそれは言語学者の中条信一の研究のお陰なのだが）。曲がりなりにもお互いの意思を通じ合うことによって、土人達は彼を信頼し、彼は新しい知識を得た。土人等は、神話とも現実ともわからないような、一種の超現実の時間の中に生きているらしかった。福田は学生時代に、比較神話学や民俗学を熱心に勉強したことがある。こういう未開の野蛮人にとって、世界は彼等だけに限定されていた。インファント島はロシリカ国の水爆実験が行なわれるまで無人島とみなされていたくらいだから、この島の原住民は遠い過去から、彼等だけ孤立し他の島と隔絶して、暮らして来たようである。その神話もまた、一種独得の奇妙なもので、福田は聞くに従ってそれを採集して行った。

インファント島の神話のごく根幹のところは、次のようなものである。——

昔、この世がまだ渾沌として定まらなかったころ、最初に現われたのは、永遠の夜を治める男神アジマである。霧のように、雲のように、濁って流れて行くもののうち、彼は重たい水気のあるものを下に沈め、軽やかなものを上に押しあげた。これによって海が生まれ、空が生まれた。

アジマは海の底から、最も重いもの（地面）を引き上げて、一つの島を創った。アジマは仕事にくたびれて砂ばかりの島の上に横になり、鼾《いびき》をかいて眠った。この鼾から、雷鳴と、暴風と、津波とが生まれた。

男神の支配する島ではいつまでも夜が続いた。彼は空と、海と、島と、自然のさまざまの現象とを創ったが、遂に退屈で耐えられなくなり、自分の身体を縦に二つに引き裂いた。その右半分は、依然として男神アジマとして生まれ変わった。左半分は女神アジゴとして生まれ変わった。

女神アジゴは昼を治めた。彼女は太陽を創った。彼女が陸に向かって息を吐くと、草や木や鳥や獣が生まれた。海に向かって息を吐くと、魚が生まれた。男神はそこで月や星を夜空に創って対抗した。しかし二人とも創造の仕事に疲れたので、やがて一緒に寝た。

やがて生まれたのは巨大な卵だった。これは今までのように、男神あるいは女神が単独で生んだものではなく、二人の間から生まれたもので、従って昼と夜との両方の特徴を持ち、太陽のように、また月のように光った。しかしこの卵モスラはいつまで経っても孵《かえ》らなかった。

次にアジマとアジゴとの間から、男女二人の人間が生まれた。人間は彼等自身の力で、次第にその数をふやして行き、やがて島に溢れた。

次に男神と女神との間から、今度は無数のごく小さな卵が生まれた。その卵もまた、夜には星のように光った。卵は幼虫になり、蛹になり、蛾になって飛び立った。

男神アジマは、この無数の小さな卵を生んだことは、女神の失敗だときめつけ、はなはだ怒った。彼は人間にも、鳥や獣や魚にも、ひとしく死を送り、その半ばを殺した。その上アジマは、怒りのあまり自分の身体を縦に四つに引き裂いた。島は鳴動して崩れ落ちた。身体の四つの部分は、それぞれ暁の星、宵の星、北の星、南の星へ飛び去った。

女神アジゴは嘆き悲しみ、永遠の卵モスラの前に自分の身体を犠牲《いけにえ》として捧げその前で身体を縦に四つに引き裂いて死んだ。しかしその四つの部分から、アジゴをごく小さくした、人間の背丈の半分ほどもない四人の若い女が生まれた。彼女たちは夜でも身体じゅうが光り輝いた。彼女たちはアイレナと呼ばれ、永遠の卵モスラに仕える巫女として、永遠の生命を持っていた。彼女たちは、以前に生まれた無数の小さな卵が幼虫になって繭をつくる時の、その糸を取って織物を織った。その糸もまた、夜でも燐のような光を発した。

女神アジゴは死ぬ前に予言をした。

「アイレナはモスラに仕え、モスラは必ず島を守る」……

福田善一郎が、島の長老たちから聞いたこうした神話は、単に一つの荒唐無稽のストーリー、どんな民族でも祖先から受け継いで来ている一種の文化的な遺産にすぎない、と彼には思われた。

ある日、彼は洞窟の外に出てみようとして、トンネルの途中で道を間違えた。というよりも、どこからともなく聞こえて来る歌声のようなものに誘われて、彼は出口の方へ行く代わりに、反対に奥の方へ進んだ。何等の照明もなくて仄かに蒼白く光っているこの地下の抜け穴を辿りながら、彼は、それが神話の中の、無数の小さな卵、幼虫、蛹、蛾（それらは常に発光した）と関係があるのではないか、と疑い始めていた。

福田が抜け穴をついにくぐり抜けた時の、彼の驚きは殆ど形容できない。そこは周囲を山壁に囲まれた擂り鉢型の盆地で、自然に階段をなしているその最上段に、巨大な、蒼白く光り輝く卵が横たわっていた。一段低いところは神殿風の建物で、四人の、これはまたあまりにも小さな女たちが、機《はた》を織っていた。彼女等の身体も、身につけている衣装も、機にかけた織物も、すべて光を発していた。中条信一が「自分自身の目で見るさ」と言ったのは、つまりこれだったのだろうか。そのあまりに神秘的な美しさに、福田は自分の目を信じることができなかった。

四人の小さな女たちは、天使のようなとでもいうほかはない声で、合唱した。

翌朝、福田が幸福な気持ちに包まれて目を覚ました時に、彼は土人たちが慌てふためいているのに気がついた。

「アイレナが行った。アイレナは行ってはならない」

福田はなんのことやらわからず、不安に駆られて土人等と一緒に洞窟を抜け出て戸外へ出た。音色の美しいサイレンの響きが海岸の方で鳴り続けた。

「アイレナは行ってはならない」

福田は海岸を眺めて、そこに戦慄すべき事件が展開しているのを見た。放射能遮断服を着込んだ幾人もの男たちが、手にピストルやライフル銃を構え、武器を持たぬ土人等に対峙していた。福田が昨晩見た小美人の一人が、すでに檻の中に捕えられて、歌うような声で叫んでいた。土人たちは彼女を助けようとして近づき、一人ずつ銃弾に倒された。それは無抵抗な人々に対する虐殺だった。

「よし、そのくらいで逃がしてやれ。そして奴等のあとを追い掛けるのだ。女たちはまだほかにもいるかもしれんぞ」

福田はその声を聞き、隊長らしいその男の顔を見た。それはネルソンだった。その瞬間に、彼はこの憎むべき陰謀を、それが意味するものを、新聞記者の本能で理解した。しかし土人等と一緒に逃げ出そうとした時に、彼は草原の中で転倒し、そのまま気を喪《うしな》ってしまった。

インファント島の秘密　ついに明らかとなる　四人の小美人　妖精か天使か　ネルソン氏の公式声明

こういう最大限にセンセーショナルな見出しが、日本とロシリカの全新聞の第一面を飾った。ネルソンはR・Pを初めとする各社の記者に、まずこの三カ月間は、インファント島からデータを運び寄せるために必要だったと弁解した。そのデータが、すなわち諸君がこれから見るところの四人の妖精である。私はあえて四人の女とは言わない。この者たちは歌うだけで言葉は発しない。大きさは子どもよりも小さいが、決して子どもではない。インファント島には、これらの四人のほかに同じ種族と思われるものは存在しなかった。これら四人は生殖を行なわず、かつ不死であるように思われる、云々。

そして四人の小美人、あるいはネルソンのいう妖精たちは、好奇心に燃える報道陣の眼指《まなざ》しの前に、その姿を見せた。但しそれは、写真班が写真を撮るのに必要な、ほんの五分間だけだった。しかし、その印象は圧倒的だった。

「私は諸君をもっと驚かせることができる。しかし、諸君はいずれ、それを見るだろう」

ネルソンはもったいぶって、最後にこう予言した。

その言葉は、小美人たちの公開という形で、やがて証明されることになった。学術的資料の公開という名目はついていたが、R・Pがいみじくも名づけたように、それはまさにフォア・

フェアリーズ・ショー（四人の妖精のショー）だった。それは東京の最大の劇場で、前代未聞の高い入場料を取って行なわれた。その初日の慈善《チャリティ》ショーには、総理大臣やロシリカ大使を初めとして、学術的ということには縁のない貴顕淑女が大勢つめかけた。開幕のベルが鳴り、ロシリカ人と日本人の二人の司会者が長々と演説をし、そこで突然、全照明が消え去った時に、自ら発光する四人の妖精たちが、いかに人々を驚かせたかは言うまでもないだろう。

言語学者の中条信一は、この興行に対して人道的な憤りを覚えた人たちの一人だった。彼が帰国以来、なんとなくぼんやり考え込むことが多くなったのには、島でのあの小さな女との出会いが作用していることは確かだった。恋愛というのではない、しかし彼はまざまざと彼女の声（歌うようなその声）を心の中で聞き続けていたのだ。あの新聞記者の福田が帰って来ればいろんなことがわかるだろう、と思っていた。

福田はまだ帰らなかったが、しかし中条には、今や多くのことがわかった。インファント島調査隊は、政府から研究の発表を禁じられた。それは明らかにロシリカ政府の干渉によるものと思われる。そしてロシリカの首脳部を動かしていたのは、情報連絡係という仮面の下に隠れていたネルソン、この稀代の興行師の仕業であったに違いない。なんと巧みな宣伝をこの男は用意したことか。これこそ無限の富に憑かれている男の、最大の博奕《ばくち》、非人間的の汚名をも辞さない大博奕に他ならなかった。中条はついに決心して、ネルソンに面会を求めた。ネルソンも、彼の調査隊員としての肩書きを重んじて、五分間だけ、貴重な時間を割くことに同意した。しかし、ネルソンは、熱心に訴える中条の言葉に、不遜な微笑を浮かべるだけだった。

「非人間的？……あれは人間じゃありませんよ。物ですよ。私がインファント島で採集した資料。つまり私有財産です。島へ帰せ？　とんでもない。中条さんはまだショーも見ませんね。私が指定席の切符をあげるから、見てご覧なさい。あの連中は何一つ束縛されているわけではない。島へ帰りたいなどと言ってはいない。嬉しそうに歌っていますよ」

中条は、到底ネルソンに太刀打ちすることができなかった。彼はすごすごと引き上げ、なんとか小美人たちに会いたいと望んで、とにかくもらった切符で劇場にはいった。照明が消えると、四人の妖精たちはひとりでに光りながら歌った。超満員の客の中で、中条ひとりが、彼女等の歌うハミングのような合唱の中に、ある種の意味を感じ取ることができた。それはかつての島での経験が、彼に、この四人のうちの一人と、謂わば、テレパシー（精神感応）によって通じ合っていたせいかもしれなかった。確かに、その歌声は明るく、澄み切って幸福そうな響きを持っていた。ただその中に、何ものかへの期待、超自然的なものの呼び掛けが、ぞっとするような確実な未来として、含まれていた。

福田善一郎は夢から覚めたように、地下の洞窟の一室で目を開いた。幸福感から恐るべき悲劇への転落、——それは一場の悪夢としか言いようがなかった。しかし、土人等は殺戮され、生き延びた者たちは怪我人の世話で忙しかった。アイレナは四人とも盗み去られた。福田もまた負傷して、今まで看護を受け、今や共にこの悲劇の後味を味わうことになった。

原住民たちは、もはや福田にその秘密を隠さなかった。彼は洞窟を奥へ抜ける抜け穴を通って、かの神殿の前へと案内された。そこには昼は太陽のように、夜は月のように光り輝く、永遠の卵モスラが横たわっていた。そして土人たちは呪詛と哀愁と悲願との入り混った、奇怪な舞踊を歌いおどった。その儀式は夜ごとに続けられた。

福田は今に至っても、まだ悪夢の感じから覚め切ることができなかった。というのは、毎晩この儀式に加わって見ているうちに、この巨大な卵は、一日ごとに大きくなり、その光も一層輝きを増すように思われたからだ。そしてついにある晩、轟然たる音響がとどろき、土人等がひれ伏している間に、卵の殻は破れ、円筒形の途方もなく巨大な幼虫が生まれた。頭と胸と腹とからなる、その全身は、やはり蒼白く光り輝いていた。

「宇宙の神アジマは蘇った。永遠の卵モスラは孵った。モスラは必ずアイレナを守る」

土人等は呪文のように叫んでいた。

その間に生まれたばかりの幼虫は、八対の脚で匍匐《ほふく》すると、海岸の方向へ素晴らしい速さで消え去った。福田は自分の目を疑ったがもうその時彼の前には、はてしない夜の闇と、土人等の黒々とうずくまる姿が、あるばかりだった。

発光妖精とモスラ――【下】モスラついに東京湾に入る

堀田善衞

暗い夜の海。一隻の漁船が月光を浴びて南下していた。漁船は漁船だが、この船はそのマストに日東新聞社の社旗をかかげていた。新聞社に臨時にチャーターされて福田を迎えに行くのである。その乗組員の一人が、甲板で月光に照らされながら煙草を吸っていた。

海は静かなうねりがあるばかりで、平穏な航海であった。海は静かだったのだが、遠くから異様に湧き立つような潮騒《しおさい》の音が聞こえてきた。男は聞き耳をたてやがて立ち上がって自分の目を疑った。彼ははじめ、これが話に聞いている白鯨というものなのか、と思いかけたが、そうではなかった。双眼鏡をとってきてのぞいて見、彼はいっそう驚いてしまった。巨大な、全長百メートルもあろうかと思われる、魚でも鯨でもなく、白味をおびていた太くまるいものが、波浪を湧きたてるようにして泳いでいる。船の進行方向とは反対に、北西へと異常な速さで進んでいる。ブリッジへ駆け上がるようにして彼が叫んだ。

「おい、でっかいカイコが泳いでいるぞ……」

怪物は小さな漁船などふりむきもせず、蒼白い微光を放ちながら、ときどきは異様なうめき声さえ発して、うねりを乗り越えて行った。

中条信一は唇をかみしめて舞台を見守っていた。彼の横には、助手の花村ミチ子がすわっていたが、彼女は、少々当惑していた。彼がインファント島から帰って来て以来、言葉少なくなり、じっと机に向かって考え込んでいたり、あるいは出し抜けに怒り出したりするので困っていたのだが、この花やかな舞台を見守って唇をかんでいられるのも、彼女にはやりきれなかったのだ。なぜなら、舞台の上の四人の〝妖精〟の歌声は、つかずはなれず、どんな音楽のリズムにも乗って行き、あたかも現実の音楽を伴奏にした、超自然のハーモニーのように聞きとられ、人々をほとんど陶酔させるほどであったから。そのハーモニーは、ジャズのビートにも、ラテンのリズムにも、また重音楽の弦の流れにも、不思議に自然にのって流れた。

その日の終幕は、ネルソンがこの国の若手の作曲家に巨大な作曲料を払ってつくらせた交響楽団伴奏のものによって飾られた。音楽は、生《なま》の音楽に、いわばはじめて電子音楽をかさねることができたような効果をおさめた。

演奏は終わった。人々は手が痛くなるほどに拍手をした。がしかし、不思議なことが起こってしまったのだ。〝妖精たち〟が歌いやまないのである。中条信一は、オペラグラスに目をこすりつけるようにして、妖精たちの表情を注視していた。花村ミチ子が、「こむといけませんからもう出ましょうか」と話しかけても返事もしなかった。

中条は、耳に異様な音をとらえていた。彼女たちは、ただひとつの言葉をくりかえしているのだ。

……モー……スー……ラー……

……モー……スー……ラー……

……モー……スー……ラー……

オペラグラスをのぞいたまま、

「モー……スー……ラー……、モスラ、モスラ……」

と中条はくりかえしていた。

オーケストラの指揮者が、音楽はもうおわったのだと注意したとき、中条はオペラグラスのなかに、それまで悲痛な表情をしか見せなかったと思われる〝妖精たち〟が、不思議に明るい顔をし、うち一人は明らかに笑ってさえいるのを確認した。仕事が――とにもかくにも仕事の一日が、おわったことを喜んでいるのだろうか？　そうかもしれない、いや、しかし……、と中条は迷いに迷った。

……モー……スー……ラー……

あれは、何かに対する呼び掛けではないのか。

花村ミチ子がおどろいたことに、中条信一は物も言わずに廊下にとび出し、人々の流れとは逆に楽屋へ通じるドアへと突進して行った。その結果は、しかしむなしかった。楽屋は厳重に警戒されていた。首相とロシリカ国大使とが訪問していたからであった。最近この国ではロシリカ国と軍事条約が結ばれ、この条約問題をめぐって国会の内外に多大の紛乱がまきおこされ、条約は国民の十分な納得のいかぬうちに締結されてしまったのであった。だから、首相とロシリカ大使とのこの楽屋訪問は、軍事条約問題後ちょっと気抜けのしたような国内情勢に、やわらかい微風を送るような効果をもつようにと、あらかじめ配慮されてあったものである。中条信一などの出る幕ではなかった。彼はボディー・ガードに、いとも簡単に押し出されてしまった。

本土をはるかに離れた海上では、漁船の上でラジオを聞いて福田記者が苛々《いらいら》していた。苛々する以上に、乗組員に繃帯をかえてもらいながら、彼はもうほとんど怒っていた。四人の〝妖精〟アイレナのことは言うまでもなく、この漁船の乗組員が夜の海上で目撃し、かつ乗船してのち彼が無電で報告したモスラについて、ラジオはきわめて簡単に、巨大な流木らしいものが漂流しているると報道しただけであった。インファント島でのこと、またモスラについては、福田も中条信一が原子力学者の原田氏と相談しないで、これらの探検隊員たちの確認なしで社のデスクがいったい信用するかどうか疑念があったので、きわめて簡潔な報告をしか、いまだ送っていなかったのであった。彼は一刻も早く空路のある島へ到着することをねがっていた。

しかし中条信一は、福田記者の帰還を待ってはいられなかった。彼は思い切って新聞社を訪ねた。訪ねてみて中条がおどろいたことには、〝発光妖精〟たちに関することは、すでに芸能記者の担当ということになってしまっていた。現代ではどんなに重大な事件でも、直ちに芸能化されることを避けがたい。原子爆弾《アトミックボン》から名をとったアトミック・ガールズなるラインダンスが、アイレナたちの合唱《ハーモニー》のあいだつなぎをする世の中である。

翌日の新聞をひらいてみて、そこに、読者は四人の〝発光妖精〟アイレナによってなしとげられた音楽上の文字通り未聞の達成と、騒乱のもととなり、国際信用一般にまで拡大されて考えられていたロシリカ国との関係までが、この政府的には中立である〝妖精〟によってその緊張を緩和されるかもしれぬとして、首相とロシリカ大使とが妖精たちと酒瓶とを乗せたテーブルを前にしての握手の写真がのっているのを見出した。政治の世紀である現代にあって、芸能もまた政治に利用される、これもまた避けがたかった。また、妖精たちは酒瓶とともに、高級社交界《ハイソサエティー》の宴会のツマにまで使用されそうであった。

その新聞の下の方に、太平洋に巨大な流木らしきもの、という小さな記事があった。別の新聞には、単に正体不明の流失物とあった。はじめ中条信一は何気なく見ていたのだが、そのうち、ふと気付いた。彼の耳には、まだ昨夜の、

『……モー……スー……ラー……、モー……スー……ラー……』

という、あの超自然の呼び声のような、しかも現実に耳にしたときには哀切なものを含むアイレナたちの合唱がひびいている。

彼はすぐに大学へ行き、花村ミチ子をつれて物理学教室に原田教授をたずねた。顔を見るなり、いきなり、

「モスラだ、この記事、モスラだ!」

と叫んだが、いっしょに探検に行った原田教授にとっても、モスラであれモンスターであれ、なんといわれてもどうしようもなかった。巨大な流木という記事を信ずるほかなく、中条は中条で、これまた十分に説明すべき材料がなかった。しかし、原田教授も、ネルソンの人を人と思わぬ、神を怖れざる仕打ちに怒っていたので、彼に電話をかけて面会を申し込むことには賛成した。面会はにべもなく拒否された。ネルソンはこの国の政治情勢を考慮した大使館筋からボディー・ガードをやとっておく方がいいとすすめられていた。

けれども、〝発光妖精〟たちの合唱を聞いて、喜んでいる人ばかりではなかった。それを悲しみをもって聞く、鋭い耳をもった聴衆もこの国の音楽ファンのなかにはいたのである。昨夜の、オープニング・ショーに行ってみて後味がよくなかった、という人々もいた。無惨、残酷だ、と言い、ああいうものに一国の首相やロシリカ大使までが臨むとは何事か、と息まく人もいた。軍事条約問題の後の、一段落後のムードつくりに、ああいうものまでを動員するとは、と怒る人もいた。中条と原田教授の会話を横でだまって聞いていた花村ミチ子は、そこに何かしらキナ臭いものがある、と感じ、会議後に彼女は男友達の学生運動の指導者にそっと話してみた。

一日たち、二日がたった。

ネルソンは、探検隊の結果発表を三カ月おさえたのと同じやり口で、〝発光妖精〟のテレビ中継をはじめの五日間一切禁じ、その後も一社独占にした。インタビューも禁止した。それは人気をいやが上にもあおるのに一効ある方法であったろう。怒った他のTV局は批判キャンペーンをはじめた。世論も二つに分かれた。

その四日目の真夜中に、羽田飛行場から中条の家へ電話がかかって来た。福田記者が帰って来たのだ。福田記者は、すぐにネルソンに会いに行くから、と中条の同道を求めた。

二人がそれぞれ別の車で薄明るくなって来た東京の町を、ネルソンと〝妖精〟たちの止宿しているホテルへ走っているとき、関東はるか南の海を一隻の船が航行していた。P海運所属のプレシデント・オブ・ヒックリカー号である。その鋭敏なレーダーが、異様に白くなってしまった。円型のレーダーの右方に、その半円の上から下までを長く占めるほどに、その白いものは大きくなっていった。

上空を飛行機が飛んでいた。プレシデント・オブ・ヒックリカー号は、無電で飛行機に調査を依頼した。実は依頼するまでもなかったのだ。飛行機は、ようやく明けそめた海に、すでにそれを視認し、報告の第一電を送っていた。また、しばらくしてプレシデント・オブ・ヒックリカー号自体も、たとえば海上を動く雪のつもった低い丘つづきのような、そのおどろくべきものを視認し、いや視認どころかただちに退避しなければならなかった。

モスラは急速に成長、いや成長どころか、さらに巨大化していたのだ。うめき声は、海ひろく、しかしどことはなく悲しげに、這うようにしてひびいていった。

「ネルソン、われわれは真剣なんだ」

「中条さんに、福田さん、あなた方の偉大な想像力には心から敬意を表します」

「そんなことはどうでもいい」

「しかし、その怪物が、あのかわいい妖精を救いに来るという証拠がどこにあるか、第一、その怪物を見た人は、いや、見たと主張する人は、福田さん、いまのところあなたたった一人。それにそいつがもしいるとしてなんという名の何なのか……。福田さん、私は芸能PRの専門家です」と言って、ネルソンは肩をそびやかしてみせた。「朝っぱらからですが、ねむけざましにカクテルでも注文しましょうか。うんとビターをきかせたやつを」

「なにを言ってるんだ。一刻を争うんだ」

そのとき、突然、中条が立ち上がった。これには福田もおどろき、まさか中条がネルソンになぐりかかったりしないだろうな、とぎょっとしたのだったが、中条は意外に静かな声で、

「……モー……スー……ラー……、モー……スー……ラー……」

とくりかえしたのだ。しばらくはネルソンも福田も呆っ気にとられていたが、やがて二人は、次第に頬から血の気がひいていくのを感じた。中条の叫び声に呼応するようにして、隣室の、檻のなかにとじこめられていた〝妖精〟たちが、『……モー……スー……ラー……、モー……スー……ラー……』

とその美しい合唱をひびかせはじめたのだ。それはもうとめどなくつづいた。

中条と福田が部屋をかけ出した。廊下には、おやといの暴力団が眠りこけていた。扉にはもちろん鍵がかかっていた。暴力団が起き出した。が、ネルソンも思い切りがついたか、ポケットから鍵をとり出して、彼も二人につづいて〝妖精〟たちの部屋へはいった。

インファント島から帰って以来、録音テープによって専心、この島の言語を分析研究していた中条が、まず問いかけた。それに対して四人のうちの、彼を吸血植物から救ってくれた一人が中条を認めた。そうして四人はみな福田を認めた。中条と福田が話しつづけると、次第にネルソンが苛立って来た。

『貴女がたをわれわれは助けてあげたい。インファント島へかえしてあげたい。しかしこのネルソンが拒否しています』

『それはわかっています。わたしたちはかならず助かりますし、島へかえれます。しかし……』

『われわれだけではなくて、この国には、あなたがたの運命に同情している人もたくさんいます』

『ありがとう。わたしたちはかならず助かります。しかし……』

『しかし……?』

『しかし、わたしたちが救われるために、この国の人々に多大の迷惑と不幸をもたらすことになるのが悲しいのです』

『なんですって、迷惑と不幸?』

『そうです。モスラが……、モスラが来ます』

はじめて、彼女たちの口から、あのモ……ス……ラ……という、いまとなっては不気味な、しかし美しいひびきをもったことばが聞かれた。それを言うとき、彼女たちは真に悲しげな表情をしていた。

第一報がはいった。飛行機は上空をとび、プレシデント・オブ・ヒックリカー号は、遠まきに接触をつづけていった。怪物はわき目もふらなかった。飛行機と、ヒックリカー号は、間断なく情報を送った。

太平洋上に巨獣あらわる。関東南岸に向かう公算大。謎の大怪獣、関東へ上陸か。沿岸警備隊に待機命令下る。……

臨時閣議がひらかれた。中条信一も福田善一郎も、また原子力学者の原田教授でさえが、殺到して来た新聞、ラジオ、テレビに捕虜にされ、閣議の召喚に応ずるのがやっとであった。福田記者は肝腎の原稿を書くひまさえなかった。午前の町には、もうすでに、モスラ、モスラ、モスラという叫び声がはんらんしていた。

「臨時ニュースを申し上げます。ただ今、政府より謎の生物に関する緊急指令が発表されました。この発表は第一沿岸警備隊よりの謎の生物に関するその後の状況報告にもとづいてなされたものであります。
一、謎の生物は、東京湾に侵入する公算はきわめて大であります。
二、謎の生物の形態は、ほぼカイコに似ていて、かつてのゴジラよりもさらに巨大にして、狂暴なりと推定される。
三、その進行速度はきわめて早く、放射能を内蔵するや否やは目下調査中。
四、上陸に際して発生を予想される事態を考慮し、沿岸住民は第一沿岸警備隊の指示に従い、すみやかに避難してください。
五、政府は目下、この大怪獣の、明示にして緊急の侵略に対し、ロシリカ国との軍事条約発動のため、事前協議中であります。
六、以後、この大怪獣を、モスラと呼称する」

モスラは、しかし、夜にはいってからとうとう上陸した。上陸地点は鎌倉七里ガ浜であった。江ノ島は波をかぶって一時その姿を没した。

ネルソンは、緊急事態にもかかわらず、損失を最大限に防ぐためにその夜の上演を強行した。いかなる緊急事態にあっても、ひまな人や、たとえ何であれ珍しいものを見たいという人はいるものである。劇場はいっぱいであった。劇場警戒には目つきの悪い男たちが動員されていた。

なぜなら、その日一日、いち早く危険を告げた花村ミチ子を先頭にした学生たちが、小美人をかえせ、ゴーホーム・ネルソンと叫んでデモをやっていたからである。フォア・フェアリーズ・ショーは、おわりかけていた。四人の〝発光妖精〟は、数日前とは、まるでことかわった声調でうたった。

「……モー……スー……ラー……、モー……スー……ラー……」

とその瞬間、七里ガ浜から上陸して稲村ガ崎の山を越え、鎌倉大仏前まで来ていたモスラが、急に方向をかえてふたたび海にはいって行った。その夜破壊されたのは鎌倉市だけであった。中条と福田はそれがアイレナたちの懇望と、同時にこの国の破壊をさけたいという切望にもとづくものであると考えた。

翌朝、ロシリカ国大使館は声明を発表した。

「日本国とロシリカ国は、相互の平和と安全を保証するために、すでに発効を見た条約を締結した。この条約は、かかる明示にして緊急の事態に際して発動さるべきものであると考える。しかも、今回の不祥事は、ロシリカ国民であるピーター・ネルソン氏の個人財産に重大な関係があるという事実を、確実な情報にもとづいて報知されている。従って、私有財産制度を擁護する自由主義国として、その原則を守るためにも条約は発動されるべきものと信ずる。第七〇〇艦隊と第五〇〇空軍は……」

しかしモスラはふたたび上陸を開始した。再上陸との情報が町にはいったころホテルをとりまくデモ隊がまだ十分にあつまっていないとき、二台の大型車がホテルの裏口をあとにした。自動車は、羽田飛行場ではない、東京北郊の飛行場をめざしていた。

モスラは八つの巨大な関節を次々とうごかして、そのきわめて柔軟な体を屈進させ、おそろしい速度で京浜国道を都心にむかって突進した。銃弾も砲弾も貫通することがなかった。被害は予想されたものよりも少なかった。彼は道路にそって前進し、霞ガ関付近へ来てはじめて積極的に建物に挑みかかった。頭部が、ちょうど国会議事堂に達したとき、彼は運動を停止した。彼の上空を一台の大型ジェット機が飛んで行った。

運動を停止して、彼は巨大な口腔のなかの絹糸腺と見えるものから絹糸状の糸を吐きはじめた。カイコからサナギへの完全三段階変化が開始された。おどろくべく多量の繊維状のものが吐き出され、糸は国会の塔と両翼にまでかかった。モスラのサナギが、ついにマユをつくってしまったのだ。

なんとも奇妙な光景であった。繊維の一本一本が日を浴びてキラキラ光る、長円型のマユが日本の中心にすわり込んでしまったのである。微動だにしない。音もたてず、こうなってから物もこわしもしない。シーンとしている。静止している限りでは無害である。夜にはいってからは、蒼白い、いぶし銀の色ともいうべき微光を放ちはじめた。

夜があけてから、マユに対しての攻撃が再開されることになった。静止している限り無害であるとはいえ、事は国家の面目にもかかわる。

けれども、中条信一、福田善一郎の共同声明によって、この事態がネルソンの私欲にもとづいてインファント島なる小国の平和を乱したために起こったことを知った市民は、おっかなびっくりながら直接マユをのぞみうる非常線まで進んで来て、口々に余計なことはしない方がいいのではないか、放っておけばそのうち蛾になって飛んで行くのではないか、ロシリカ国はわが国に対して、いらぬ世話をやかぬ方がいいのではないか、と叫んだ。板橋区あたりに住んでいるらしく、これまで何の被害もうけなかった一人は、アリガターのメイワクーと奴鳴った。

一方、ロシリカ国大使館としては、どうしてもこのマユをマユのままで、まさにこの東京で抹殺する必要があった。なぜなら、このマユがもし蛾になったが最後、この蛾は必ずやあの四人の妖精を追ってロシリカ国を襲うであろう……。

世論を考慮してロシリカ軍が直接出動することは中止され、指揮だけをとることになった。軍事援助によって提供された熱線放射機がすえつけられ、ついに発射された。マユは赤黒い煙を発し、火を吹き上げて燃えた。やがて、真紅に燃え上がった。マユは異常な熱のために変化を早められやがて自らの力でやぶれた。火と熱とほとばしる光線をさえぎって、すでに最終段階の変化を完全におえた巨蛾があらわれた。

巨蛾モスラは、近づいて来るジェット機を金粉をまきちらしながらうち落し、予想されたようにロシリカ国のニュー・ワゴン・シティを襲った。そこで強欲無慚なピーター・ネルソン氏があくまで興行を強行していたのであった。劇場は摩天楼の立ち並ぶラジオ・センターと呼ばれるところにあった。

ロシリカ国でも小国の平和を乱したことの結果について世論がわき上がった。首都では、ここでもデモがおこった。ネルソン氏は何者かに射殺された。四人の〝発光妖精〟たちは、しかし、そのあまりな小ささのために、また救いに来たモスラはモスラでそのあまりな強力、強大さのために、お互いに近づくことができなかった。モスラがちょっとでも羽ばたけば、四人とも吹きとんでしまうであろう。ついに苛立って来た。モスラが怒った。怒りの結果は惨憺たるものがあった。

言語を解する中条信一がにわかにロシリカ国大使から請われて渡航することになった。随行記者にきまった福田と中条の二人は、大使に渡航を承諾する旨を告げ、報酬についての話にはいったとき、二人は冷たい目で大使を見上げた。

二人がほとんど廃墟と化したニュー・ワゴン・シティに到着してみると、途方にくれた当局者は、相変わらず四人の妖精を檻のなかにいれて〝保護〟していた。

中条と福田は四人と相談して、廃墟となった都市の上空を飛びつづけるモスラを飛行場に着地させ、そこで静止して待機させることになった。四人が呼びかけた。

……モー……スー……ラー……

……モー……スー……ラー……

……………………………………

……………………………………

美しい合唱が、ニュー・ワゴン・シティの廃墟に流れ、漂った。ここへ来てからモスラは放射能をさえ吐いたのだ。

廃墟を見て、四人の妖精は涙を流した。彼女らが望みもしなかったのに、世界の二大代表的都市が破壊されたのである……小さなインファント島の平和が侵されたばかりに。東京は、この都市に比してはまだしも被害は少なかったというべきであった。

モスラは待っていた。四人は中条と福田に別れを惜しんだ。彼女らは、モスラの複眼のなかへはいっていった。痛くはないのであろう。

インファント島付近へ出ていた船の報告によると、モスラはたしかに到着した。が到着してしばらく後に、ふたたびどこかへ飛び去ったという。さらにその後しばらくして、国連管理の人工衛星IG4・スペースパーキング号が、彼が宇宙空間をまっしぐらに進行し、アンドロメダ星雲をかすめて、別の宇宙、反世界へと突入して行くのを確認した。反世界にまで人工衛星を突出させることは、まだできていなかった。

いつの日かまた小国インファント島の平和が侵されるとき、反世界からふたたびモスラがもどって来ないとも限らない。だから人々はインファント島がどこにあるかなどとさがしてはならないのである。そんな島がいったいあったのか、などと論じてもいけないのである。モスラが来る！ このことを、中村真一郎、福永武彦、堀田善衞の三人は共同謀議によりここに連名で厳粛に宣言する。

帰国の飛行機の上で、中条と福田も妙にしょぼんとしていた。二人が思い浮かべているもの、耳にしているものは、言う必要もなかったであろう。

やがて、福田記者が何かを断ち切るように中条の肩をどすんと一つたたいて、言った。

「君もたいへんだなあ、あんなエンゼツのうまい女房なんぞもらったら、こりゃたいへんだぞ」

「なに、なんのことだ？」

「あれさミチ子さん、花村ミチ子よ」

怪奇科学小説　ラドンの誕生

黒沼健

おとうさんの誕生日

門の前に自動車がとまった。

その音に、秀夫《ひでお》は夢中になって読んでいたアーサー・クラークの「宇宙探検」から目をあげると、窓のところへ行って、下を見た。

自動車からおりたのは、秀夫のおとうさんの柏木久一郎博士《かしわぎきゅういちろうはくし》である。つづいて、あとからふたりのお客が姿をあらわした。

「あっ、河村《かわむら》のおじさんと、繁《しげる》にいさんだ!」

秀夫はへやをとびだすと、階段をかけおりた。

柏木博士は玄関でくつをぬぎながら、

「おかあさん、珍しいお客さまだよ。……さあ、どうぞ、河村君。それから繁君も……」

と秀夫のおかあさんにいった。

「まあ、ほんとうによくいらっしゃいました。きょうは主人の誕生日ですので、河村さんをおよび申しあげたいとぞんじておったところでございますのよ。」

おかあさんは河村博士をいそいそと迎えるのだった。

「いや、さっき柏木君がわたしの研究所に見えられて、きょうはなにがなんでもこいといわれましてな。ちょうどせがれの繁も上京しておりましたので、それでは、ひさしぶりでおじゃましようということになりました。」

「まあ、そうでございましたか。繁さん、ずいぶんしばらくでございますわね。秀夫といつもおうわさをしておりますのよ。あなたが九州のほうへいらっしゃってから、秀夫がさびしがりますことったら……」

「そうですか。秀夫君からはたびたび手紙をいただいてます。秀夫君、ちょっと見ないまにまた背がのびたな。」

河村博士の長男繁は、秀夫を見ると、なつかしそうに、肩に手をかけた。

秀夫の父柏木久一郎博士は古生物学の権威で、日本がほこる世界的な学者である。客の河村昌《まさし》博士は、これまた人工頭脳（サイバネティックス）の研究では、アメリカのノバート・ウィーナー博士につぐ、すぐれた物理学者で、『河村電子物理学研究所』の所長である。ふたりは学校時代からの親友で、お互に親類のようにつきあっている。そういう両家の関係だったので、秀夫は河村博士の長男の繁をほんとうの兄のように思っていた。

ところが、繁はこの春、大学を卒業すると、すぐに通産省にはいり、技官として北九州の任地へ行ってしまった。その繁がしばらくぶりで仕事の連絡のために上京したのだから、秀夫がよろこんだのはむりもない。

一同は客間に集まって、雑談に楽しい時をすごした。

「手料理でなんにもございませんが……」

やがて夕食の時間になり、心づくしのごちそうが次々にはこばれてきた。一同は柏木博士の誕生日を、「おめでとう」といって祝った。

暖かくなる地球

夕食のあと、繁はベランダへ出ると、とういすに腰をおろした。

「なんだか、今夜はむしむししますね。」

秀夫はお盆に冷たい紅茶をのせて持ってくると、テーブルの上においた。

「新聞でみると、地球はいま第何回目かの温暖期にはいっているのだそうだよ。」

繁は紅茶茶わんを手にとりながらいった。

「すると、あついのは、そのためかしら?」

秀夫は、くるくるした目を、さらに大きくあけて繁を見まもった。

「いや、暖かくなったといったって、ぼくたちのからだにはっきりわかるほどだったらたいへんだ。」

「じゃ、どうして、そんなことがわかるの!」

「北極や南極の氷がすこしずつとけているということから、わかるのだよ。とけたそのつめたい水が海へ流れこみ、海水の温度をさげる。それで、さかなの成長がさまたげられ、漁業に大きな影響をあたえているのだ。それと、氷がとければ、海水の分量だって多くなる。それだけ陸地の海岸線が海水にけずられるわけだ。いいかえれば、陸地がしだいにせまくなって行くんだね。」

「すると、東京なんかも、いまに海になってしまうのかしら?」

「学者の計算によると、そんななまやさしいものじゃないんだ。現在、地球上にのこっている氷——北極と南極と、それからアルプスやヒマラヤなどの高山の氷——これが全部とけると、地球は水びたしも水びたし、陸地はすっぽり海の中へはいってしまうというんだ。」

「ぼくたちは、そうなったら、どうしたらいいんだろう?」

「そうだな。水の中でもくらせるような、なにか特別の区域をつくるか、それとも、地球をみかぎって、宇宙のどこかへ、別の天地をもとめるか……、でなければ、みんな死んじまうのさ。」

「うわあ、いやだなあ！」

ふたりは夜の大空をあおいだ。そこには、人類の第二の故郷になるかもしれない星くずが、無数にきらめいていた。

秀夫はしばらくして、ふと思い出したように尋ねた。

「にいさん、今度はいつあちらへ帰るんですか？」

「あした……あしたの夜行の『筑紫《つくし》』でたつ。」

「ずいぶん早いんだなあ。」

「だって、今度の上京は本省に打ち合わせにきたんだからね。むこうへ帰ると、またいそがしい用事がいっぱい待ちかまえているんだよ。」

「たいへんだなあ。」

秀夫は賛嘆の気持をこめて、いうのだった。

×

客間では、柏木博士と河村博士との間に、それぞれ専門の研究について、話の花が咲いていていた。

「それで、今度完成したサイバネティックスの性能はどうなんだね?」

柏木博士がたずねた。

サイバネティックスというのは、人間の頭脳にかわって、複雑な計算をする機械である。まともに人間が計算したら、何日間もかかるような複雑な数学の式でも、わずか数分間でかたづけてしまうのだ。

「どうやら、あるところまではこぎつけたんだがね。」

「というと、まだ完全じゃないというんだね?」

「うむ、スピードの点が、どうもまだ満足できない。」

「よくばったら、きりがないのじゃないかね?」

「しかし、きみだって、古生物学は行きづまった、なんていいながら、相変わらず化石を血まなこになって、さがしまわっているじゃないか。」

「それはね、ぼくらの学問は対象が限られているという意味なんだよ。ぼくらは地球の過去を研究しているのだが、その過去は現在となんのつながりもないんだ。ある時期で、プッリとつながりはたち切られている。そこへ行くと、きみの学問は、未来が相手だろう。どこまでも発展性がある。さっきも、きみは人工衛星の軌道の計算をしていたね。きみの研究は地球の未来を目ざしているのだから、うらやましいよ。」

「ふむ、古生物学と現在か。関係がないと、いちがいにいいきれないんじゃないかな。」

河村博士は考え深そうに、いった。

坑道の惨劇

そこは北九州の炭坑地帯にある、西宝《せいほう》炭鉱株式会社の作業場だった。

坑夫たちが大ぜいたむろしているたまり場のガラス窓のむこうには、大きなボタ山が見えた。ボタ山というのは、質の悪い石炭をすてた山のことである。つみあげられた石炭は自然発火して、昼間はうすい青い煙を立ちのぼらせている。夜はまっかな炎が空をこがすのである。

たまり場には売店があって、坑夫たちの日用品を売っていた。そとのラジオがニュースを報道していた。

「……地質学者の調査によりますと、最近地球は第何回目かの温暖期にはいっているということであります。温暖期の特徴は、極地または高山の氷がとけ、これが海中へ流れはいることでありまして、このため地球上の海水の量は増し、その結果は海面が広くなって、反対に陸の面積が狭くなります。すでに、わが国でも、太平洋岸の一部で、海岸線が年々海水におかされてゆく現象が見られましまして……」

「うむ、そういえば、このごろ、坑内がいやに暖かいようだな。」

ラジオに耳をかたむけていた坑夫の三造《さんぞう》が、となりでたばこをすっていた平助《へいすけ》に話しかけた。

「だから、その温暖期とやらのせいじゃないかというのか。ばかもいいかげんにしろよ。暖かくなったといったって、そりゃ寒暖計の上のことさ。おれたちのからだにわかるような暖かさだったら、えらいことになるよ。」

そのとき、ジリジリジリ……と、入坑を知らせるベルが鳴りひびいた。

坑夫たちは立ちあがると、たまり場から出て、坑道へはいる鉱車《こうしゃ》にのりこんだ。

やがて、鉱車は地底の坑道へとすべりはいるように姿を消した。

それから数分ののち、地下十数メートルのある切羽《きりは》（石炭を掘る場所）で、三造と平助はせっせと作業をつづけていた。掘り出した石炭は運搬機でドンドンと鉱車のあるところまで送り出されるのだ。

「おい、平助。なんだか、へんだぜ。」

三造はきゅうに手をとめると、平助にいった。

「へんって、なんだね？」

「見ろ。水がだんだんふえてくるんだ。」

いわれて、三造は坑道のわきを流れている地下水に目をむけた。なるほど、いつもより水かさがふえている。

「ポンプの故障じゃないかな？」

「とにかく、組長に知らしてこよう。」

三造は組長の源《げん》さんをよびに行った。やがて、源さんが三造につれられてやってきた。

「ポンプは全回転で動いている。故障なんかない。」

そのときには、水は足の甲をかくすくらいになっていた。坑夫たちは水の中をジャブジャブ歩いていた。

「どこからか、大量のろう水があるらしい。みんな、作業をやめて、引きあげろ！」

源さんがどなった。

だが、水かさはいよいよ増すばかりである。ついに、ポンプをふやして、排水につとめた。しかし、水はいっこうに減らない。そして、その坑道はついに水びたしになってしまった。いそいで、その坑道につづいているたて坑《あな》の上に、見張所をつくり、ふたりの坑夫が交替で、水のぐあいを監視することになった。

そして、交替の時間がきたので、坑夫の宗吉《そうきち》と勘太《かんた》は、さきに行っている三造と平助にかわるため、見張所へおりて行った。すると、ようすが変である。ふたりの姿が見えないのだ。

「どうしたんだ！　三造も、平助も、いないじゃないか！」

「あいつら、仕事をほったらかして、よその坑《あな》へ、遊びに行きやがったのかな。」

見張所のガラス戸をがらりとあけて、中へはいろうとした。

とたんに、ふたりは、「あっ!」と声をあげて、その場に棒立ちになった。

三造が血だらけになって、床にたおれているのだ。むろん、息はない。

ふしぎな傷あと

「平助のやつ、どこへ行ったのだろう?」

宗吉は、はじめの驚きから、やっとわれにかえると、あたりを見まわしながらいった。

「三造と平助は、ふだんから仲良しだったからな。けんかをして、平助が三造をやったとは思えないな。」

「とにかく、事務所へ知らせることだ。」

宗吉はすぐに坑外へかけ出して行った。まもなく、組長の源さんが、医師、看護婦、坑夫たちを引きつれて、現場へ到着した。三造の死体は、これらの人たちの手で、坑外へはこび出された。

ところが、炭坑付属の病院で、三造の死体をしらべた結果、意外なことが発表された。

三造は全身傷だらけだったが、その傷は刃物によるものではないというのである。医師にも、それについて適当にいいあらわすことはできなかったが、しいていえば、それは動物にかまれた傷ににているというのだ。にているといったのは、傷のひろさから考えて、そんな大きなかみ傷をのこすような、巨大な歯は想像することができなかったからである。死の原因はなぞであった。

いっぽう、平助はどこへ雲がくれしてしまったのか、いぜんとして姿を見せない。

三造のなぞの死から、一日おいた三日目のこと、問題の見張所に、かさねて怪事件が起った。坑夫の新作《しんさく》と治平《じへい》が見張の交替のため、坑内へおりて行ったが、まもなく、新作が顔色をかえて、組長のところへもどってきた。

「た、たいへんだ！　また、やられた！」

「なにっ、やられたって？　どうしたんだ？」

「宗吉と勘太が……」

「死んでるのか？」

新作はごくりとつばをのみこんで、うなずいた。

組長がかけつけてみると、宗吉と勘太は見張所からすこし行ったところの坑道に、折りかさなるようにして、倒れていた。からだは三造と同じように血まみれで、やはり全体に無数のかみ傷のような傷あとがついている。

引きつづく奇怪な惨事に、炭鉱の人々はふるえあがった。会社でも、すてておくことはできなくなり、積極的な対策をとらなければならなくなった。

事務所の会議室では、作業所の幹部たちは重要な会議を開いていた。

ちょうど調査のため本省から派遣されていた若い技官の河村繁も、この会議の席につらなっていた。

「惨事の起った第八坑はこの際思いきって、廃坑にしてはどうかと思うのですがね。」

口を切ったのは大島《おおしま》という技師だった。

「しかし、廃坑にして作業を中止したところで、あのままほうっておいては、事件の解決にはならないね。」

所長の須永《すなが》がにがい顔をしていった。

「原因は、あの坑内にあるかもしれないというのでしょう。むろん、廃坑という以上は、坑道を埋めてしまいます。」

すると、横から経理部長の飯田《いいだ》が口を出した。

「大島君はそういうがね。はたして本社がそれをみとめますかね？　廃坑にするということは会社にとって、なかなかの損害だからね。」

「しかし、会社の利益よりも、坑夫の生命のほうがたいせつだと、わたしは思います。坑夫がこのように原因不明の危険にさらされているのを、だまってみていてよいものでしょうか?」

大島技師は飯田経理部長のほうをむいていった。

そのとき、河村繁がいった。

「わたしは会社とは無関係のものですから、この問題にたいして意見をのべる資格はないかもしれませんが、第八坑の処分については、もう一日だけ決定をのばしていただけませんか。」

「と、おっしゃると?」

大島技師がたずねた。

「わたしの目で、あの坑内に起る奇怪な現象を見とどけたいのです。」

「それはいけません。それは無謀だ。」

須永所長はきっぱりといった。

「そうですとも。それでは、自分から死にに行くようなものです。」

経理部長も所長と同じ意見だった。

「いけませんか?」

「万一の場合、会社としても責任がありますからね。」

大島技師も反対だった。

「では、本省から派遣された技官としてやります。坑内を調査するのは、わたしの役めですからね。あなたに、わたしの調査をこばむ権利はありません。ただし、危険はそうとうにありますから、これにたいする用意はじゅうぶんにして行きます。」

こういわれると、所長たちも、それを押しきってまで反対することはできなかった。

一同は、しぶしぶ繁の考えに賛成した。

異様な物音

繁は坑夫の新作といっしょに、見張所でがんばることになった。

繁はたいくつしのぎに、本を読んでいた。新作はい眠りをしている。そのうちに繁も本の上に顔をふせて、眠ってしまった。

そのとき、はるか下の坑道のほうから、異様な物音が聞えてきた。

キリ、キリ、キリ……

ガラスをすりあわせるような、頭のしんまで、キーンとひびく、なんともいやな音である。

新作はふと目をさまして、その異様な音に耳をかたむけた。ぶきみな音は、まもなく、やみの中へ吸いこまれるように消えた。

「なんだろう？　いまの音は……」

新作は見張小屋を出ると、たて坑をおりて行った。音はその下のほうから聞えてきたからだ。

「おやっ、これはどういうわけだ?」

たて坑をおりきったとたん、新作はつぶやいた。

けさまで満々と地下水をたたえていた横坑が、きれいにほされている。しかも、しっとりとぬれた坑道に、みょうなあとがいっぱいついているのだ。いく筋もの、線の跡である。水がひいたばかりの、無人の坑道に、そのような跡を残して行ったものは、いったいなんであろう?

新作はその筋のあとをたどってみたくなった。

しばらく行くと、坑道は行きどまりになった。そこから道は折れているのである。が、その瞬間彼はその場に棒立ちになった。

行きどまりの壁に穴があいているのだ。人間がかがんではいれそうな穴である。水のひいたわけがわかったような気がした。

あふれ出た地下水は、この穴から地下の深いところへ流れさったのであろう。

と、そのとき、さっき、小屋で聞いた異様な音が、その穴の中からまた聞こえてきた。

キリ、キリ、キリ……

ガラスをすりあわせるような、歯のうくような音。

だが、ふしぎはそれだけではなかった。新作が帽子につけている坑内灯の、まるい光のなかに、大きな、ギラギラと輝くものがふたつ、穴のなかに浮かびあがってきたのだ。それはしだいに近づいてくるらしい。ふたつの光の玉はみるみるうちに、大きくなった。

やがてそれは穴の入口にせまった。

なんだかわからない、異様な、大きな丸いものが、穴の口をふさいだ。いってみればトンボかハチの頭を、何百倍、何千倍にしたような、大きなものである。その丸い頭のようなものの下から、長い触手のようなものが、すばやく突き出された。身をかわすひまもなかった。

「ギャッ!」

ものすごい悲鳴をあげて、新作はその場にたおれた。

×

繁は遠くのほうでかすかに人間のさけび声を聞いたような気がした。うたたねの夢の中のでき事だったかしら、とも思った。

しかし、小屋の中には新作の姿が見えない。

「新さん!」

外へ出て呼んでみた。声は坑道に吸いこまれるように消えて、なんの答もない。

「いよいよ、現われたな。」

繁はひとりうなずくと、用意のけん銃を手にたて坑をおりて行った。

彼も水がきれいにひいているのを見て、ふしぎに思った。坑道を見ると、そこには新作の足跡らしいものが、はっきりしるされている。彼は足跡にみちびかれるように、坑道を進んで行った。

坑道の行きどまりのところまできて、繁はさっと顔色をかえた。

新作のあけにそまった死体がころがっている！

しかも、そのそばには、とてつもない大きな穴が、ポッカリと壁に口をあけている。そして、坑道からその穴の口へは、いく筋もの線がどろの中に引かれていた。

地底の怪物

繁は穴の中へはいこんだ。四つんばいになって進むのがやっとの広さである。だが、しばらくはって行くと、穴はきゅうに大きくなった。立ってらくに歩けるくらいの広さになった。

そのとき、遠い坑内のどこかでハッパ（爆薬）をかけている音が、にぶいひびきをつたえてきた。

ハッパの音は二回、三回とくりかえされた。そして、何回目かのにぶいひびきが耳を打ったときである。バラバラと岩のくずれる音がした。

それがきっかけとなって、かなりの分量の岩石が、暗い穴のかなたでくずれ落ちた。

と、キリ、キリ、キリ……といううれいの歯の浮くような、いやな音が、また聞えてきた。

繁は、その音のほうへ足を早めた。

大きな岩が穴のなかばを埋めていた。その下で、しきりとうごめいているものがある。キリ、キリ、キリ……という音は、その岩の下から聞えてくるのだ。

そこには、怪物が大岩の下敷きになって、もがいていた。みるからに、どう猛なやつだった。形は、地虫《じむし》かトンボの幼虫を何百倍かに拡大したようなもので、二億年前の地球に生きていたメガヌロン（原始《げんし》トンボ）の幼虫である。二億年前のメガヌロンが、どうして二十世紀のきょうまで生きのびてきたか、繁にはわからない。しかし、そこでもがいているのは、古生物学の本で見るメガヌロンにちがいなかった。

メガヌロンは、しばらくジタバタやっていたが、やがて息がたえたのか、ピタリと動かなくなった。

繁は怪物の死にぎわの苦しむ姿を、息づまるような気持で見まもっていた。大きな、するどいくちばしだった。坑夫たちのなぞの死の原因は、この怪物だったのではないだろうか？

繁は額にべっとりとにじんだあぶら汗を、服のそででぬぐった。

だが、ほっとするひまもなく、彼はまたそこで、さらに恐ろしいものを見なければならなかった。

メガヌロンをおしつぶした大岩のわきに、恐ろしく大きな丸石があった。地底のほら穴に、こんな丸石があるというのはみょうだった。

だが、きみょうなことはそれだけではなかった。その石がコトコトと、ゆれているような気がするのだ。

繁はぎょっとして、その石を見つめた。

やがて、メリ、メリ……と音がした。

凍った湖の氷に、ひびがはいるような、なんともいえない、ものすごい音だった。

繁の目は、はりさけるように、大きく見ひらかれた。口を大きくあけた。だが、そこからは声が出なかった。あえぐように、荒い息がもれるばかりであった。全身は木の葉のように、わなわなとふるえおののいた。

メリメリ、メリメリ……。

ぶきみな音は、さっきよりも、間が短くなった。最後に、なにか割れるような音がした。

この世のものとは思えない、恐ろしいでき事が、そこに起ったのだ！

繁は「あっ！」と叫ぶと、思わず両手で顔をおおい、その場に身を伏せた——。

証明されないもの

西宝炭鉱株式会社北九州作業所の会議室では、いま重大会議が開かれていた。須永所長をはじめ作業所の幹部たちのほかに、本社から後藤《ごとう》専務が加わった。また河村繁の上役《うわやく》である通産省の平山《ひらやま》技官も、調査のため東京からかけつけてきた。一同の顔には異常な緊張のいろが見られた。

平山技官は会社がわの人々をきめつけるように、ことばするどくいった。

「四人の坑夫がわけのわからない死にかたをし、その上、ひとりの坑夫と、調査の技官が生きているのか、死んでいるのかわからない。それを、ただわからない、ふしぎだと、いっているだけではこまりますね。」

後藤専務は大きくうなずいた。

「会社としましても、できるだけの手は打ってあるのです。決して人命を軽く見ているわけではありません。なにしろ、出口のない炭坑のおくで起った事件でありますので、犯人が透明人間でないかぎり、坑区の入口にいる人々の目にとまらなければならないのであります。」

この重役のいうとおりであった。繁が穴の中へはいこんでいたとき、ハッパの爆発の振動で、穴の中ではまた岩石がくずれ落ちたのである。そのために、穴の入口は中からまたふさがってしまい、外からは穴のあるところもわからなくなってしまったのだ。

専務はつづけていった。

「それで本社といたしましては、遺族のかたへは、できるだけのことをする考えでいますが……」

平山技官はこれをさえぎっていった。

「あなたはいま、犯人が透明人間でないかぎりといわれましたね。人間の常識では考えられないもの……そんなものを考える必要があるかもしれませんよ。」

「といわれると……」

「地上では、その存在を考えられないものです。」

須永所長は、おそるおそる口を出した。

「私《わたくし》にはおっしゃる意味がよくわかりませんが……」

「つまり……なんといいますかな……現在のわれわれの科学では証明されないもの、という意味です。」

須永所長はとなりにいる経理部長をみながら、口の中でぶつぶつとつぶやいた。

「われわれの科学では証明されないもの……」

一同にはなんだかわけがわからない。

「たとえばですね、近ごろ外国でさわいでいる『空飛ぶ円盤』――ああいったようなものです。われわれの科学では、その存在を証明することができない。けれども、それはたしかにあって、姿を現わすのです。」

「といいますと、その『空飛ぶ円盤』とかいうものが、あの第八坑に出てきましたので……?」

所長の質問に、平山技官は、

『空飛ぶ円盤』なら、とうぜん現われるのは空ですよ。これは不可解なものの例としてお話したただけです。それにしても、じつをいうと、わたしにも、どうしてあのようなことが起ったのか、考えられないのです。」

技官はそういうと、正面の窓ごしに、ぼんやりと大空を見ていた。

雲ひとつない、あおあおと澄んだ、目にしみるような空が、かぎりなくひろがっていた。

その青空の一角に、とつじょ、飛行雲があらわれた。白墨《チョーク》で描くように、それはぐんぐんとのびて、横に大きく8の字を描いた。

なぞの飛行物体

その飛行雲は、同じ時刻に、いろいろなところで見られて、多くの人たちの注意をひいた。

町はずれの原で遊んでいた少年たちは、ボールのとんで行ったかなたに、この大きな飛行雲を発見した。

「うわあ、きれいな飛行雲だぞ」

少年たちは思わず声をあげた。

また、まちのデパートでは、屋上からひろいながめを見ていた人たちが、この飛行雲に目をみはった。

消防署の火の見やぐらで、双眼鏡を目にあてていた消防手は、このふしぎな飛行雲を見て、はっとなった。

彼はすぐに電話で、下へ連絡した。

「ただいま、みょうな飛行物体が東方にむかって、飛び去るのをみとめました。」

「なにっ？　みょうな飛行物体だって？　飛行機じゃないのか？」

「いいえ、あんな飛行機は、いままでに見たことがありません。」

消防署では、このことを、すぐに付近の航空自衛隊へ電話で報告した。

「異様な飛行物体が、そちらの上空を目がけて飛行中です。高度約二万——非常に大型のものです。」

航空自衛隊の本部では、この報告をうけると、すぐに命令を出して、ジェット機も飛び立たせ、上空の監視にあたらせた。

飛行場の上空には、うすい雲がかかっていた。

司令官は幕僚《ばくりょう》の将校と管制塔にのぼり、ようすを見まもっていた。

そのとき、ふたりの前のマイクロフォンに、ジェット機のパイロットの声がはいった。

「こちら川島機《かわしまき》、こちら川島機。報告。ようやく目的物に接近。敵はわが直前を横切って行きます。速力は、わが一倍半——」

司令官はおどろいていった。

「一倍半というと、音速をこえている。そんな飛行機の報告があったか?」

幕僚も首をかしげた。

「ありません。すこしへんですな。」

川島機の報告はさらにつづいた。

「敵は、えたいの知れないしろものです。追跡中ですが、ぐんぐん引きはなされています。」

「速力が一倍半じゃあたりまえだ。」

司令官はつぶやいた。

「……敵は旋回して、引き返してきました。しだいに接近してきます。あっ! わが機にむかって、つっこんできます。」

司令官と幕僚は思わず、マイクロフォンの上にのしかかるようにした。

だが、マイクロフォンはそれっきり、うんともすんともいわなかった。

「どうしたんだ！　おい、川島機をよび出させろ。」

命令を受けた無電室では、オペレーターが懸命になって、よびかけた。

「川島機、川島機——こちら本部、こちら本部——川島機、川島機——こちら本部、こちら本部——」

だが、上空からは、なんの返事もない。

「どうしたのかな？」

「おかしいですね。」

司令官と幕僚は顔を見あわせた。

「捜索機を出そう！」

司令官は決然といった。

ジェット機が二機、すぐに捜索に飛び立った。

不安のうちに、数時間が過ぎた。捜索機はむなしく帰ってきた。川島機はどこにも見あたらなかった。

×

ゆくえ不明になった川島機は、数日ののち、ある山の森の中に墜落しているのを、近所の炭焼きが発見した。

この報告を受けると、航空自衛隊の本部からは、すぐに死体収容班が出かけた。

ところが、ここに意外なことがもちあがった。

墜落原因の調査を命ぜられた技術員が、川島機を調べると、機体にも、翼にも、たくさんの穴があいているのを発見したのである。ところが、それは弾丸のあとではないのだ。なにかするどいもので、つき破られたとでもいったような、傷なのである。

調査員はただ首をかしげるばかりだった。

司令官は幕僚の将校から、この報告書をうけとった。

「いままでの弾丸にかわる、新しい兵器ではないか、というのか？　そんなばかなことが――」

司令官はにがい顔をしていった。

プテラノドンだ!

「ものすごい音だね。」

「足の下がゆれているようだよ。地面へ耳をつけてごらん。たしかに、足の下がうなってい る。」

「さすがに、天下の阿蘇《あそ》だね。だけど、そのわりにはけむりがこないね。」

登山帽にリュックと、勇ましく身をかためたふたりの中学生が、国立公園阿蘇山を登って行った。

阿蘇の社《やしろ》から雑木林を約二キロも歩くと、パッと一時に見晴らしがひらける。林がいっぺんに消えてしまったという感じだ。そして、東も西も、はてしなくひろがった青い草原が、波を打つように、幾重にもつづいているかなたに、むくむくと黒いけむりがもちあがっている。

「このへんで弁当をひろげようよ。」

ふたりはゆるやかな斜面に、腰をおろし、リュックの中から、弁当をとり出した。

「おい、後藤、ラジオをつけてみないか。」

いわれて、後藤という少年は、小さなポータブル・ラジオをポケットから出して、スイッチを入れた。

ニュースの時間であった。

「……ゆくえ不明となっておりました航空自衛隊の川島機は、けさ午前六時、孫太郎山《まごたろうやま》の山林中に墜落しているのを発見されました。墜落原因はジェット・エンジンの故障とみられておりますが、ここにふしぎなことは、機体と翼の各部分に、異様な傷がたくさん見られることです。なにか鋭い刃物でえぐられたといったような。」

後藤少年はつまらなそうに、パチッとスイッチを切ってしまった。

「こういう雄大なけしきを見ていると、こせこせしたニュースなんか、ばからしくなるね。それよりも、まず腹をこしらえよう。」

ふたりの少年はしばらくの間は、せっせと食物を口にはこんでいた。たべおわると、ふたりはごろりと草の上にあおむけに寝てころがった。

「木村《きむら》、静かだなあ。地球が生まれたばかりの大むかしっていうのは、こんなだったんじゃないかしら?」

後藤少年はしみじみとした口調でいった。

「きみは詩人のようなことをいうね。」

木村とよばれた友だちはほおえんだ。

「いや、ぼくはこのごろ古生物学の本をすこし読んだんだよ。そしたら、おもしろくてしょうがないんだ。時々ゆめにまで何億年前に生きていたという生物を見たりする。この火をふく山と、はてしない草原を見ていると、じぶんが大むかしの人間になったような気分がするんだ。たぶん、人類はこんなときに、こんなところから誕生したんじゃないかな。」

「すると、さしずめ、あの噴火口の上あたりをとんでいる鳥は、翼手竜《よくしゅりゅう》というわけだね。」

木村少年は噴火口の上を舞っている、大きな鳥を指さして、いった。

「そうだ。人間の何十倍もあるプテラノドンだね。」

「おい！　きみ、あれは、へんだぞ！」

木村少年はきゅうに顔色をかえた。

鳥の姿はだんだん大きくなり、ふたりの上をおおうように飛んでくるのだ。

「あっ！　あれは、プテラノドンだ！」

後藤少年は叫んだ。

「どうしよう。」

木村少年は恐ろしさにからだをふるわせた。

後藤少年はとっさに肩につるしたカメラのケースのふたをひらくと、レンズを空にむけた。

巨大な鳥は、あたりの草を物すごくそよがせて、ふたりの頭の上をとび去って行った。

その瞬間、後藤少年はカメラのシャッターを切った。

捜査会議

北九州の中心都市、F市の警察本部では、西宝炭鉱の怪事件の捜査会議が開かれていた。F県の警察本部長、所管警察署の署長、西宝炭鉱北九州作業所の須永所長、飯田部長、後藤専務、通産省の平山技官などが、顔をつらねている。

テーブルの上には、三つの品が事件の重要資料として、それぞれ「一号」「二号」「三号」と札がつけられて、おいてある。

資料「一号」——水がひいたあと、第八坑の坑道にたまっていた泥土。

資料「二号」——奇妙な岩石のかけら。

資料「三号」——甲殻類《こうかくるい》の足のきれ端《はし》のようなもの。

須永所長がまず資料について説明をした。

「資料『一号』は、わたしのほうの炭坑の大島技師がひと目見るなり、おかしいといい出したものであります。この地方の炭田の地層は砂岩でありまして、石炭はこの砂岩の中に、交互の層をなしているのが、ふつうの状態であります。ところが、この資料『一号』は火山岩の粉末または、こまかいかけらなのであります。水がひいたあとにのこっておったものでありますから、あの水がどこからかはこんできたものと考えなければなりません。ところで、この付近には火山はございません。では、天からでも降ったのであろうか、と考えたくなりますが、坑道の中には空はないのであります。それも水が坑道の上のほうから出たものでありますと、あるいは坑の外から、なにか偶然の機会に、中へ運びこまれたと考えることもできますが、水は坑内の深いところからわいて、またそこで消え去ってしまったのであります……」

そして、資料「二号」は、水が出たところに、つみかさなっていた大小の岩石のかけらの中にまじっていたものである、と説明した。ほかのかけらは、この地方でふつうに見かけるものだが、これは見かけないばかりか、炭鉱の技師は、ぜんぜんけんとうがつかないと、頭をひねったものである。

ふしぎな火山岩のこまかいかけらと、なにか関係があるのであろうか？

資料「三号」も発見された場所は、前のふたつのものと同じところである。これは鉱物より動物の部類にはいるものらしい。だが、それにしては、すこし大きすぎるのである。これがもし小さかったら、甲殻類か節足類《せっそくるい》のあしのきれはしではないかと考えられる。そういったしろものなのだ。

「二号」も「三号」も、どっちも「不可解」というよりしかたがなかった。

すると、河村繁がゆくえ不明になったという報告を聞いて、通産省から出張してきた平山技官がいい出した。

「現在わが国の古生物学の最高権威である柏木博士は、河村技官のおとうさんのお友だちと聞いています。石炭の出る地層は、ご承知のように、古生代、中生代、新生代の地質のものであります。今回の事件が河村技官に関係があるというと、みょうないいかたになりますが、古生代を研究されている柏木博士に、この際これらの資料をお見せしたら、なにか新しい手がかりが発見されるのではないかと思うのであります。……」

そこで、本省へ中間報告に行く平山技官が、これらの資料を柏木博士のところへ持ってゆくことになった。

行きだおれの男

「たいへんです！ おまわりさん、弁天さまのところに人がたおれています。」

村の駐在所へ息をきってかけつけた三郎《さぶろう》少年は、そこに手持ちぶさたのかっこうで立っていた石川《いしかわ》巡査に、大きな声でいった。

「なに、人がたおれてるって？ 病人なのか？ 死んどるのか？」

「わかりません。学校の帰りに通りかかったんです。僕はきみがわるいから、逃げてきちゃったんです。」

「そうか。行ってみよう。案内してくれ。」

年をとった石川巡査は少年に案内されて、村はずれの弁天のほこらへいそいだ。

そこは北九州と阿蘇山ろくとの中間の小さな山村だった。山と山の間に、小さな池があって、弁財天がまつられてある。むかしから『抜《ぬ》け弁天《べんてん》』という名まえで通っていた。ほこらのうら側の山すそに、高さ二メートルばかりのほら穴が、ポッカリと口をあいている。

ほら穴の入口にはしめなわがはりめぐらしてあり、ローソクやお供えものの台、さい銭箱などがおいてある。

岩はだをつたわって、ポタポタと落ちるしみずのために、あたりはじっとりとぬれていて、ひんやりとしている。ふだんはおまいりをする人もほとんどない。

石川巡査が三郎少年といっしょにかけつけてみると、なるほど、ほら穴の入口に、行きだおれの男がよこたわっている。

巡査はひと目で、この近所のものではないと見てとった。男の服はどろまみれのうえに、ほうぼうが破れ、からだも骨と皮ばかりにやせこけている。頭の髪もよごれきっているが、白髪だったので、どうやら老人らしいことがわかった。顔にも深いしわがいくすじもきざまれている。よほど苦しんだあげく、ここまできてたおれたように見うけられた。

巡査は男のそばに近よると、息があるかどうかをたしかめた。

「うむ、まだ生きている。おまえ、この近くの五郎作《ごろさく》や茂助《もすけ》をさがして、よんできてくれ。駐在所まではこばなければならんからな。」

巡査は少年にいった。

まもなく、よばれてきた近所の人たちに、その男は駐在所へかつぎこまれた。おりよく、巡回の保健婦がきていたので、いろいろと手当をしてもらった。

若い保健婦は意識を失っている男の手をつかんで、脈をしらべていたが、

「だんだん正常にもどってきましたから、一日二日たったら、元気をとりかえすと思います。」

と石川巡査にいった。

「死ぬようなことはないんだね?」

「だいじょうぶです。この人はこんなにやせこけていますが、心臓はかなりしっかりしていますから、心配はないと思います。」

「じゃ、気がついたらせいぜいうまいものでも、食べさせてやるかな。」

「それがいいですわ。」

保健婦はそういって帰って行った。

名まえを思い出せない

保健婦がいったとおり、行きだおれの男は、二日ほどすると、かなり元気をとりもどした。

ことに、食欲は驚くほどさかんで、なんでもおいしがって食べた。

石川巡査は、ころあいを見て、行きだおれの男の身もと調査をはじめた。

「ところで、あんたの身もとは、まだなんにもきいていなかったんだが、まず名まえからいってもらうかね。」

すると、意外なことが起った。

行きだおれの男は、まゆにしわをよせ、むずかしい顔をして考えこんでしまったのである。

「どうしたんだね？　名まえがいえないのか？」

巡査はきっとなった。

男は不安な目で、あたりをキョロキョロみていたが、やがて、ポツリといった。

「…………思い出せない。」

「なにっ？　思い出せない！　自分の名を思い出せんのか？　きみは、このわしをからかうつもりなのか？」

「いいえ、そういうわけじゃないんです。ほんとに思い出せないんです。」

「では、ところは？　どこに住んでいたのか、家があるだろう？」

「それもわからないんです。」

「職業は？」

「わかりません。」

「そんなばかなことがあるか？ よく考えるんだ。」

男は悲しそうな目をして頭をふった。

「いくら考えても、なんにもわからないんです。どうして、あんな山の中にたおれていたのかもわかりません。」

「まえにこの村へきたことはあるかね？」

「いいえ、ぜんぜんおぼえがありません。その前にどこにいたかも思い出せません。」

男は過去の記憶をすべて失っていたのだ。

石川巡査はこんな経験ははじめてだったので、ほとほともてあました。

かたわらで、このようすを見ていた石川巡査の細君は、ふとなにかに気がついたらしく、立ちあがると、すみのほうにまるめてあった、行きだおれの男が着ていた、ぼろぼろの上着を持ってきた。

「あんた、この服にこんなものがついているけれど、これで、調べられるんじゃないかしら。」

と、作業衣のうらにぬいつけてある小さなきれを見せた。表の布地とおなじように、それも半分にちぎれている。だが、そこには手がかりになりそうな文字が見えた。

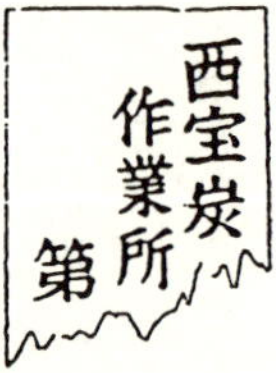

「この、西宝炭――というのは、西宝炭鉱のことじゃないかしら？」

細君は夫にいうと、男のほうをむいて、

「あんた、西宝炭鉱の坑夫さんとちがいますか？」

男はだまって、首をふった。

「じゃ、この上着はどこかで盗んできたのか？」

巡査はするどい声でたずねた。

「わたしには、なんにもわからないんです。」

頭は白髪で、顔はしわだらけだが、男の声はなんとなく若々しかった。石川巡査はそれをふしぎに思った。

巡査は報告書を書いて、このことを本署に知らせた。

過去を忘れた男は、やがて、県の精神病院へ送られた。

二億年のむかし

通産省の平山技官は東京へかえって、西宝炭鉱の怪事件について、本省に報告をすると、すぐに本郷の柏木博士の家へ自動車をむけた。

技官は応接室に通されると、テーブルの上に、現場で手に入れた三個の資料をならべ、博士に、これを発見したいきさつについて説明した。

柏木博士は熱心に聞いていたが、技官の説明がひとくぎりつくと、心配そうに顔をくもらせた。

「それで、繁君のゆくえはまだわからないのですか?」

「はい、会社をはじめ、地もとの警察も、全力をつくして捜しておるのですが……」

「河村はがっかりしてしまってね。あと取りむすこだからむりもないが。」

博士はいいながら、「二号」資料をなでたり、さすったりしていた。なぜか、それに特別気をひかれているようすだった。

平山技官は思い出したように、胸のポケットから、紙につつんだものをとり出した。

「もうひとつお見せするものがあります。これは炭鉱の事件とは無関係なのですが、西宝炭鉱の重役のひとりにたのまれましてね。」

それは一枚の写真だった。

「後藤という会社の専務に、中学へ行っている子どもがいるのです。これが古生物学に最近興味を持ち、先生のご本などいろいろ読んでおります。これは、この子が同級生と阿蘇国立公園でとった写真だというのです。」

柏木博士が手にとって見ると、カメラを空へむけてとったものらしかった。空と思われるまっ白なバックの中に、鳥の翼のようなものが黒く写っている。それも全体ではなく、片方の翼の三分の二ぐらいのものだった。

「この写真をとった中学生にいわせると、これはプテラノドンだというのです。」

「なに、プテラノドンですと？ あなたは、簡単にプテラノドンといわれるが、それはどういうものか、ごぞんじなのですか？」

「大昔生きていた大きなは虫類《ちゅうるい》とのことですが……」

「そうです。むかし生きていたものです。が、そのむかしというのが、なまなかのむかしではない。約二億年前——二の下に〇が八つも、つくのです。むろん、人間などは、まだ生まれてこなかった。ブロントソールス、ダイノソールスなどという巨獣どもが、地球上をわがもの顔に歩きまわっていたころです。しかし、これらの巨獣どもの全盛は中生代をその絶頂として、新生代にはいるとともに地上から姿を消してしまった。どうして、巨獣どもが姿を消したか？

それは今日《こんにち》でも解くことのできないなぞとなっています。とにかく、二億年前の話なのです。それが二十世紀の地球に生きているなんて……。これはおとぎ話ですな。」

柏木博士は、議長でもするような口調になったのにふと気がつくと、にが笑いをして、口をつぐんだ。

「ごもっともです。その子どもがあまり古生物学にむちゅうになった結果、なにか幻でも見たのでしょう。では、おじゃまいたしました。」

平山技官は腰をあげた。

「そうですか。繁君の捜索については、なにぶんよろしくお骨折りをねがいます。」

「現地の連中も、われわれも最善をつくしておりますから、いずれよいお知らせをお持ちできると信じております。河村博士にもどうぞよろしく。それから、この資料についてじゅうぶんにご検討をおねがいいたします。」

卵のから

河村繁のゆくえ不明をだれよりも心配していたのは秀夫であった。

「にいさんはきっと、どこかで、無事に生きているにちがいない。」

秀夫は祈るような気持で、かたく信じた。

父の柏木博士は、平山技官が奇怪な三個の資料を持ちこんでから、まるで人が変わったようにむずかしい顔つきになり、ほとんど口もきかずに書斎にとじこもっていた。よほどの難問題にとりくんでいるらしいことが、秀夫にも想像された。

玄関の呼びりんが鳴ったので、秀夫は出て行った。顔見知りの葉山《はやま》助教授だった。

秀夫は書斎の父に、助教授の来たことを伝えた。

柏木博士はテーブルの上においた「二号」資料とにらめっこをしていたが、顔をあげた。

「ここへお通ししなさい。」

葉山助教授は博士が大学で講義をしていたころのまなでしで、いまでは博士にかわって、古生物学の講義をしている。

「おそくなって、あいすみません。」

助教授はあわただしい足どりではいってきた。

「待っていた。さっそくだが、分析の結果はどうだった?」

「やっぱり、先生のおっしゃるとおりでした。」

「すると、カルシウムはふくまれていたのだね?」

「しかも、かなり多量にです。」

「そのパーセンテージ(割合)は?」

「九十パーセント……です。」

「では、ほとんどカルシウムだといってもいいじゃないか。」

「そうなのです。じつにふしぎです。」

「いや、おかしなことは、それだけではない。わたしのほうでも、こんなことを発見したんだ。きみ、これを、ちょっと見てみたまえ。」

博士は拡大鏡《ルーペ》の下のものを、助教授にのぞかせた。

葉山助教授はルーペをのぞいていたが、

「なんですか？　この無数のあなは？」

「その前に、きみがいまのぞいているものの正体を教えようか。それは、きみが分析の結果を知らせてくれた、れいの岩石のかけらなんだ。『二号』資料だよ。」

「これはちょうど……」

「鳥類か、は虫類の卵のからをうんと拡大したものに、にてるといいたいのだろう？」

「そうです。」

「わたしも、そう思った。だが、これを卵のからとすると、この大きさはとてつもなく大きい。われわれの想像もつかない大きさだ、『千一夜物語』（アラビアン・ナイト）をおぼえているかね？　れいのシンドバッドの七つの航海の話だよ。あの第二航海だと思ったが、ロック鳥という巨大な鳥の話が出てくる。きみに分析してもらった岩石が卵のからの一部だとすると、それはロック鳥をはるかにしのぐ大きさのものということになる。だが、きみ、そんなことが考えられるかね?」

「ブロントソールス——。体重約三十トン、身長約二十メートル。古生物学に記録されている地上最大の巨獣がいました。」

翼の写真

「わたしも、そのことはいちおう考えてみた。だから、あの岩石の表面の曲線を、河村のサイバネティックスで計算してもらったのだ。すると、どうだろうあの岩石のもとの球面体は、ブロントソールスどころではない。うっかりすると、成長したブロントソールス全部をつつんで、さらにたっぷりあまるという数字が出た。そんなばかげた大きさのものは、われわれの古生物学では、あつかったことがない。——このことは、じつをいうと、わたしはずっと前から、うすうす感づいていた。そうではないかという気がしたのだ。それで、最後の結論を出すために、きみに分析をたのんだのだ。しかし、結果がきみのいうようなことになると、わたしには、そうした結論を信ずるのが恐ろしくなった。」

葉山助教授は柏木博士の意外な話に、ぼう然としていた。すると、博士はさらに奇怪な話をはじめた。

「これは、あまりにばかげているので、きみにはいままでだまっていた。しかし、ことここにいたった以上は、きみの耳に入れておいたほうがよさそうだ。じつは、この写真なんだよ。」

博士は机の引き出しから、一枚の写真をとり出した。

西宝炭鉱の後藤専務のむすこが撮影した写真だった。阿蘇国立公園の上空をとんでいる巨大な生物が、そこに写っている。

「これは、なにかの翼だということはわかる。問題は、この大きさなのだ。」

「どのくらいのものなのですかね。」

「この写真をとった中学生は、とてつもなく大きかったと、いっている。しかし、この写真には、あいにくと、これと比較するほかのものが写っていない。それで、わたしには、その中学生のことばをそのまま、うのみにすることができなかったのだ。」

葉山助教授はもどかしそうにいった。

「いったい、どのくらいなのです？」

「その中学生は、古生物学をすこしかじっていてね、古生代、中生代の巨獣のことを知っているらしいんだ。それで、これはプテラノドンの翼だというのだ。」

「えっ？　プテラノドンですって？」

助教授は思わず叫んだ。

秀夫もさっきから、息をころして、ふたりの話を聞いていたが、これを聞くと、とびあがるほど驚いた。

「そうだ。きみだって、そんなばかなことがって顔をするだろう。わたしも、このことをはじめに聞いたときは、やっぱりそうだった。しかし、きみのきょうの分析の結果と照らしあわせると、そうでたらめとは考えられなくなった。わたしは、この写真が写された現地を至急調査してみたいと思う。それで、きみにもいっしょに行ってもらいたいのだ。」

「はい。おともします。」

「秀夫、列車の時刻表を持ってきてくれ。今夜の急行で立とう。うむ、そうだ。秀夫もいっしょにくるがよい。」

思いがけない父のことばに、秀夫は夢かと喜んだ。

ソーニック・ブーム

柏木博士の一行をのせた急行『筑紫』は、翌日の夜、F市についた。そこで一泊して、さらに翌日、鹿児島行の急行にのりかえて、阿蘇へむかった。

F市からは、巨鳥を写した後藤少年も一行に加わった。後藤少年はあこがれていた、古生物学の権威にあえて、うれしくてたまらなかった。彼は怪鳥を見たときのようすをくわしく博士に話した。

秀夫と後藤少年はすぐに、何年も前からの友だちのようになかよしになった。

後藤少年はみんなの先頭に立って案内した。

草原の手前の林の中へはいると、一行はそこにくりひろげられた奇怪な風景に、しばらくぼう然と、立っていた。うっそうと茂った林の一部分が、トンネルのように枝がまるく切りはらわれて、そこだけほら穴のようになっている。

そうかと思うと、突風におそわれたように、樹木のさきや枝が折れて、丸坊主になっているところもある。

暴風雨のあとのようだが、それともまたちがう。

なんともいえない、奇妙な荒れかただった。

やがて、一行はしめった地帯へ出た。

ここにも奇怪なながめが見られた。地面に大きな穴が点々とあいているのだ。

柏木博士は、それをじっと見ていたが、カメラにおさめた。

「葉山君、この穴の深さをはかってくれたまえ。」

葉山助教授が穴の深さをはかっている間に、柏木博士は、地面のやわらかそうなところをくつでふんづけては、その深さをはかって、手帳に書いていた。

まさに、そのときだった。ジェット機の急降下のような、空気を切る音が、ピューンと一同の耳を打った。

そして、次の瞬間、パーン、パーンという猛烈な爆発音が起り、調査隊の一行はその場に将棋倒しになった。

ソーニック・ブームだった。

ジェット機などが地面にむかって急降下してくるとき、その速さが音の速さをこえるとき起る現象で、超音衝撃波といわれるものである。

しばらくして一同はやっと起きあがった。

「やっ、あれはなんだ!」

秀夫ははるかかなたの空を指さした。

そこには、ゆうゆうと飛び去って行く黒い鳥の影がひとつみとめられた。

×

それから数分ののち——。
北九州の中心F市に、奇怪なでき事が続いて起った。

とつぜん、怪爆音が起って、建物が震動したのだ。ちゃちなつくりの家は、あちこちで倒れたり、かたむいたりした。

爆発性の薬品をあつかっている工場からは火事が起った。

家の外へとび出した人たちは、口々に、

「いまのものすごい音はなんでしょう?」

と話しあって、不安な顔をしていた。

消防自動車や救急車のサイレンが、けたたましく、まちをつらぬいて行った。

この怪事件は、新聞、ラジオ、テレビなどによって、たちまち全国に報道された。

新聞は初号活字の大見出しで書きたてた。


「北九州F市の怪爆音」

「怪爆音の正体不明」


ラジオもまけずにニュースで伝えた。

「……昨日F市をおそった怪爆音については、測候所で全力をあげて、その原因をしらべていますが、ただいまのところ、いぜんとして不明であります。ここに奇妙なことは、怪爆音は市だけで聞かれ、ほかの近くの都市ではまったく聞かれなかったことであります。したがって、大きな被害を受けたのは、F市だけなのであります。まことにふしぎな現象といわねばなりません……」

×

T大学付属の生産研究所の所長室へは、新聞社の連中がつめかけて、所長磯川《いそかわ》教授の話を熱心に筆記していた。

この研究所はわが国におけるロケット研究の最高機関である。磯川教授はいかにも学者らしい態度で意見をのべていた。

「あれは『空飛ぶ円盤』がほかの天体からやってきたのではないかと思うのです。それが都市の上空へむかって急降下したので、そのソーニック・ブーム（衝撃波）が爆発音を起させたのです。いまや『空飛ぶ円盤』は世界各地の上空に姿を現わしています。日本にだけ、この現象が起らないということは考えられません。地球はいま、宇宙のあらゆる方面からねらわれているのですよ。」

この磯川教授の意見は、大きな波紋を各方面へあたえた。どこへ行っても、『空飛ぶ円盤』のことが話題になっていた。

恐ろしい答

柏木博士は元気のない顔をして、河村博士の研究所をたずねた。

「繁君のようすはどうなんだね。」

「まだわからん。」

河村博士は力なく答えた。

「そりゃこまったな。」

「きみもきょうは元気のない顔をしているが、どうかしたのか?」

「どうもむずかしい問題にぶつかっちゃってね。まったくこまっている。」

柏木博士は河村博士のじまんのサイバネティックスが、なにを計算しているのか、カチャ、カチャと音をたてているのに、耳をかたむけていた。

「このサイバネティックスが答えてくれるといいのだが。」

柏木博士はひとりごとのようにいった。

「数に関するかぎり、なんでも答えるよ。」

これをきくと、柏木博士は、きゅうに目を輝かした。

「そうだ。これは数になおせるぞ。」

そういうと、手もとの紙きれに、いろいろな数字を書きはじめた。

「この答を出してほしいのだ。」

河村博士はその紙きれを受けとると、サイバネティックスのボタンをあちこちとおした。機械は動き出した。

やがて答が出た。

柏木博士はそれを読んでいたが、見る見るはげしい驚きの表情がその顔にあらわれた。

河村博士はふしぎそうにたずねた。

「どうしたのだ？　その数字は戦争でも予告しているのか？」

「戦争どころか、ひょっとすると、人類の滅亡をきたすかもしれん。」

「それは——いったいなんなんだ！」

柏木博士は友人のことばなんか耳に入れないで、うわごとのようにしゃべり出した。

「じぶんの知っているプテラノドンは、せいぜい二十七フィートの翼をもつものだった。空を飛ぶ生物としたらこれが最大のものである。現在までに、これほど大きな空を飛ぶ生物は記録されていない。ところが、このサイバネティックスは、翼の全長二百七十フィート、体重百トンという怪物の存在を、数字の上に出したのだ。ジュラ紀の原始の地上をわがもの顔に歩きまわっていた陸の動物の王は、ブロントソールスだった。からだの全長七十フィート、体重三十トン。これが現在までの地上最大の巨獣ということになっていた……」

そのとき、ドアにノックの音がして、女中がはいってきた。

「あの、お電話でございます。長距離で九州からです。」

河村博士は「ちょっと失礼。」といって席を立って行った。

博士が電話に出てみると、それは北九州の西宝炭鉱の作業所からかかってきたものであった。

「ご令息のゆくえが、やっとわかりました。県の精神病院から、みょうな問いあわせがありましたので、会社のものを出向かせましたところ、それがご令息だったのです。顔がすっかり変わっていたので、会社のものも、はじめはさっぱりわからなかったといっておりました。」

「顔が変わったというと、けがでもしたのですか?」

「そういうわけではございません。簡単に申しますと、ひどい栄養失調でございましょうか。それに、なにか非常なショックを受けられたようすでして……」

「とにかく、きょうの飛行機ですぐに行きます。いろいろありがとうございました。」

電話を切って、河村博士はへやへもどってくると、柏木博士に、

「繁のゆくえがわかったよ。」

「そうか。それはよかったな。」

「電話なので、くわしいことはわからないが、なにか非常なショックを受けているというのだ。ぼくは、これからすぐ九州へ行く。」

「それがいい。」

といったが、柏木博士は、ふと気がついたように、

「おい、繁君は、なにかひどいショックを受けているといったな?」

「電話ではそういう話だった。」

柏木博士はじっと考えていたが、顔をあげていった。

「ぼくも、いっしょに行こう。」

失われた過去

河村博士と柏木博士はその日のうちに、飛行機で九州へたった。

繁はF市郊外の県立病院の一室に横たわっていた。ふたりは院長に案内されて、病室にはいった。

だが、ベッドの上にいる患者を見て、河村博士も柏木博士も、へやをまちがえたのではないかと、思った。

そこには、繁とはおよそ似ていない老人が寝ているのだ。頭は白髪、そして顔はしわだらけである。

「これが繁ですか?」

河村博士は、おずおずと院長にたずねた。

院長はうなずいた。

「こんな老人のはずはないとおっしゃるのでしょう？　老人のように見えるのは、白髪と顔のしわだけです。そのほかの筋肉、骨格は、まちがいなく青年のものです。」

河村博士はベッドに近よると、

「繁！」とよんだ。患者はうるさいといったようすで、

「あなたはどなたですか？」

とき返した。柏木博士も声をかけた。

「繁君、きみのおとうさんだよ！　わからないのか？」

病人はキョトンとした顔をしている。

河村博士はそれを見ると、がっかりしてしまった。

記憶こそなくなっているが、河村繁であることにはまちがいないので、患者を東京の大学付属病院にうつすことになった。

秀夫は学校の帰りには病院へよって、病人の世話をした。五、六日たつと、繁のからだは目に見えて元気をとりもどしてきた。だが、記憶だけはもどらなかった。

ある日、秀夫は繁につきそって、病院の庭を散歩していた。

「きみにはずいぶんやっかいになったね。ほんとうに感謝しているよ。」

繁はしみじみとした口調でいった。

「いいえ、こんなこと、なんでもありません。」

繁にいさんのためなら、どんなことだってぼくはする——と秀夫は心のうちでちかった。だが、いまの繁にいさんには、なんにもわかってもらえない——と思うと悲しかった。

「ぼくにも、きみのような弟があったような気がするんだが、どうしても思い出せない。」

繁はもどかしそうに、頭をかきむしった。

「ああ、早くこの頭がなおってくれないかなあ。それとも、ぼくには、過去というものが、永久に失われてしまうのかしら。ああ、恐ろしい。ぼくにも幸福な、たのしい過去があったような気がする。ねえ、きみ、ぼくの頭はもとにかえるかしら?」

「だいじょうぶ、なおりますよ。きっとなおります。」

秀夫は力をこめてはげますようにいった。

このふたりの姿を、病院の応接室の窓から、柏木博士が、じっと見まもっていた。

博士の口から、つぶやくようなことばがもれた。

「あの男の失われた記憶の中には、恐ろしい秘密がかくされている!」

大きな黒い影

そのころ、北九州の航空自衛隊本部に、海上を飛んでいるしょう戒機から、無電がはいった。

「こちら坂井機——こちら坂井機——本土の西方海上に、国籍不明機一機。わがほうに向かって飛行中——」

しばらくすると、また——

「こちら坂井機——さきの報告を取り消します。あれは飛行機ではありませんでした。ひじょうに大きな飛行物体であります。わが機のはるか上空を、猛烈なスピードで、陸地へむかって飛行して行きます——」

この報告に、本部はわきたった。

さきごろの怪爆音事件以来、北九州地方は戦々恐々と、ノイローゼぎみになっていた。

すぐに、臨時ニュースが電波にのって全市へ流れた。

「……ただいま、航空自衛隊から、臨時発表がありました。あやしい飛行物体が、西方海上から当地の上空を目ざして、接近しております。さきごろの怪爆音の正体ではないかと思われます。至急、堅固な建築物の地下室、またはえんご物《ぶつ》のかげに避難してください……。」

とたんに、ぶきみなサイレンが、各所からいっせいに鳴りひびいた。

灯火管制がしかれ、たちまち電灯は消された。七色に光りかがやく盛り場のネオンも、すべて消えさった。全市は暗黒と化し、ぶきみな三日月が、夜空にただひとつかかっている。

×

F市にむかって疾走する急行列車は、O川の鉄橋にさしかかっていた。やみの中に光るヘビのようだった。

と、とつじょ、空の一角から、猛烈ないきおいで、それにむかって急降下してきた黒い巨大な影があった。

それは列車にすれすれのところまで降下してくると、そこであげかじをとった飛行機のように、さっと体《たい》をかわして、また上昇して行った。

あいい、あおりをくらって、列車は川の中へころがり落ちた。

×

やはりF市に通じる、鏡のような自動車道路である。

一台の自動車が、ヘッドライトを動物の目玉のように光らして、フルスピードで走ってきた。

いきなり、フロントグラスの前方が、大きな黒い影にとざされた。

運転手は「あっ!」と声をあげ、ハンドルを切った。

黒い影は、自動車の上をすれすれにとんで、さっと上へ飛びぬけた。

次の瞬間、自動車はもんどりをうってひっくりかえり、ガソリンに引火したのか、パッと火を発した。

恐怖の夜

奇怪な飛行物体は、ついにF市の上空にせまった。

やがて、黒い影はジェット機のように急降下した。

空気を裂くごう音にまじって、えたいのしれない、うなり声とも、叫び声ともつかない音が耳をつんざいた。

大きい！ とてつもなく大きいものだ！

ソーニック・ブームによる爆発音が地上に起った。衝撃波をまっこうから受けた建物は崩壊した。

×

いたるところに、大混乱が起った。

水道管は破裂し、ビルの地下室は水びたしになった。

そこに避難していた人々は、さきを争ってはいあがってくる。飛行物体は、Ｆ市の上空を旋回しながら、何度も急降下をくりかえして、つっこんできた。

いったんねらったえものは、なんとしてでも、じぶんのものにしようといった、しつこさである。

電線はズタズタにたち切られ、あらゆる交通通信機関はまひ状態におちいった。

ラジオ、テレビはその音と画面を消してしまった。

ポータブルのラジオ。ただこれだけが、必死の報道を受信している。が、これも電池がつきるとともに、ついに聞えなくなってしまった。

人々は外界とのあらゆる連絡をたたれ、不安におののきながらまっくらやみの中で恐怖の時を過ごしていた。

×

怪異の飛行物体は、約一時間、Ｆ市上空で、さんざんあばれまわったすえ、やがて、そうした遊びにもあきた、といったふうに、どこへともなく飛去って行った。

めちゃめちゃに破壊された都市の上に、かまのような三日月がするどい光を放っていた。

恐怖の夜があけた。

×

朝の光に照らし出されてみると、襲撃のあとのすさまじさに、人々はいまさらのようにふるえあがった。

飛行物体が通り過ぎたあとは、ちょうど台風のあとのように、荒れはてていた。

F市につづく農村一帯の家はたおれ、堤防はくずれ、川の水が田畑にはんらんしていた。がけくずれもいたるところに見られた。

怪物の正体は?

北九州を魔物のようにあらしまわり、市を徹底的に破壊したなぞの飛行物体については、すぐに対策本部が内閣に設けられた。

その日も、その第何回目かの会議が開かれていた。

防衛庁長官、警察庁長官をはじめとして、各方面の学者、技術者をよりすぐって、その席につらなっていた。

なによりもまっさきに問題になったのは、「怪飛行物体の正体」についてであった。

「あれは、某国の新兵器ではないか。」

と主張するものがあった。

「いや、あれは地球上のものではない。他の天体からやってきたものだ。」

と「空飛ぶ円盤」説をとなえるものもあった。

ところが、さまざまの説が出つくしたあとで、この会議にはきょうはじめて出席した柏木博士が、最後にとんでもないことをいいだした。

「……あれは、この地球上のものです。地球の外からきたものではありません。ただし、現代には生きていない……。」

すると、すかさず、ひとりの学者が口をはさんだ。

「ちょっと待ってください。もっとはっきりとした言いかたをしていただきたい。現代には生きていない、地球上のもの、などというような、非科学的な言いかたは、この席ではつつしんでいただきたいものです。」

「これは失礼いたしました。どうもことばがすこしたりないようでした。では、あらためて、現代に生きている地球上のもの、と訂正いたします。」

またべつの学者が言った。

「……生きているという以上、生物をさしておられると思いますが、わたしの研究しておる動物学においては、あのような怪物はおりません。」

「プテラノドン……だとしたら、どうでしょう?」

「プテラノドン? ジュラ紀に生きていたとつたえられる巨獣ですか?」

「そうです。そのプテラノドン——いや、その属《ぞく》のラドンです。ラドンが、たまたま二十世紀の地球上に誕生したのです。」

爆弾を投げつけたような、柏木博士の宣言だった。

「プテラノドン?」

「ラドンですって?」

「そんなばかな!」

異様なざわめきが、大波のように起った。

柏木博士は席をひとわたり見まわすと、きっぱりとした口調でいった。

「わたしは、その生存を証明する資料を、ここに持ってまいりました。」

博士は、北九州の西宝炭坑で起った怪事件のとき発見された三つの資料——「一号」「二号」「三号」資料——をとりだして、その説明をはじめた。

「……この資料『一号』は、北九州の西宝炭鉱株式会社の第八坑に起った、奇怪な出水事件のとき、水がひいたあとのドロ土の中から発見された火山岩のこなとこまかいかけらでありまして、資料『二号』は同じ場所から発見された特異な石塊――というよりは、カルシウムのかたまりであります。そして、資料『三号』は、これまた同じ第八坑から発見された、奇怪な動物の外殻のようなものであります……。」

柏木博士は、西宝炭鉱の第八坑で発見されたそれらの異様なものは、いずれもどこか別の場所から水にはこばれてきたのにちがいないこと――そして、このことは西宝炭鉱と南方の火山地帯を結ぶ地下のほら穴があることを証明するものであると、結論した。

「……ところで、資料『三号』がなんであるかを申しあげるまえに、みなさんにお目にかけたいものがあります。いま、それをスライドでごらんにいれます。」

場内の電灯が消され、壁のスクリーンに、奇怪なものがうつし出された。

巨獣の卵

それはこん虫の足と口の一部を拡大したようなものであった。柏木博士の声が、やみの中にひびいた。

「これは、『やご』――すなわちトンボの幼虫のあしのさきと、口の一部の拡大写真であります。ところで、次にうつしますものと、このものとの相違、または類似の点について、よくご観察を願いたいのであります。」

スクリーンには、べつのスライドがうつされた。だが、それは前にうつされた「やご」と、ほとんど変わったところがなかった。

「いかがです？　ほとんど同じ、といえますまいか？」

列席者はわけがわからないままに、じっとスクリーンにひとみをこらしている。柏木博士が、次にどんなことをいい出すか、と好奇の目を光らせていた。

「ところが、じつはひじょうな相違があるのです。というと、みょうにお思いでしょうが、わたしのいうのは、その大きさについてであります。」

人々はだまって、次のことばを待った。

「最初ごらんに入れたスライドは、実物の約百倍の拡大写真でありまして、次のは、実物大なのであります。」

「なんです？　実物大ですと？」

やみの中から、するどくなじるような声が聞えた。

「そうです。『やご』の百倍にあたります。しかも、化石でもなく生きたからだの一部と見られるものです。」

べつの席から、また質問がむけられた。

「そんな大きな『やご』がいますか？」

「かつてはいました。そして、この資料『三号』によると、現在でもいると見なければならないことになったのです。」

柏木博士のことばは、いよいよ奇妙であった。

「どうも、われわれはキツネにばかされているような気がするが……。」

質問者はなかなか承知できないといった口ぶりだった。だが、博士のいいかたには、おさえつけるような力があった。

「これは、はっきりとした事実なのです。」

「しかし、わたしも科学者です。事実の前には文句なしに頭をさげます。……ところで、柏木さん、あなたは、いま、かつていた——とおっしゃった。まさか、これは、あのメガ……。」

「そうです。古生代の末期に生きていた巨大なトンボ——メガヌロンです。」

またもや、席上にざわめきが起った。

「どうぞ、お静かに——。これはまだ序論でありまして、みなさんには、もっとおどろいていただかなくてはならないことがあるのです。」

列席者は、どんなことが博士の口から語られるかと、いちようにかたずをのんで、シンとしずまった。

柏木博士は、そこで資料「二号」の説明をはじめた。

「……ちょっと見たとこ、石ころのように見えます。ですが、これは、じつは石ころではなく、卵のからであるのであります……。」

「卵のから……?」

「もちろん、卵のからの一部であります。わたしは、この表面の曲線から、卵のからの全体の大きさを計算したのであります。」

「どのくらいの大きさになりました?」

ときくものがあった。

「まさに巨大の一語につきます。五十トンぐらいの船が、そのまままらくにはいってしまうくらい――。いや、ひょっとすると、もっと大きいかもしれません。」

驚きの声が、ためいきのように人々の口からもれた。


巨獣は生きている!


「このとてつもない大きな卵からかえったラドンであってこそ、北九州を恐怖のどん底へたたきこむようなこともできたのです。」

柏木博士の説明は、さらにつづいた。

「古生代、中生代の生物は、人類が発生する以前に、完全に絶滅したわけではないのであります。いまもなお、それらの生物が生きていると考えられる、じゅうぶんの資料が、いくつかあるのであります。

南アフリカのモザンビック沖では、今日までに十二尾のシーラカンスが捕獲されております。ご承知のように、これは三億年前の原始魚であります。

カナダのノバスコシア沖でも、巨大な海ヘビ（シー・サーペント）が時おり、航海中の船員や、遊覧客の目にとまっております。ノルウェーにつたわる海の巨獣クラーケン伝説も、その大きさ二マイル四方というような、とほうもなく巨大なものの出現を語っております。わが国に、太古の巨獣が生きていたからといって、なんのふしぎもないのであります。」

柏木博士はそういうと、一同を見わたした。

列席者は、もはや口をはさむものもなく、じっと博士の次のことばを待った。

「……海で発生した生物の一部は、陸にあがり、陸での生存競争に負けたものは、一部はふたたび海へもどり、他の一部は、空中に活動の舞台を見いだしました。これが、今日の古生物学の定説であります。

しかし、わたくしにいわせれば、海と空のほかに、もうひとつのがれる場所があったはずだと思われるのです。それは『地下』であります。一部は地下に、安住の地をもとめたのです。そして、この地下の巨獣王国は、今日まで存在していたかもしれないのであります。いや存在していたと、わたくしは断言します。これはさきほどお見せした。メガヌロンのからだの一部のスライド、それから、ただいまお話しましたラドンの卵のからのかけら、それと、この写真が、りっぱに証明してくれると思うのであります。」

スクリーンには、つづいて後藤少年が阿蘇山で撮影した、ラドンの翼の一部の写真がうつされた。

博士はこの写真のいわれを説明した。そして最後に、地下の巨獣王国が存在する理由として、若い農林技官河村繁が、西宝炭坑の坑道から、姿を消してしまった怪事件について述べた。

「……河村技官は数日後、炭坑からはるかにはなれた山中で発見されました。この事実は、地下に大トンネルのあることを想像させるのであります。同時に、河村技官が記憶を失ったことは、この地下のトンネル内で起った恐るべきでき事が原因となっているのではないかと、考えられるのであります……。」

凍結爆弾

サイバネティックスが、カチャ、カチャとなにかを計算している。

『河村電子物理研究所』の研究室では、いま河村博士と柏木博士が、テーブルをはさんで、おたがいに沈痛な表情でむかいあっていた。

柏木博士が政府の怪飛行物体対策会議で、重要な意見を発表した翌日のことである。

「……すると、きみの計算では、北九州をあらした怪物は、ラドンにちがいないというのか？」

河村博士が念をおすようにいった。

「これは、いやな想像だ。しかし、そのほかには考えようがない。」

「その真相のかぎを繁がにぎっているというのだね？」

「そうだ。ところが、そのかんじんのかぎの持主が、残念なことに、過去の記憶を、なぞの迷路の中へおき忘れてきてしまったのだ。困ったね。」

そのとき、どこかでにぶい爆発音が起った。研究室のガラス戸はビリビリとふるえた。

柏木博士はさっと顔色をかえた。

「あれは、なんだ！」

「貯水池で爆発の試験をしているのだ。ラドンじゃないから、安心したまえ。」

柏木博士はほっとしたように、

「このところ、爆発音にたいしてノイローゼぎみになっているのでね。それにしても、貯水池で爆発の試験とはどういうわけなんだね？」

「南極探検隊の準備工作のひとつなんだ。」

河村博士は、そう前おきをして、

「この間、南極探検隊の予備調査隊として派遣されたS丸が帰ってきたのだが、その報告によると、極地の気象状況は、探検隊のメンバーが内地で考えているより、はるかに悪いことが判明したのだ。

ひとたび風が吹けば、それは暴風だ。しかも風速三十メートルをはるかに越えるのだから、内地の台風どころのさわぎではない。探検船はその暴風にほんろうされるばかりでなく、船の周囲には、流氷と氷山の危険がある。それらの一つと衝突したら、たちまちタイタニック号の二の舞だ。」

「なるほど。」柏木博士はうなずいた。

「そこでそのような暴風に対抗する方法をいろいろ考えたのだ。その結果、探検隊の化学班の若い助手が、凍結爆弾なるものを考え出した。」

「凍結爆弾？　それは、いったいなんだね？」

「爆発と同時に発生したガスが、付近の熱を多量に吸収するようにしたものだ。つまり、暴風に襲われたら、それを船の周囲に投下して、海上を凍らしてしまう。船は氷の中にとじこめられ、人工氷山として、海上を漂流するのだから、流氷がきても、氷山に出あっても、もはや心配は少しもない。」

「つまり、毒をもって、毒を制するというやり方だな。」

「そうだよ。それにしても、問題は南極のことなんだから、ぼくだったら、凍結よりも、逆に氷をとかすほうを考えるがね。」

河村博士はそういうと、声を出して笑った。爆発音がまたとどろいて、窓ガラスがビリビリと震動した。

噴火口のなか

ラドン対策本部では、きょうも会議が開かれていた。

柏木博士を中心にして、さまざまの質問が博士にむけられている。

「航空自衛隊の報告によると、この間北九州をあらしたラドンは南方海上へ飛び去った。ということになっていますが……。」

博士は質問者にたいして、うなずくと、

「ですが、生物には帰巣の本能があります。いつかは必ず、じぶんの巣にもどってくるにちがいありません。」

「その巣は南方海上にあるのではありませんか?」

と、ほかの席から、質問するものがあった。

「わたくしは九州の地下にあるのではないかと思うのです。いちばんそうではないかと考えられる場所は、阿蘇国立公園内のどこか。……というのは、最初姿をあらわしたのが、噴火口の近所であったからです。ラドンはあの近くで卵からかえったのではないかと思います。」

「そして、あの付近に巣をつくったというのですね?」

「そうです。」

「いったい、どのへんとお考えですか?」

「噴火口の中ではないかと思います。」

「なに? 噴火口ですって?」

質問者たちは、いっせいにおどろきの声をあげた。

「噴火口の中に、巣に通ずる横穴があるのではないかと思うのです。」

「ではそれを実地にしらべればよいわけですね?」

「そうです。それは、ぜひしらべる必要があります。」

柏木博士のことばに、対策本部ではさっそく、阿蘇噴火口調査班をつくって、必要な準備をととのえることになった。

×

それから二日ののち、――

一機のヘリコプターが、阿蘇山の噴火口をめざして飛んで行った。

操縦者は火星探検のような、ものものしい服装をして、酸素のマスクを顔につけている。

やがて、機は噴火口のま上にさしかかった。すると、なにやら、ロープに結びつけたものが、するすると機体からおろされた。

ロープは長くのびて、噴火口の中へぐんぐんおりて行く。ロープのさきにあるのは、テレビカメラであった。

噴火口を望む、草原のスロープには、テレビ受信機をかこんで、調査隊がかたずをのんで待機していた。

やがてスクリーンには、噴火口の中の壁が、つぎつぎとうつされた。調査班の人々は、くい入るような目で、それを見つめた。

×

同じ時刻、東京の柏木博士の家でも、博士夫妻と秀夫が、テレビの受信機をにらんでいた。

奇怪な噴火口の中のようすが、次々に映し出された。

ときどき、噴煙が流れて、画像がくもった。そのうちに、壁に黒々と大きな口をあいている穴が映った。

「あっ、あれだ！　ラドンの巣だ！」

と秀夫がさけんだ。

「やっぱり、わたしの考えは正しかった。」

そういった博士の顔は物思わしげであった。

よみがえった記憶

うららかな秋の日が、窓にさしていた。

日曜だったので、秀夫は早くから、繁を見舞に、病室を訪れていた。

ちょうど昼食の時間だった。

看護婦が、アルミの盆の上に、トースト、うで卵、牛乳、ハムサラダなどをのせて、はこんできた。

繁は、ベッドからおりて、テーブルにむかった。

「ぼく、卵を割ってあげましょう。」

秀夫は半熟の卵をとりあげると、スプーンで、軽くからをたたきはじめた。

繁はぼんやりとそれを見ていたが、どういうわけか、きゅうに顔を緊張させた。目が異様に

ひかって、じっと卵をみつめた。秀夫はそのようすに気がついて、

「どうしたんです？　そんなこわい顔をして……。」

繁は、だまって、卵をまじまじと見ていた。

卵のからにひびがはいって、まさに割れようとした瞬間——

「あっ！」繁は、恐ろしいさけび声をあげて、その場に、のけぞってたおれた。

秀夫は、おどろいてかけより、繁をたすけおこした。だが、繁は気をうしなっていた。

「たいへんです！　だれかきてください。看護婦さん！」

秀夫はろうかにむかって、大きな声でどなった。

すぐに、看護婦がかけつけてきた。

しらせを受けて、医局員もとんできた。応急手当の注射が繁の腕につきさされた。

「先生、だいじょうぶでしょうか？」

秀夫は心配そうにたずねた。

「心臓には異状はありませんし、脈もしっかりしています。ご心配ありません。しばらくやすまれたら、よくなりますよ。」

医局員は、繁のようすをしばらく見まもっていたが、安心したように立ち去った。

それから数時間、繁はこんこんとねむりつづけた。

窓の日ざしが、黄色くかげりはじめたころ、ふと繁は目をさました。彼はみょうな顔をして、あたりをキョロキョロ見まわしていたが、ベッドのわきで、いすにこしをおろしている秀夫の姿を見ると、ほおえんだ。

「秀夫君！」

「あっ、にいさん！ 気がつきましたか！」

秀夫はおどりあがってよろこんだ。

「ここはどこ？ 僕のうちとは違うようだけど。」

「病院です。」

「病院？ すると、ぼくは病気だったの？」

「にいさんは、過去のことをすっかり忘れてしまったんです。僕のことなんかもわからなくなってしまったんです。でも、今は僕だっていうことはわかるんですね？」

「うん。」

繁はうなずきながら、じっと考えこんでいた。

「そうだ。思い出した！ 暗い、大きなほら穴だった。そこに大きな……。」

いいかけて、ベッドからはねおきた。

「いけない！ あれが、地上へ出て行ったらたいへんなことになる！ 秀夫君、すぐに知らせなくちゃ……。電話はどこ？　電話、電話……。」

秀夫はへやをとび出すと、局員室へかけこんだ。

「先生！　記憶がもどりました！」

「なにっ！」医師は立ちあがった。

「先生、それから、電話をお借りします。」

秀夫はへやのかたすみの電話器をとりあげると、いそいでダイヤルをまわした。

「河村のおじさんですか？　ぼく、秀夫です。いま、繁にいさんが記憶をとりかえしました。」

「えっ、それはほんとうかね？　すぐ行く。……ああ、それから、おとうさんにも知らせよう。」

「ええ、ぼくから電話をかけます。」

「では、たのむ。すぐにおとうさんも病院へきていただきたいから……。」

「わかりました。」

×

それから三十分もたたないうちに、河村博士と柏木博士は、前後して、繁の病室へかけつけた。

「繁!」河村博士はベッドにかけよった。

「おとうさん!　今度はご心配をおかけして、あいすみませんでした。」

一同はよろこびの涙にくれた。

が、すぐに繁はことばをあらためた。

「じつに信じられないような、恐ろしい事実を、ぼくはあの坑道のおくで見たのです。」

「うむ、それをわたしは聞きたかった。」

柏木博士はからだをのりだした。

「大きな、とてつもなく大きな卵がわれて、その中から、前世紀の巨獣が生まれるのを、ぼくはこの目で、はっきりと見たのです。」

「ラドンだ!　ラドンが誕生したのだ!」

柏木博士はうなるようにいった。

「それきり、ぼくは気を失ってしまったらしいのです。」

「すべて、わたしの想像のとおりだ。……こうしてはいられない。すぐに対策本部へ連絡して、阿蘇山一帯に、ラドン監視網をはろう。」

柏木博士は立ちあがった。

ラドンあらわる！

阿蘇山付近の住民にたいして、緊急避難命令が発せられた。人々は身のまわりの品をあわててまとめると、肩にせおったり手にさげたりして、ぞろぞろと、はるかはなれた指定の場所を目ざして、村をはなれて行った。噴火口を望む林の中に、何か所も監視所が設けられた。

監視員たちは、昼夜の別なく、ラドンが飛び去ったという南方の空と、噴火口のあたりに双眼鏡をむけて、あやしい黒影が、いつどこからあらわれても、すぐに発見しようと、手ぐすね引いて待ちかまえていた。

×

北九州Y市には、ラドン攻撃本部がおかれた。

阿蘇の第十一監視所から電話がかかった。

「報告。ラドンの姿をみとめました。たったいま、南方上空より飛んできて、噴火口の中へ姿をかくしました。」

がぜん、本部は色めきたった。

「ラドンであることにまちがいはないな？」

電話に出た幕僚将校はどなった。

「ひじょうに大きなものです。あれほどの大きさの飛行機はありません。」

その間に、他の監視所からも、次々に電話がかかり、ラドンの出現を報じた。

「よろしい。以後十分ごとに、情況を知らせるんだ。」

攻撃本部から、この報はすぐに航空自衛隊へつたえられた。しょう戒機がとび立った。

臨時ニュースが放送され、警戒管制が北九州一帯にしかれた。

×

ラドン攻撃本部では、ラドンに攻撃を加えるべきか、いなかについて、はげしい議論がかわされていた。

「……あなたは、このまま手をこまねいて、見ていようといわれる。それでは、いつになったら、ラドンをやっつけることができるのです?」

ひとりの幕僚が、テーブルをたたいて、いまひとりの幕僚につめよった。

「わたしは、そういう意味でいったのではない。ここでラドンを刺激して、おこらせてはいけない、という意味で、ようすを見ようといったのだ。」

「ラドンに、われわれと同じような感情があれば、それもよろしいでしょう。だが、ラドンはふつうの野獣とはちがいますぞ。ラドンのほうには、手かげんも、待ったもない。先手を打って、出ばなをくじくのが第一です。」

第三の幕僚が、大きくうなずいて、この攻撃論にかせいした。

「わたしも攻撃に賛成です。だが、どういう手段をえらびます？　この前、F市であばれまわったときには、われわれの持つ武器は、残念ながら、ひとつとして役にはたたなかった。」

「だから奇襲ですよ。阿蘇の噴火口を攻撃するのです。」

議長席にいた長官は、決然といいはなった。

「よろしい。奇襲と行こう」

巨獣対人類

「……ラドン攻撃本部では、敵のふいを襲って、ラドンの本拠と思われる、阿蘇火山口を攻撃することに決定いたしました。これこそは人類のちえと原始獣の暴力との戦いであります。人間は、その武器によって、地上の王者として、その存在を今日までたもってきたのでありま す。おそらく、今度の戦いでも、人類は最後の勝利をかち得ることと思います……。」

臨時ニュースをつたえるアナウンサーの口調は悲壮だった。

そのころ、ロケット弾を装備したジェット機の編隊は、火山地帯を目ざして、一気にとび立って行った。

編隊は、やがて、阿蘇の噴火口の上に姿をあらわした。そこで、編隊をとくと、そのうちの一機が、火口に急降下して行った。内壁の横穴にむけて、ロケット弾が撃ちこまれた。次の瞬間、機は、つばめのように体《たい》をひるがえし、火口すれすれに、さっと上昇して行った。

横穴から、パッと黒煙と火がふき出した。焼い弾だ。

一機、また一機。火口を目ざして降下するや、飛びあがる。そのたびに、黒煙と火が、横穴の入口に起った。息もつかさぬ猛攻撃である。

阿蘇は、この焼い弾攻撃のために、大爆発を起すのではないかと思われた。

そのとき――。もうもうたる黒煙の中から、ラドンがその巨体を現した。

どこかに一撃をくらったのであろうか、ラドンの動きには、いつものようなきびきびとしたところはない。なんとなく、たどたどしかった。

ジェット機の一群は巨獣の姿を見ると、いっせいに襲いかかり、機関砲を撃ちこんだ。

だが、ラドンの飛行能力は、ジェット機とはけたはずれにちがっていた。一瞬、巨獣は大きく羽ばたくと、目にもとまらぬ速さで、大空高く舞いあがり、はるか南方にむかって飛び去って行った。

×

ラドンのゆくえをもとめて、空と海にわたり、大捜索が開始された。

空には航空自衛隊のしょう戒機。

海には海上自衛隊のフリゲート艦。

ラドンは負傷しているらしいから、そう遠くへは逃げてゆけないだろう、というのが攻撃本部の考えだった。

すると、九州南部のある漁村に、耳よりの情報がはいった。村の駐在所へ、ある朝、ひとりの漁夫がかけこんできたのである。

「きょうの明けがたです。沖を大きな鳥が飛んでいましたっけが、そのうちに海の上へおりてくると、そのまま水の中へもぐってしまいました。」

巡査はこれを聞くと、さっと緊張した。

「それで……?」

「それっきりなんです。」

「二度と姿を見せないというんだね!」

「そうなんです。新聞やラジオでさわいでいるラドンとかいう、でっかい鳥ではないかと思いまして……。」

「ラドンだよ。たしかに、ラドンだ。すぐに本署へ知らせなけりゃいかん。」

ラドン攻撃本部は、この報告にわきかえった。

攻撃論をいさましくとなえた幕僚将校は、得意の鼻をうごめかした。

「ラドンのやつ、とうとうおだぶつになったらしいですな。前世紀の暴君も、結局人間のちえには勝てなかったわけですね。これはお祝いものですよ。ひさしぶりに盛大なちょうちん行列でもやらかしますか。ウワハハハ……。」

柏木博士は、それを聞いて、ひややかにいった。

「失礼ですが、ラドンの死体は発見されましたか?」

作戦会議

幕僚は柏木博士のほうをふりかえると、そんなことはきまりきっているといわんばかりに、

「発見はされません。ですが、けさ、海の中へもぐったまま、いまになっても出てこないというのでしょう。死んでいるにきまっています。」

「そうでしょうか? あれが水陸両生動物だったら、どういうことになります? あの時代の巨獣の中には、肺と同時にえらを持っているのがたくさんいるのです。」

博士のことばを聞くと、長官はまゆをひそめた。

「すると、われわれはまだ安心できないわけですな。」

「できません。そして、このさい、なにをおいてもしなければならないことは、死体でも、生きているのでもいい、ラドンをさがし出すことです。」

「なるほど。博士のおっしゃるとおりです。では、きょくりょくラドン発見につとめましょう。」

長官の命令で、幕僚将校たちは、あらためて作戦をねった。

かべにかけられた大きな地図の一点を中心にして、大きな円が描かれた。中心点は、ラドンが姿を消したという、九州南部の海面である。

幕僚のひとりは、地図をさして、長官にいった。

「北緯二八度から三〇度、東経一三〇度から一三二度にいたる、この海域を、レーダーで捜索させましょう。」

×

自衛艦隊のフリゲート艦「さくら」のレーダー室では、技術将校がじっとスクリーンをにらんでいた。

と、あやしい黒い影が、そこに浮かびあがった。

「艦長！ キャッチしました！」

技術将校の声に、艦長はかけよった。

「うむ、まさに、ラドンらしい。……だが、こいつ動かないな。死んでいるのかな？」

「それとも、ねむっているのか……。」

「きみ、この位置をはかってみてくれ。」

将校は海図にすばやく線を引いて、位置をはかった。

「北緯二九度一三分。東経一三一度九分――」

「その地点で、ラドンらしきものを発見――と本部へ報告するんだ。」

×

攻撃本部では「さくら」からの報告を受けて、すぐに幕僚たちが作戦会議を開いた。

だが、ラドンをどういう方法で攻撃するか、という段になると幕僚たちははたと当惑した。

攻撃の方法がないのだ。

「その地点をじゅうたん爆撃してみますか。」

「それがはたして効果があるか、疑問ですな。」

「やつは、阿蘇のときも、ロケット弾をくらって、平気だったんだからな。」

「では、いっそのこと、A国に水爆を提供してもらったら……。これだったらラドンだってたまりますまい。」

「水爆ならたしかだ。だが、そのあとしまつをどうする？　ラドンをたおすと同時に、われわれもまたたおれなければならないのだ。これではなんにもならん。」

議論はなかなかまとまらなかった。

長官は柏木博士のほうをふりむいた。

「博士、なにか名案はありませんかな？」

すると、じっと考えこんでいた博士は顔をあげた。

「いま、ちょっとした案が浮かんだのですが、それが、このさいまにあってくれればいいのですがね……。」

「まにあうというのは？」

「わたしの思いついたことは、じつはまだ実験中のものなのです。」

「それは、いったいなんですか？」

「凍結爆弾です。」

世紀の大攻撃

凍結爆弾！ 幕僚たちもはじめて耳にすることばだった。

「なんですか？ その、凍結爆弾というのは？ どこかの国の新兵器ですか？」

「武器ではありません。今度、南極を攻撃する探検船が……というと、やっぱり武器になりますかな、暴風のおり、船をまもるものとして考え出した、超高度の冷却剤です。じぶんの船のまわりの海を、ある範囲にわたって凍らせ、船を氷山と衝突させないようにしようというねらいです。いいかえれば、氷山の危険から、身をまもるために、じぶんもまた氷山になろうというのです。」

「ラドンに氷山をぶつけようとでもいうのですか？」

「話は終りまで聞いていただかなくてはこまります。ラドンのひそんでいる海を凍らせ、やつを氷づめにしてしまおうというのです。」

「氷づめにしたぐらいで、やつはまいりますかね？」

「まいらないかもしれません。」

「まいらなくてはこまりますよ。」

「しかし、運動の自由を奪うことができます。そこで、そのすきに乗じて、第二の方法を講じようというのです。」

熱心に聞いていた長官は思わずひとひざのりだした。

「で、その第二の方法というのは?」

「ラドンを氷づめにしている大氷塊を、一気に爆破しようというのです。」

柏木博士はぐっと、一同を見まわした。

「なるほど、これは名案だ!」

「それ以外に方法はない。」

なみいる幕僚たちは口々に博士の案をほめそやした。

×

凍結爆弾は、南極探検隊の工作班がすでにかなりの数を用意していた。ラドン攻撃本部からのたのみで、それは攻撃本部へ引きわたされることになった。

こうして、ラドンにたいする世紀の大攻撃が開始されることになった。

×

凍結爆弾をつみこんだジェット攻撃機は、一機また一機、基地の飛行場を離陸した。空中で編隊をつくると、攻撃隊は南方海上を目ざして、飛び去って行った。

やがて、編隊は、北緯二九度一三分、東経一三一度九分の上空に達した。ラドンは、その下の海中にひそんでいるのだ。

指揮官が攻撃開始の合図をした。攻撃隊の一機が、海面を目がけてつっこんで行き、凍結爆弾を投下した。水柱が高く立ちあがった。

つづいて、また一機。凍結爆弾は次々に投下された。

数分の後――海面に恐ろしい変化があらわれた。

ああ、科学の力はなんという偉大さ！　大自然にいどむ、人間のちえの、なんというすばらしさ！

洋々たる、るり色の大海原の一部は、見る見るうちに、まっ白くなって行った。凍結爆弾の力によって、海水が氷結したのだ。

ラドンの最期

極地のような氷原の上を、大型機が飛んでいた。ラドン攻撃本部長官、幕僚たちと柏木博士がのっていた。

「なるほど、みごとに凍結したようですな。」

長官は双眼鏡で下を見おろしながら、かたわらの柏木博士にいった。

「位置にくるいはないでしょうな。せっかく、凍らしたが、ラドンがその中にはいなかった、というのではなんにもなりませんからな。」

博士も双眼鏡で熱心に見ていたが、たしかめるようにいった。

「レーダーでしらべさせましょう。」

すぐに、レーダーがはたらきだした。やがて、スクリーンの上に、ラドンの影らしいものがとらえられた。

「きみ、このそばにあるもう一つの影《かげ》はなんですか?」

柏木博士は目を光らせると、レーダー係にたずねた。

「それも目的物です。」

「目的物というと、やはりラドンだというのですね?」

「そうです。」

長官が心配そうに、横からたずねた。

「なにか、みょうなものでも、スクリーンにあらわれたのですか?」

「意外です。わたしはラドンは一頭だと思っていた。ところが、海中には二頭が氷づめになっているのです。」

「すると、この二頭のほかにも、まだいるといわれるのですか?」

「そんなことはないと思います。一頭が二億年後のこんにち、誕生したのでさえ、すでに恐ろしい偶然です。偶然が、これ以上重なることは信じられません。二頭のラドンが、二十世紀の地球上に姿をあらわした――これがとりもなおさず、ラドンの最後の姿なのです。」

柏木博士の声音は、重々しく、おごそかにひびいた。

「では、氷塊を爆破してください。」

×

凍結した海面を、砕氷船が先頭になって、多くの小艇をみちびいて、進んで行った。

やがて、ラドンがひそんでいると思われる大氷塊を、四方から小艇がとりかこんだ。小艇からは、潜水夫が、テレビ・カメラをかかえて、海面下へもぐって行った。

海底では、強力なライトが、氷塊にあてられた。潜水夫たちは、氷塊の内部のもようをテレビ・カメラに撮影した。そうして、氷塊は八方から調べられたのである。

これらの状況は、攻撃本部のテレビに映し出された。

「この大きな氷の中に、ラドンはいるのでしょうな?」

長官は、不安な顔をして柏木博士にいった。

「いるはずです。」

そのうちに、氷塊の中に、黒い影があらわれた。

「うむ、いた。あれがラドンだ!」

見まもっていた一同は、かたずをのんだ。潜水夫たちは、氷塊の各所に、穴をあけて爆薬をしかけた。

数十分ののち、爆破装置はすべておわった。

ラドン攻撃本部の長官室では、準備完了の報告を受けとると、長官はじっととけいをにらんだ。

爆破は正十五時ときめられたのだ。

時は刻々にせまった。ついに一分前。

タイム係は、秒を読みだした。

……五秒、四秒、三秒、二秒、一秒。

長官の指が、机の上のスイッチをおした。

×

凍結した海が、つぎつぎと爆破されて行った。

吹きあげられる氷塊。その中に点々と見える黒い影。おそらくは、ラドンの巨体が、こっぱみじんになって、飛びちっていく最後の姿なのであろう。

やがて、ぶきみな静けさが、あたりにただよった。

太古のような静けさだった。

すべては終ったのである。

×

「……ラドンはついに撃滅されました。人類のちえが、原始の暴力にうち勝ったのでありま す……。」

繁と秀夫は、テレビのアナウンサーのことばを、いいしれぬ気持で聞いていた。

「ラドンは死んだ！」

ラドンの誕生のありさまを、その目で見た繁は、深い感慨をこめてつぶやくようにいった。

「よかった！　ほんとうによかったですね！」

秀夫と繁は、はればれとした顔を見あわせた。


（おわり）

S作品検討用台本（『獣人雪男』）

香山滋

『雪男』に関するメモ

仮定の身長は三・五メートル（十一尺強）、体重は二〇〇キロ（五十貫強）。

頑強な体軀に比較して、頭部はやや小さ目、側面から見た場合、口吻は幾分突出しているが、もちろん他のいかなる高等猿類よりも人間に近い。

顔面をのぞく全身、長目の剛毛におおわれ、特に臂《ひじ》から手首にかけて、ふさふさとして美しさがないでもない。毛色は、夏季、岩肌に似せた濃灰色を呈しているが、冬が近づくにつれて薄れ、雪に覆われる頃には、全く白色と化する。

顔面の皮膚は、半硬化症《セミ・ケラトーゼ》をあらわして、いわゆる鮫肌《さめはだ》を呈し、上部眼窩《がんか》（眉の生えている骨）は突出し、額せまく、乱れた前髪が常に垂れかぶさっている。

鼻梁《びりょう》は低いががっちりと坐り鼻孔は前面に向いて醜怪。唇厚く、犬歯は強大に発育して牙状を呈し、その先端は常に口外に露出して見える。

眼は、瞳孔に特徴あり、猫のそれほどではないが、昼間はせばまって鋭く、夜間はひらいて、よく暗夜にものを見得る。

跳躍力つよく、従って腿《もも》、腰は強大。腕は比較的長く、直立歩行を常とするも、やや前かがみを常態とする。

臂力《ひりよく》と握力を何よりの武器として身をまもり、ひとゆすり、よく巨木を倒し、生きながらの熊の咽喉をしめあげてねじり切る。

尾を全く欠き、高度の（他の猿猴類に比較して）顔面筋肉の発達を見せている点で、この生物を〝半人半獣〟とみなして差支えあるまい。

この半人半獣は、日本アルプス中の、M岳の奥に、二匹のまだ幼い子と三匹だけで住んでいる。

その場所は、深いえぐり取ったような断崖の底にある、まだ誰にも発見されていない大鍾乳洞である。

そのような大鍾乳洞が、M岳の奥地に存在していることが、そのような半人半獣が、そこに定住し、繁殖し、生活していることが、どうして永の年月、熱心な登山家や探検家の眼に触れずに済んできたか——それは、後にストーリーの中で物語られることであろう。

だが、その大鍾乳洞からほど遠くない谷間に、世捨人のような生活をいとなんでいる貧しい猟師部落では、その断崖の底から、おびただしいコウモリが飛び立つことから、鍾乳洞の存在を予知していた。

部落の人々は、そこから、冬の、ひどい季節になると、まっ白な巨大な、人間とも獣ともつかぬ動物があらわれ出て、食を求めて峰づたいに、尾根づたいに彷徨《さまよ》い歩く姿を見た——というよりは、見たような気がしていた。

その部落の人々は、そのことを口外しないことによって、その半人半獣が、部落に害を与えないのだと、固く信ずるようになり、それと、もうひとつ、或る重大な理由から他言を固いタブーとして、先祖代々守ってきていたのだった。

吹雪の何日も続く夜、とぼしい粗朶《そだ》の炉をかこんで、彼らは、ささやくように、その半人半獣のうわさをした。

われわれも、彼らが、祖先からそのようにして言い伝えられ、語り合わされた伝説じみた名によって、その半人半獣を『雪男』と呼ぶことにしよう。

『雪男』は、言葉を持たない。しかし、可成りの顔面筋肉の作用で、喜怒哀楽の情はうかがい知られる。

くぐもるような、つぶやきを洩らすことはある。そして、その叫びは、怒った時は、叫びというよりは咆哮に近く、それは谷々にエコーをかえして、さながら遠雷のとどろきをおもわせた。だが、たいていの場合は、弱々しく、長く、ひきのばすような、哀愁に満ちた遠吠えであった。

おそらくそれは、最近、配偶者を失ったきびしさからくるひびきであったろうし、それを聞く者の肺腑を切なくみだす調子は、『雪男』自身、知ってか知らずか、現存の二匹の幼児を最後として、彼らの『種《しゅ》』を、この地球上から断たなければならぬ〝滅び行く民族の悲哀〟がそうさせるのであろう。

それは、雪男にとって、どうにもならぬ恐ろしい宿命であった。

本能的に、そうした潜在的な悲哀が——悲哀というにはあまりにも無惨な——勃情するとき、『雪男』は、耐えかねて、しばしば狂暴になった。そんなとき、『雪男』は、あの長い長い遠吠えを何時間もつづけたあと、手あたり次第、岩塊を谷に投げつけ、峰に突っ立って、破れよとばかり己が胸を打ちつづけるのだった。さながら、無駄とは知りながら、どこかに生き残っている同族の、種族を断《た》やさずに済むいとなみを与えてくれる相手を呼び求めようとあせるかのように！

『雪男』の正体は、何であろうか？

いつ、どこから、どのようにして来たものであろうか？

日本アルプスの一角に於て、この新たな人種——人種とは言えないまでも、半人半獣の『雪男族』が、単独に発生したとは信じられない。

ダーウィンの進化論は、われわれにこう教える。

〃人類は、遠い地質学時代に、人《じん》・猿《えん》・共同の祖先から分岐して進化したものである〃と。

そして、その証拠が、ジャワの化石人類、人と猿との中間型の生物——あの有名なピテカントロープス・エレクタス（直立猿人）によって実証された。

その頃のジャワは、アジア大陸と陸つづきであった。日本も背中をまるめた尺取虫のような恰好でアジア大陸にとっついていた。

ピテカントロープスの一族が、アジアの一角に移住し、さらにはるばる日本本土にわたって、その一族が、寒冷の気候に適応するため、長毛種の『雪男』に変化したと仮想することは無理だろうか？

それとも、古くから世界の屋根ヒマラヤの氷原にかくれ住んで、シェルパ達の伝説の中に生きてきた〃イエティ〃と呼ばれる『雪男《スノーマン》』が、じっさいに存在し、それが遠く、想像もつかない歳月を費して、われらが日本アルプスの未知の境に定住した、と言ったら狂気の沙汰と一笑に附されるだろうか？

われわれは知らない。ただ、知らない、と正直に告白して、議論をたたかわすことはやめよう。

『雪男』は仄《ほの》かな叡智《えいち》を持つ。しかしそれは、われら近代人の直接の祖先とみられるネアンデルタール人が、はじめて獲得した知慧をはるかに下廻ったものにすぎない。

『雪男』は、石器をつくることを知らない。火を用いることも知らない。ただ、手に握りえられる枝をえらび、土塊よりも岩塊のほうが、よりよく敵を斃《たお》すに役立つことを知るていどである。

嘗《かつ》ては、その大鍾乳洞に――かれらの種族を保持し得るだけの数の『雪男族』が、集団を作って生きていたことが、この物語の主人公によって確められたのだが――その集団を、一挙に、わずか三体を残して、滅ぼし去った原因は何であったろうか？

われわれに知れぬ気候の劇変が、この地方を襲ったためであろうか？

それとも、ついに一粒の野生胡桃《くるみ》も手に入らぬほどの飢餓が、彼らを、死におとし入れたのであろうか？

それについても、本物語の主人公は、恐るべき原因を、やがて物語ってくれることであろう。

この己れを含めた三体を最後として、地球上から『雪男族』が抹消されてしまわねばならぬ絶望の断崖に、もし二児を持った父親が立たされたとしたなら、その父は、おそらく、その目的のためには、手段を選ばず、殺人、強奪、姦淫の限りをつくして狂いまわらずにはいないであろう。

『雪男』は、ついに狂った！　そして、その目的――それは、智能に教えられたのではなく、本能に導かれてではあったが――かれらの民族の故郷である大鍾乳洞から、姿をあらわした。

この物語は、かくして初められる……

登場人物

飯島高志　K大法科学生、山岳部員
水沢道子　高志の愛人
中田　久　高志の友人
M　氏　観光ホテルマネジャー
小泉重喜　K大名誉教授、理博、人類学者
小泉ユキ子　博士の娘

大場三郎　　興行師
山の老人
山の娘チカ
雪男とその二人の子
他に、ヒュッテの留守番、県警察部長、××日報社会部長、K大山岳部員、大場の配下、駅員、料亭の女、看護婦、医師等

第一章

休火山M岳のふもと――その山の名と同じ小駅に近い観光ホテル。宿泊人の大半はスキー客で、七分あまりの賑わいだった。

その一室、わざと凝ってつくったカミン風の暖炉に、薪が赤々と燃えている。

K大の法科に籍をおく山岳部員、飯島高志が、薪をくべ足しながら、

「道子さん……いま何時頃?」

返事がない。

気がついて、腰をねじ向け、

「なんだ、いないのか」

壁時計を見上げる。七時をすこし廻った時刻。

何か気がかりな様子で眉をひそめ、防寒用の厚い窓カーテンをひらく。

外は可成りの吹雪だった。

「どうりで冷え込むと思った……」

そのまま、何も見えない外に、落着かぬ眼を向けている。不安が次第につのって、手荒くカーテンを閉め、急ぎ足で部屋を出ようとするとたんに、
軽いノックをひびかせて、ボーイが入ってくる。銀盆にコーヒーセット、カップは三組——

「誰か、注文したの？」

「はあ、水沢さまが……すぐ、こちらのお部屋に戻られるそうで……熱いコーヒーの用意をして置くようにと仰言ってで」

やや不機嫌に、

「水沢さん、なにしている？」

「階下《した》のホールで……お客さまがたと御一緒に踊っていらっしゃいます」

「のんきな娘《こ》だなあ……ぼくがこんなに心配しているのに」

「何かごしんぱいごとでも……？」

「いいんだ、きみの知ったこっちゃない」

コーヒーセットをテーブルの上に置いて去ろうとするボーイを突きのけるように、飛び出そうとする高志の耳に、水沢道子の、はしゃいだほがらかな笑い声がはいってくる。

螺旋階段を、高志の友人、中田久と腕を組んで、からみあうようにあがってくる道子。

「ほっほっほっ」

部屋のまえまで来ても、笑いがとまらない。

「なにがおかしいんだ」

道子はふっと高志の剣幕に押されるが、べつに気にもせず、

「だって、久《きゅう》ちゃんたら、みんなのまえでスッテンコロリンよ。もう御免、ダンスのコーチは止めよ、ぜんぜん望みないもの」

中田久、ひとのよさそうな笑みをたたえて頭を掻いている。

「さあ、冷《さ》めないうちに、みんなで熱いコーヒーいただきましょうよ。あたしがサービスしてよ」

ポットからカップに注いで、高志にすすめながら、

「高ちゃん、どうなすったの？　そんな不機嫌そうな顔して……あたしのこと、なにか怒ってるの？」

「怒ることなんかないさ……」

「嫌や、そんな——それとも何かあったの？」

「すこしのんき過ぎやしないか、君たち」

「何のこと……？」

「武野と梶が、いまだに帰ってこないんだ。もう七時を過ぎている」

「あら、それを心配していなさるのね。だったら大丈夫よ。武野さんも梶さんも、猛練習に夢中なのよ、今年のスキー大会には是が非でもトロフィーを獲得してみせるって……高ちゃんなんかとは、ちょっと意気込がちがうわ」

「それにしたって、こんな晩《おそ》くまで……」

「心配しなくってもよくってよ、きっと吹雪にとじこめられて、今夜は、山のヒュッテ泊りよ。ここへ来てから、もう二度も前例があるじゃないの」

「それならいいんだが、今夜は、なんだか胸騒ぎがして仕方がないんだ……何かあったに違いない——そんな不吉な予感がする……」

「うっふ、高志さんらしくもない」

ものにこだわることを知らない道子は、相変らずほがらかである。

「そんなに気になるなら、ヒュッテへ電話をかけてみたら？」

「むろん、かけてみたさ、不通なんだ。吹雪で架線が切れたらしい。夕方から工夫が修繕している」

「だったら、待っていらっしゃいよ。むこうでもきっと、知らせようとおもってやきもきしているに違いないわ……さあ、ブリッジでもして遊ばない？」

道子、トランプを切りはじめる。隣室で、どこかへ電話をかける客の声。

「あら、直ったらしいわよ」

「そうか、ありがたい」

高志、備付の卓上電話にとびつく。

「山のヒュッテだ、早くっ」

すぐ通じて、呼び出しのベルが断続する。が、誰ひとり電話口に出る様子がない。

「もしもし、もしもし……おかしいなあ」

「どうなの？　通じないの？」

「いや、ベルは鳴っている。しかし、誰も出ないんだ」

「変ね……あたしが代ってみるわ」

送話器を受取って、道子、懸命に呼び出そうと試みる。

「もしもし、もしもし……ヒェーッ」

いきなり道子、受話器を投げ出して、耳を覆う。恐怖にひきつった真っ青な顔。

「どうしたッ、道ちゃん」

「……いきなりものすごい獣の吠え声が……すぐそのあとで、電話が目茶目茶に叩きつぶされたらしいっ……」

「う、うーん」

そばで聞いている中田久、気弱く立ったり坐ったり落付かない。

「やっぱり事件だ、何かあったに違いないっ、そうだ、ぼく、すぐ行ってみるッ」

「無理よ、高志さん、この吹雪に……それにあなた一人でなんて、無茶だわ。一応ここのマネジャーに話したら？　ヒュッテは、ここのホテルの経営だし……」

「そうしよう」

高志、部屋を走り出る。

道子、いそいで仕度を初める。

「なにしてるのよ、久さん、あたしたちも行くのよ、早く仕度しなさい」

「ま、ま、まさか『ゴジラ』じゃなかろうな」

中田久、気も転倒しておろおろする。

さいわい、吹雪は、やや勢いを減じたが、まだ相当ひどい。

ヒュッテへの二キロの山道を、二台の馬車が前後して疾走する。前の車に飯島高志、水沢道子、中田久、それにホテルのマネジャーM氏。後の車にはホテルの従業員、ボーイ達五人が、手に手に有合せの武器を持って乗込んでいる。

赤いカンテラをかざし、吹雪に抗《あらが》って進みなやむ二台の馬車——ようやくのおもいでヒュッテの望まれる峰にたどりついた頃は、さしもの吹雪も止んで、あたりは、気の遠くなりそうな静寂に包まれている。

灯の洩れていない真っ黒なヒュッテの姿が、不気味なものを孕《はら》んで、なかば吹き溜りの雪にうずもれて横たわってみえた。

惨憺たるものであった。

なにものか、巨獣にでも荒らされた跡は、歴然としていた。

二間しかないヒュッテの広間の内部は、目も当てられぬばかりに叩き毀《こわ》され、ヒュッテの主人《あるじ》が、危急を告げようと電話に這いずり寄る形のまま事切れている。なにか非常に強力な打撃を受けたものと見え、頭蓋骨がグシャリと潰れていた。同じような被害者が三人、おもいおもいの場所に伏し倒れている。午《ひる》すぎからの吹雪でスキー客の足が奪われたため、極く少数の犠牲者で済んだらしい。だが、その中には、求める武野一夫、梶信介の姿は無かった。

キチンは、荒れ放題に荒らされていた。

貯蔵食糧は大部分、その場で食われ、残りは持ち去られた形跡がはっきりしている。

メリケン粉袋が、犯人（?）の鋭い爪にかけられて、粉があたりに散乱している。

「あっ、足跡が……」

高志は思わず目をみはった。

見たこともない巨大な足跡である。同じ足跡は、メリケン粉をつけたまま、電話口のあたりにまで続いている。おそらく、道子が電話口で聞き取ったときの情況と思い合わせて、怪物は、電話のベルに劇怒して咆哮し、それを叩きこわしにキチンからのし出たに違いない、と、高志は推理した。

「人間であろう筈がない。しかし、この足跡から想像すると、これは途方もなく巨大な獣だ。だが、このM岳に、そのような怪獣がいるだろうか？　絶対に！　ここには、極めて稀に、月ノ輪熊が迷い出ることはあっても、このような惨忍な殺人を冒すとは想像の外だ」

マネジャーM氏は、死者にアンペラをかけ終えて、暗然とつぶやいた。

「とにかく手を触れずに、現状のまま放置して引揚げることにしましょう。すぐ県警察に届けて出張してもらうことにするより外はない」

「ぼくは、ここに残ります」

高志は、きっぱりと言い切った。

「残る？　何のために？」

「たしかに、ヒュッテに留《とど》ったとおもわれる同行の友人二人が、行衛不明のままです。むろん、ここにいなかったことは、被害者の方々には申し訳ない言い方かも知れませんが、不幸中の幸《さいわい》でした。しかし、それ以上のどんな不幸が起きていないとも限りません。すぐにもこれから捜索に出かけたいのは山々ですが、ぼくだって、血気にはやって自分を滅ぼす愚はしたくありません。すぐ、警察へ行って、応援を頼んで下さい。到着次第、ヒュッテを中心に徹底的な捜査を開始します。それから医師を同行さして戴けるようにお願い申します」

どんな事態が、ひきつづき起るまいとも限らないから、屈強の若者を二人残しておくと言い張るマネジャーM氏に、高志は、おそらく怪物は充分満足して立去ったものとおもえるから心配はあるまいと、その厚意を謝した。

高志の身を案じて道子、道子への見栄で恐る恐る中田久が、ヒュッテに残った。

久は、毛布にくるまって部屋隅にふるえている。道子は、寒さ凌ぎの夜食にホットケーキを焼いている。

惨劇が起るまえに吹雪がやんでいてくれたら、或《あるい》は怪物の足跡を追って、その行方をつきとめられたかも知れない。

止宿客の遺品らしい写真機で、とりあえず、メリケン粉あとの足跡を高志は撮しておいた。非常な苦心の結果、高志は、濃灰色のやや長目の剛毛を数本発見し、大切に紙に包んで保存した。

月が登ったらしく、破れた窓から、寒風と共に冷めたい月光が差し込んでいる。

警察からは、まだ誰ひとり来ない。夜が白々と明けかかるころになって、やっと検死のための一行と、応援隊数名が到着した。

時をうつさず、応援隊はスキーをつけて、捜査に出発した。

ヒュッテ備付けのスキーを借りて、高志、道子、久、三名も一団となって乗り出した。

スキー隊の、三時間にわたる活躍も空しく、ついに武野、梶の姿は発見されずに終った。

「そのモンスターが、自分の住家に運んでいったんじゃないかしら?」

「まさか……道ちゃんをならいざ知らず、なんの役にも立ちはしないからな」

「あいつら二人、あんまり肥ってないから飼い肥らせて食う気かも知れんぞ」

三人の、無理に交す冗談も、却《かえ》ってみんなの心を沈ませるに過ぎなかった。

翌朝の地方新聞に、事件はそれほどでもない記事を、わずかに掲載しただけだった。

〝吹雪に迷い出た大熊、ヒュッテを襲い、主人外滞在客三名を斃す〟

時季が時季でなかったならば、相当にセンセイショナルな粉飾で報道されたであろう。スキー大会は近づいている。観光ホテルとしてもかき入れ時である、マネジャーM氏の必死の揉消《もみけし》運動が、この程度の発表で済まされたことは、思うに難くはなかった。

それでも滞在客は半減した。しかし、雪山の魅力に憑《つ》かれた若い人々には、たいした影響は与えなかった。

二、三日は、さすがに人出も減ったようだが、やがてスロープというスロープは色取々のスキーヤーで華やかなお花畑のような風景を取り戻した。

そのままでは収まらないのは、高志達だった。

きょうもスキー練習にかこつけ、人々の群を離れた高志、道子、久の三人は、谷に向って降りていった。

もはや生きているとは思われない。せめて遺骨の一片なりとも発見しないことには、東京へは戻れなかった。

スキーを雪の上に立て、二人は喬木林《きょうぼくりん》をわけて進んだ。もう谷は、眼の下に見えている。スキーの番を兼ねて、見張り役を仰せつかったのは中田久だった。

「高志さん、こんなところを探したって、無駄じゃないかしら？　武野さんも梶さんも、まさか雑木林の中で練習していたとはおもえないわ」

「ぼくは考えたんだ。ほら、ヒュッテで中田が冗談に言ったろう——モンスターが二人を連れ去ったって！　そんなことが絶対にないとは言い切れないんだ。とすると、広い雪野原ばかりあさったって見付からないさ。大きな木の洞《うろ》とか断崖沿いの洞窟とか、モンスターの住家らしいものがありそうな所を物色するのが早道だ」

「そうね、でもこのへんには……おや？」

あたりを見廻していた道子の眼が、数メートル先の地表に釘付けになった。

「どうした？　道ちゃん」

「足跡が……」

「ええっ？」

まさしく、ヒュッテで見たと同じ足跡が、半ば凍《い》てついた雪をえぐって、点々と跡づけられている。

しかもそれは、末も先もなく、およそ十メートルばかりの間だけつづいて、前後は完全に断ち消されている。

強いて考えれば、巨大なクルミの樹上から飛びおりて、その間隔を歩き、ふたたび跳躍して、べつの巨木に飛びうつったものと推理される。

「しかも、足跡の向きは、谷へではなく、ぼくらの方に向っている。道ちゃん、気をつけろ、モンスターは近くにいるぞっ」

「………」

声もなく、道子は、高志の胸にしがみついた。道子をかばいながら、高志は、手に触れた拳大の石をにぎりしめて身構えた。

耳を澄ます。何の気配もない。

高い木の梢めがけて石を投げつける。バサーッと黒い大形の鳥が飛び立っただけだった。

「大丈夫らしい、しかし油断はならんぞ」

「ええ」

青ざめた道子の額に、こまかな汗の粒が浮いてみえる。

「とにかく一旦引返そう、まさかの場合、これ一つじゃ太刀打ちも出来ないからな」

ジャックナイフを掌にたたいて見せ、高志は苦笑した。

二人が踵をかえそうとしたのと、鋭い叫びを聞いたのと、殆んど同時だった。

「しまった、中田の奴がっ!」

転げるように引返したときは既におそかった。

雪を真っ赤に染めてぶったおれているのは中田久である。致命傷は、ヒュッテの被害者と同様、頭蓋骨を殴打によって粉砕されているのだった。

「あっ、奴だっ!」

高志は、はっきりと目撃した。

まっ白な、ふさふさとした毛におおわれた巨人が、うしろ向きに、すばらしい早さでもうひとつの喬木林に向って逃げ去ってゆく姿を!

「おお、やつは獣ではない! 人間だ! すくなくとも半人半獣だ!」

第二章

列車は東京へ、東京へと走りつづける。

膝に、遺友中田久の骨箱を抱いて暗澹たる面持の高志。放心したような眼を窓外に向けてただ去来する風景を映しているだけの道子。

高志の脳裡には、三人の男の顔と声が、次々に浮かびあがっては消える。

狡猾で、いんぎん無礼で、厚かましい観光ホテル、マネジャーM氏の顔——

「それはもう、てまえどもと致しましても御宿泊のお客さま方を大勢さま被害者としてお出させした責任上、すぐにも山狩り隊を組織して、その怪人とやらを捕えるべきではございましょうが、なにしろ人気商売の弱味とでも申しましょうか、せっかく、まだまだ大勢さま楽しくお泊りの向きに、不必要に恐怖心をお抱かせ申しあげますのもどうかと……」

県警察部長の、いかめしい、それだけにどことなく時代ばなれのした滑稽な顔——

「いやあ、話はよく解る。もちろん当局としても捨てては置けん重大問題じゃからな。なにしろ御友人お二人の生死も判然しておらんとなると、もちろん捜査には全力をそそぐ積りでおる。じゃがだ、この途方もない御時世に、わしらの部下は、天手古舞《てんてこま》いの急《いそ》がしさじゃ。たかが獣一匹のために大編成の山狩隊を即刻出動さすなどとんでもない……いや、もちろん、捜査は絶え間なく続行する。その点、よう諒解してもらいたいんじゃ」

地方新聞××日報、社会部長の、多少人を小馬鹿にした無関心な顔——

「たいしてセンセーショナルな問題じゃないよ、君。それに、当新聞は、政治経済関係の報道に重きを置いておるんでね、〝姿なき怪獣ホテルの止宿人を襲う〟は、もう先日の記事で充分さ、そのために敏腕の社会部記者を動員して、大熊——いや君のいうモンスターとやらを捕えて見たところが、たいしたスクープにもならんからねえ、はっはっはっ」

高志は固く唇をかみしめて、そのおぞましい顔、顔、顔をふりはらおうとするもののように、強くかぶりをふった。

「もうおよしになって！　いくら考えたって、誠意の無い人たちにはかないっこないわ」

「どいつもこいつも、なんて非情な、身勝手な奴らばかりだ。よし、やるぞ、ぼくは、必ず同志を集めて、徹底的にモンスターと闘い抜くぞっ」

道子は、無言のまま、高志の手に、手を重ねて、協力を誓った。


「おとうさま、御面会よ、このかたが……」

娘ユキ子の取り次いだ名刺を、ちらっと見て、小泉重喜老博士は、不審の眉をよせた。

「飯島高志……法学部の学生が、どうして、人類学専攻のわしに……？　人違いじゃないかな」

「そうとばかりは言えなくてよ、おとうさま……たとえば、火星人を殺した場合、果して殺人罪を構成するや否や、先生の御意見をどうぞ……うっふっふっ」

「まぜかえすな、とにかく会って見る。応接間にお通ししなさい」

「はい」

「話はだいたい諒解出来た……しかし」

小泉重喜博士は、ソファにぐっと背をもたせた。

「飯島君、きみの話は、どこかで現実と幻想の境い目をさまよってやしないかね？　信州の山奥、M岳の雪原からマンモスの牙が発見された。あるいは、石器時代以前の原始人類の骨らしいものが発掘された。なら話は解る。しかし、長毛、巨身の、人類とも獣類ともけじめのつかぬ〝雪男〟——これはきみの言葉だが——が、忽如M岳に現わる、では、少々、きみを前にして失敬な言い方かも知れんが、狂気の沙汰だね、むしろ滑稽だよ、あはは」

——このひともか！——高志は、ぐっと胸に突きあげてくるものを押さえつけて、言いかぶせた。

「ぼくは、この目ではっきり目撃しました。必要なら、証人として、ぼくの女友達《ガールフレンド》水沢道子の証言も提供させます」

「そのほかには……？」

「ありません。直接の目撃者は、ぼくと水沢さん二人きりです。しかし、その足跡と、残していった体毛とは、こうしてちゃんと持ってきております」

高志のとりだした、足跡の写真と、紙に包んだ毛に、博士は、ちらりと眠そうな眼眸《まなざし》を落しただけで、指に触れようともしなかった。

「まあよかろう、そこで、いったいきみの用件は?」

「歯に衣を着せず、率直に申します。じつは、ぼくの行衛不明になった友人二人、もはや、その『雪男』の犠牲になったことは間違いありませんが、せめてその死体を収容するために、先生を利用しようと企《たくら》んでやってまいりました」

「ほほう、どうしてまた、わしのような老人を……?」

「先生は、我国人類学の権威です。おもいあがった言葉かも知れませんが、先生にとって『雪男』は、好箇の研究資料ではないでしょうか。

先生、お願いです! ぼくは一介の学生で、とうてい探検隊を組織したり、山狩りの人夫を雇いあげたりする財力はありません。

先生の研究のための探検隊に便乗させてください。先生は、東亜地質学協会の会長をしておられる筈です。〝生きている原始人 雪男〟捕獲のためなら、おそらく協会は費用を出し惜しみはしますまい。それを狙って、先生を説き伏せるために、紹介状一本たずさえるでもなく、厚かましく押しかけました」

「近頃の青年は、なかなか勇敢だ」

はぐらかすように苦笑して、博士はソファから立った。

「会長だからといって、費用の面は、わし一存では決しかねる。まあ、その気になったら、学内会議に諮《はか》ってあげてもいい」

そんなつもりは毛頭ない、はやく、この半気狂を追っぱらって了おうと、博士は、思いつきを口に出した。

「お願いします、この通りです！」

純情一徹の高志は、心から礼を述べて辞し去った。

「おとうさま、あんなお約束なさって、いいの？」

「ああでも言わなかったら、坐り込まれるよ。わしだって、その気になったら、と、予防線は張ってある」

「いけないわ、おことわりするなら、はっきりすべきよ。あの方、とっても純情な学生さんですのに……」

娘ユキ子の言葉を聞き流し、葉巻の口を切ってくゆらしているうち、なにかインスピレーションにでも打たれたかのように、博士のおもてが緊張した。

そのまま数秒が過ぎる。

「まてよ！」

不意に起上《たち》って、天井をにらむ。

「どうなすったの？　おとうさま」

「ユキ子、いまの学生が置いていったもの、応接間にあるはずだ。大切に、研究室へうつしておいてくれ」

「はい」

ユキ子の去ったあと、博士は檻の熊のようにサロンを歩きまわった。

「……もしそれが事実だとしたら？　いや、そんな馬鹿な……しかし……」


臨時に召集された東亜地質学協会の会議場――ドアの外の廊下に、高志と道子が、落付かぬ様子で待っている。

「ずいぶん手間取るのね、相当もめているにちがいなくてよ」

「なにしろ問題が問題だからな、そう簡単には決まらないさ……しかし、目撃者の実見談を聴取するまでに到っていないところをみると、やっぱり駄目なのかなあ」

「逆かも知れなくてよ、ひょっとしたら。その必要がないほど議論がふっとうしているのかも知れないことよ」

ドアが開いた。

学者連中が、ぞくぞく出てくる。或る者はぎょろっと二人をながめ、或る者は、にやりと意味ありげな笑いを投げながら去る。

最後に小泉博士が姿をあらわした。

「先生！　どうでした？」

「会議は終ったよ、飯島くん」

「それで……？」

「蹴られたよ、あきらめるんだね」

淋しそうに、博士は、高志の肩に手を置いて、黙々と去っていった。

それからいくほどもなく小泉博士の姿は、街のビヤホールに見出された。

いくら飲んでも、酔いが廻ってこない。

口に出して、博士は、訥々《とつとつ》と独白をつづけている。

「……ふん、主旨には大賛成だが、今春リヴィエラで開催される国際地質学協会出席の費用を削ってまでも……か……ていのいいお断わりだ……」

博士は苦そうにコップをあける。

「……さいしょ、わしは飯島の言葉を信用しなかった。それどころか軽蔑さえした。だが、わしはすぐにその非を悟った。そして、こんどはわし自身が昂奮した！『雪男』は実存する。その可能性を、わしは、三日三夜に亘る不眠に近い研究でたしかめた。どうしてそのような巨大な存在が、ところもあろうにスキー場として有名なM岳の山中に、いままで人目につかずに幾百世紀を過し得たか？　それはまだ判らない。

しかし、何事に限らず盲点というものはある。雑草の道一本、溝めいた流れ一筋、あますことなく地図に書きあげたと思い込んでも、そこには意外な手ぬかりがあるものだ。

たとえば、外見だけではそれと知れぬ、深くえぐられた断崖の洞窟、滝の裏がわの岩壁のすき、天然ガスで視界をさえぎられた密林の片隅——そうしたところに、驚くべき年数を生き継いできた、奇蹟の原始民族がひそんでいると想像したからって、それが、荒唐無稽の想像だと、いちがいに排斥するには当るまいじゃないか。

それをなんだ、碌《ろく》でもない似非《えせ》学者共めらがっ！　諸国周遊奇談（昌東舎真風の著）に出てくる山男だとぬかしおった。獣的存在物の伝説に過ぎんとぬかしおった。

わしは信じる、信じる！『雪男』は存在する、たしかにいるぞ！」

飯島高志は、決してしょげ返らなかった。

このたびの失敗は、却って彼を、反撥《はんぱつ》させ、蹶起《けっき》させずにはおかなかった。

高志は、校内に呼びかけた。

雄弁部のきもいりで学生大会が開かれ、高志は、資金カンパの熱弁をふるった。道子も壇上に立った。

「雪男を捕えろ」

「同僚の骨をわれらの手に！」

「探検費用を稼ぎ出せ！」

万雷の拍手の中に、全学生は大同団結した。

高志は率先して、某出版社の翻訳仕事の下請を始め、道子は、競輪場のアイスクリーム売子になって出た。

アルバイトの群が、街々に流れ出た。

ひょうきんな学生は、サンドイッチマンの役を買って出、犬好きは、お屋敷の飼犬の散歩役に雇われた。

いつか、山では雪が解け、谷川の流れが、ゆたかな水音を立て、ワラビが拳をふりあげる春がきた。

しかし、そのあいだ、全然平和であったわけではない。

『雪男』は、間歇的《かんけつ》に姿をあらわし、相当の被害をホテルを中心に与えつづけていた。

情報は逐次、高志の許に通報されてくる。

あの、観光ホテルのマネジャーM氏からであった。

その年のスキー大会は、ついに取止めとなった。それがよほどこたえたらしく、さすが海千山千のマネジャーM氏も、もはや同調的になりかけたところへ、被害は、次々と起りついだ。

その一つ――ホテルの張出展望台が、根こそぎねじ折られて、居合わせた客の大半が重傷を負った。
その二つ――倉庫の貯蔵ウイスキー樽が全部たたきつぶされ、その損害は、M氏の再起をさえ危くさせるに到った。
その三つ――ふいに、寝室の窓から毛だらけの腕を突っ込まれ、恐怖のあまり、就寝中の小娘が発狂した。さいわい命に別条はなかったが、その小娘は、いまだに正気に戻らず、精神病院の一室で喚き叫んでいる。
その四つ――峠の曲り角にふんぞり返っていた『雪男』に怯《おびや》かされ、トラック運転手が操作をあやまって谷底に転落即死した。

その五つ——吊橋渡渉中の炭焼小屋の娘が襲われ、むざんな強姦屍体となって草むらの中から発見された。

もはや『雪男』は、その姿を、公然と人々のまえに晒《さら》け出している。だが、その神技ともおもえる跳躍力は、いかなる俊足をもって立向ってもこれに追いつくことは困難であるかにおもわれた。

アッとおもうまに『雪男』は、ただ巨大な足跡をのこしただけで、雪の中に滲《し》みこむような消え方をした。その体毛の保護色を、『雪男』は本能的に利用しているのだった。

ただ不思議なことは、これほどの被害を目前に見ながら、地元県警察当局が、本腰入れてその対策に乗り出そうとしないことだった。

雪男がまだ市街へ立ちあらわれず、被害がM岳一帯に限られているからか？　それとも、伝説の山男を信じて、その報復を惧《おそ》れるのあまりか、知らず、警察部長は、寧日《ねいじつ》マージャンのパイを弄して、ただ気休めに、部下を随時巡邏に出張させる程度でお茶を濁している。

第三章

飯島高志を先達《せんだつ》とする、選ばれたK大山岳部員十名によって組織された『雪男探究隊』が、M岳山麓のM駅に到着したのは、雪も名残りなく消えた初夏の一日であった。

一行に、水沢道子が加わっていたことはいうまでもない。

まっさきに、プラットホームに降り立った高志は、思わずハッと息をのんだ。

そこに一行を出迎えて立っているのは、まぎれもなく小泉重喜博士と娘ユキ子であった。

「あっ、先生！　お嬢さんも御一緒に……いつこちらに……？」

「飯島くん、わしはきみたちの一行に加わる決心をつけて、数日まえからこちらへ来て待機しておったのだよ」

「先生が……？」

「そうだ。わしは地所を少しばかり売った。無条件で提供するから、探究隊の費用の足しにしてくれたまえ」

内ポケットから、分厚い紙包を取り出して差出す博士の腕に、高志は、感極まって取りすがった。

「先生！」

一行の誰もがシュンとなった。道子の頬には知らぬまに涙が伝わり流れていた。

ハイカーにしては、ものものしく猟銃などをたずさえている若者の一隊に、さっきから、土産売場の店先で、じっとその様子を眺めている男があった。

でっぷり肥って、服装も相当なもので、総革のジャンバーに革ぐつ。しかしその表情には、どこか下司《げす》なところがあった。買い求めた水晶玉の首飾りを手にしたまま、何かを劃策《かくさく》している様子である。

一行は観光ホテルに宿を取り、そこを探究本部に当てることにした。

今日一日を、休養と作戦にあてることにし、博士寄贈のビールで、大いに気勢を挙げている最中、ボーイが、高志に面会人のあることを告げた。

「ぼくに面会……?」

「はい。このお方が……」

名刺には、ただ「大場三郎」とあるだけで肩書はない。

「知らないな……とにかく会ってみよう」

ボーイに案内させて、ロビーに行ってみると、大場三郎なる男は、やあ、と親しげに声をかけて歩み寄った。

昼間、駅前の土産売場で、一行の様子を見守っていたふとっちょである。

「はじめまして、いや、あなたが隊長さんの飯島さんだということも、あなた方の目的も、ちゃんと承知しておりますよ、じつは、ここのマネジャーから、すっかりうかがいましてね」

「それで、御用件は……?」

「はっはっ、いや、話さんとわからんですが、わしは、じつは興業師でしてな」

かいつまんだ大場の話では、ぜひその『雪男』なるものを生捕りにして見世物に出したい、それについては、こんどの費用の半額を自分が負担しようという申出であった。

「お断りいたします！」

高志は、ピシャッとはねつけた。

「断わる？」

大場の眼が、ぎらっと光った。


「ぼくらは『雪男』を売ってまで費用を賄わなけりゃならぬほど困ってはいません。それに『雪男』は……若《も》し捕えることが出来たとしても、これは貴重な人類学上の研究資料です。ぜったいに金儲けのための晒《さら》しものなどにはさせません」

「ほほう、なかなか御立派な御意見じゃ。しかし、あなたがたには『雪男』なるものを独占なさる権利は、おありにならん筈ですな、もちろん、山狩りをなさる権利も」

「あなたは、ぼくらの行動を邪魔する気ですかっ」

「は、は、とんでもない、むしろ援助しようと申出ているではありませんか。まあ、そうむきにならんで、ひとつそこは……」

「やめて下さい。これ以上いくら口説いても無駄です」

「ではやむを得んですな。わしは、自由に、あなたがたのあとをついていって『雪男』の居所をつきとめるまでだ。居所さえわかれば、あとは、わしの雇った捕獲隊に捕えさせるだけですがね……あんた方と張合うようで済まんが、どうもやむを得んようですわい、は、は、は」

すでにその夜のうちに、ホテルの別室には、大場三郎の配下が、数名集り、そのうちのひとりは、大場の命を受けて、鋼鉄仕立の特別トラックを取寄せるために出掛けていった。

「とにかく、あの若い奴らを必要以上に刺戟《しげき》しては不利だ。わしが『雪男』の所在をつきとめたら、爆竹で合図をする。そうしたらトラックで駆けつけるんだ。いいか、目的は、ただ『雪男』をこっちの手に入れることだ、無用の争いはできるだけ避けることだぞ」

翌朝。出発。

よく晴れた空。人事とは無関係な、平和な山のたたずまい。衣更《ころもが》えをした褐色の雷鳥が、岩の上にたたずんでいる。黒百合が、もう蕾をふくらませ、中には咲いているものもある。もうしばらくすれば、百花撩乱のお花畑が現出するであろう。

「高志さん」

息ごえで道子が、高志の耳元にささやく。

「ついてくるわよ、あれがゆうべの話の男……?」

ふりかえった高志の眼に、見えがくれについてくる大場の姿がはいる。不快な劇怒に堪えかねて走り出そうとする高志を、道子がやっとのことで引きとめた。

「殴ったくらいで引っ込む相手じゃないらしいわ。我慢して！　いまのあなたは大事なからだよ、怪我でもしたら、だいいち小泉先生に申訳ないわ」

一行は尾根伝いに峠にさしかかった。

此の様子を、谷を出て、巨大な岩壁のかげから、瞋恚《いかり》の眼光もするどく見つめている『雪男』――その体毛は、すでに濃灰色に変っている。

突じょ、すさまじい威嚇《いかく》の咆哮。

一行は、その咆哮を聞きとめてハッと息をのんだ。

「いるわ、すぐ近くに！」

道子は怯えて高志の胸にしがみつく。それを、いとしそうにかばう高志。

つづいて、第二の咆哮をひびかせて『雪男』は己れの住家にひきあげるつもりか、岩壁から姿を消し去った。

「いまの咆哮で、やつの居る方向は、どうやら摑めました。やはり、中田久がやられた胡桃《くるみ》林の見当です。いよいよ戦闘開始となるかも知れません。ここで腹ごしらえをととのえておきましょう」

一行は緊張の中に、携帯糧食を取り出した。枯木を集めて火をたき、道子は湯茶の用意にいそがしかった。

その頃から晴れていた空が曇りだし、やがて、雨雲が厚く覆いかぶさって、なんとはなく重っくるしい不吉な予感がみなぎりはじめた。

三度目の咆哮がやや近くに聞こえてくる中に、大粒の雨が降りかかり、やがて豪雨が沛然《はいぜん》と襲いかかった。

「はやくシートを張れっ」

一行は急ごしらえの天幕を張ってその中にちぢこまる。たまりかねて、大場も走ってきてかけこむ。誰も相手にしなかった。

ふと、気がつくと、高志の姿が見えない。

道子のおもてがサッと青ざめた。

「飯島さーん、高志さーん」

雨に髪の濡れるのもいとわず、天幕を飛び出して、絶叫する。

その絶叫をききつけ、近くの岩壁に身をひそめていた『雪男』が這い出て、天幕に近よってくる。

「飯島さんが……さっき、ひとりで胡桃林のほうへ偵察に行くってきかないから、一生けんめいおとめしたのに……きっと、出掛けたにちがいないわ。ひとりじゃ危険！　どなたか、行って連れ戻して……」

隊員三名が猟銃をつかんで、豪雨の中へ飛び出していった。

「わしも行く」

レインコートをひっかぶって小泉博士も飛び出す。

「ま！　御老体の先生が……あたしが行きますっ、先生はどうぞおやめになってっ」

「いや、かまわん」

博士につづこうとする道子を、隊員のひとりが抱きとめた。

「無茶だ、水沢さん、このぬかるみ道で、もし谷にでも転げ落ちたら……なれた部員が三人も行ったのですから心配ありません、とどまって下さいっ」

道子は思いかえして、テントにかえった。

その頃、高志は胡桃林の中を彷徨していた。果して泥濘《でいねい》の上に新しい『雪男』の足跡を発見することが出来た。

「しまった！　テントの方向に向いているっ」

あわてて引返そうとする途端に、足をすべらせて転倒……おもいがけぬその羊歯《しだ》のくさむらにかくれて深いおとし穴が巨大な口をあけている。

「あっ！」

叫んで、脚を踏みこらえたときは、すでに遅く、高志のからだは弾みをつけ、土砂とともに転落してゆく。

遠くから、三人の隊員と博士の、高志を求め呼ぶ声。

重っくるしい沈黙の中に、テントを守る道子、七人の隊員……招かれざる客、大場三郎は隅の方で、ちびりちびりポケットウイスキーを舐めている。

と、突然、テントの真上で『雪男』の咆哮！　テントはびりびりっと引き裂かれ、『雪男』の毛むくじゃらの腕が見上げた道子の正面から迫る。

「ヒェーッ」

気を失う道子、いちはやく逃げ出す大場。隊員のひとりが銃を構えて狙うが、引金に手をかける間もなく奪い取られ、飴のように銃身を曲げられる。他の隊員、発砲……一発はたしかに『雪男』のどこかに命中したはずだが、却って怒り狂った『雪男』は、必死にあばれまわり、殺戮をほしいままにして、引き揚げる。その逃げ去る方向を、離れたところから、大場三郎がおびえ乍《なが》らもじいっと見とどけていた。

『雪男』の咆哮、つづいて起る恐怖の叫びと銃声に、愕然となって引返した小泉博士と三人の隊員は、一瞬の間を境として変り果てたその場の惨状に、ただ呆然と目をみはるばかりだった。

奇蹟というより外はない。テントに残った隊員が全員惨死した中に、道子だけが、空《うつ》ろな眼を一点に据え、唇を半びらきにしたまま坐っている。ようやく降り止んだ雨を濡れかぶったまま、道子は人形のように動かない。

恐怖のショックに、道子の記憶は完全に奪い去られてしまっていた。急遽父県立病院に収容され、手厚い看護を受けたが、道子はついに正気を取戻さなかった。急遽父博士の報《し》らせで娘ユキ子が看護に迎えられたが、道子には、ユキ子の顔をさえ弁ずるすべもなかった。

生き残った三名の隊員は、町の青年有志を伴って、夜をこめて飯島高志の決死の捜査に努めたが、払暁《ふつぎよう》、ついに一旦諦めて下山するのやむなきに到った。

そうして一方、悲報に接したK大山岳部員は、直ちに緊急会議を開いて、決死補充隊を募り、失われた数の倍——十四名が、時をうつさず夜行で現地に急行した。

補充隊到着を一転機として、一行は観光ホテルを引揚げ、もっと活動に便利な、復旧されたヒュッテに本部を移した。

こうした騒ぎのなかで、ひとり北叟笑《ほくそえ》んだのは、興行師大場三郎であった。

大場を中心に密議が重ねられた揚句、或る夜ひそかに、大場とその配下数名を乗せた鉄檻付きのトラックが、裏山路を走りのぼってゆくのを、誰も気付く者はなかった。

第四章

どれほど時間が経ったか、てんで判らない。襟首にしみる寒気に、はっとわれにかえった高志は、おもわず警戒本能にガバとはね起きかけて、はじめて自由にならぬ自分を発見した。ひどい打撃をうけたらしく、腰骨が砕けそうに痛む。

その痛みをこらえて、高志は、周囲をみまわした。

戸板の上に蓆《むしろ》を敷いただけの寝床の上に横たえられている。狭い、煤《すす》けたランプの吊りさがった貧しい小屋だった。

「やっと気が付いたのね?」

見れば枕元近く、ひとりの少女が、坐って、高志を気づかわしげに見守っている。

胸元のはだかった、ボロをまとった惨めな姿の少女である。だが、顔立は美しかった。野アザミの花をおもわせる強《きつ》さの野性美と、どこか日本人ばなれのしたエキゾティックな容貌が少女を可成り魅力的に見せていた。

「ああ、あなたですね、ぼくをここへ運んで来て下さったのは……」

高志に、やっと、中断された記憶がよみがえってきた。

「そうよ。あの時、あたしが通りかからなかったら、あんたは凍え死にしていたかも知れないわ」

「ありがとう、娘さん……ここはいったい何処？」

「あたしと、祖父と二人だけで棲んでる小屋……」

「こんなところに……一軒屋……？」

「ううん、部落があるの。十軒ばかり、みんな、あたしたちと同《お》んなじ猟師よ」

「おかしいなあ、こんな谷間に、部落があるなんて……もっと悉《くわ》しく話してもらえない？」

ふいに、ガサッという音を立てて、いろりの向いからむっくり起きあがった老人が、きびしい声で孫娘に呼びかけた。

「チカ！　よけいなおしゃべりしちゃいかんぞっ」

チカと呼ばれた山の娘は、黙って、祖父にうなずきかえした。

チカは、自在にかけた鍋から欠け茶碗に何かすくってきて、半身をうしろから抱きささえて高志にすすらせた。

「ユリの根と乾芋だけよ、でもあったまるわ」

塩気もろくについていない。それほど、この部落は貧しいのであろうか？

帰らぬ自分をどんなにテントの人々が、ことに道子が心配してくれているかと思うと、高志はいてもたってもいられなかったが、歩行はおろか、立ちあがることさえも出来ない。

安心と、からだの暖《ぬく》もりが、ふたたび高志を睡魔のとりこにしてしまった。チカは高志のそばを離れようとはしなかった。

「チカ!」

眼配せして、祖父が、チカを小屋の外に誘いだした。

「チカ! あの若造は、きっと、このへんに『山男』の住み家があるだろうって、根掘り葉掘り聞くだろうが、まちがってもしゃべるじゃないぞ」

「わかってるよ」

「あの若造ばかりじゃねえ、わしは、このあいだから、町の人間どもが、このあたりにはいり込んで、さわぎまわってるのを知ってる。あの『山男』をひっとらえようとして騒ぎ立てているのを、ちゃんと知ってる」

「あの『山男』は、その人たちには敵かも知れないけど、あたしたちには恩人だもの、どんなことがあったって、しゃべりゃしないよ」

「そうだとも。わしらは、先祖代々、どんなに貧しくたって、この秘《かく》れた谷間で平和に暮しつづけてきた。おまえも知ってのとおり、わしらは遠い昔に、海の向うから流れついて、この山奥にかくれ住むようになった。世の中の奴らは、わしらを混血児《あいのこ》といって軽蔑し、反感を持ち、虐《しいた》げる。わしらは、そんな奴らとつき合いたくない。

わしらは、あの『山男』と、無言の協定を結んできた。わしらは『山男』に、カモシカの肉やクルミを分けてやり、『山男』は、わしらの部落にだけは、どんなに餓えても手出しをしない。それどころか、飢饉のときには、逆にたべものを運んできてさえくれる。

危険が身近にせまったとき、わしらはお互に知らせあう。わしらは口笛で、『山男』は吠え声で。そうしてお互に、孤立の平和を保ちつづけてきた……」

「だけど、あの男は、帰ってからきっとあたしたちの部落のことを珍らしがってしゃべるにちがいないわ」

「ほんとなら、奴をあのまま凍死させてしまいたかった。だが、おまえが運び込んできた以上、まさかひねるわけにもいくまい。それが因《もと》で面倒が起きたら、なおさらまずい。なあに、二度とここへこられるものかい。あの男の落込んだ穴、カモシカを捕る落し穴さえふさいでしまえば、この谷間へは入り込めはしない。たったひとつの出入口——わしらと『山男』の共同の出入口——あの屏風岩《びょうぶ》の『隠れ岩』さえ知らせなければ、ぜったい安全というものだ。いいか、チカ、ちょっとでも歩けるようになったら、あの男に目隠しをして屏風岩の外に連れ出すんだ。わかったな？　チカ」

「うん……」

はじめて接した、自分の部落以外の若い男、きりっとした男らしい青年——山の娘チカが、高志に淡い恋心を抱いたとしても無理はなかろう。

だが、祖父の——いや部落の意志を代表する祖父の命令はきびしかった。

はやくもチカの素振りから、それと慧眼にさとった祖父は、ろくろく歩行も困難な高志を一刻も早く追い払ってしまおうと、チカをせき立てた。

月夜の谷間を目かくしを施され、ほとんどチカに支えられるようにして、高志は、屛風岩の「隠れ岩」から外に連れ出された。

「祖父の命令通りやらなかったら、あたしは百の皮の鞭を与えられるわ。あたしを困らせないで！　五十歩数えるまでは、ぜったいに目かくしを取らないでよ、お願い！」

隠れ岩から、ずっと遠ざかり、わざとぐるぐる高志のからだを廻してから、山の娘チカは、名残り惜しそうに姿を消した。

高志は忠実に五十歩前へ進んでから目かくしを取った。

月がまぶしいほど明るい。

高志の胸にも、ほのかに山の娘のおもいの通うものがあった。しかし、高志はそのおもいを強く振り切って、足を早めた。

屛風岩の頂上から、そっと首を出して、高志の後姿をみつめている山の娘チカの眼に、光るものがあった。

チカは、身をひるがえすと、喬木林の葉にうめつくされ、カムフラージュされた孤独の部落に、身をひるがえして駆け去った。

興行師大場三郎のトラックは、さすがに難行をつづけて「隠れ岩」にほど近い叢林《そうりん》に達して車をとめた。

「親方、しかし、あの小生意気な若僧たちをうまく出し抜けるとおもうと、悪い気持じゃありませんな」

「そうとも。それに、『日本アルプスの雪男』とくりゃ、こりゃ、ひょっとしたら世界巡業と打って出られるかも知れん。久しぶりで黄金の雨にしっぽり濡れられるというもんだて」

「しっぽり濡れたいのは、お島姐さんとじゃござんせんかい?」

「阿呆いうな、うっふ」

「しかし、親方。捕らぬ何とかの皮算用はべつとして、何しろ相手は、殺人魔みてえな怪人だ。うかつに手出しをしたら、こちとらのお命落し、という寸法ですぜ」

「なあに、頭は生きてるうちに使うものだ。おれに、ちゃんと作戦があるから心配するな。それより、奴はすごい力だ。いいのか? トラックの鉄檻は?」

「自慢じゃねえが、親方も承知のとおり、独乙《ドイツ》からやってきたナントカ・サーカスが、本場のゴリラを運んだやつのおさがりですぜ。てんで『雪男』なんか、歯も立ちゃしませんや」

「おれもそうは思っているがね……ところで、おれはちょっと打診に出かける」

「どこへ?」

「きまってるじゃねえか、『雪男』の住家を当りによ」

「親方ひとりで、大丈夫ですかい?」

「ただ当りに行くだけだ。大勢で騒がねえほうがいい。それに、おれは、奴の逃げていった方向をちゃんと見とどけておいたからな、じき戻る。おまえたちはトラックを、若僧どもの眼に触れねえように気を配るんだぞ、いいか」

高志は、からだの痛みをこらえながら、観光ホテルへの道を急いだ。だが、とうてい、山麓までは行きつけそうもない。ふと、気がつくと左手の丘に、あの最初の惨劇のあったヒュッテから、煙の立ちのぼるのが目に入った。

しばらくそこで休もうと一歩足をふみこんで、高志はアッと目をみはった。

小泉博士もいる。仲間もいる。その大部分は、しかし、同行の学生ではなく、新顔だった。

呆然と目をみはる高志を、最初に認めたのは、生き残りの一人Aであった。

「おお! 飯島が……飯島が戻ってきたぞお!」

狂ったようなAの叫びに、一行は、夢かとばかり凱歌《がいか》をあげて、高志を取り巻いた。

はじめて聞かされた惨劇に、高志の面はくもった。

「……じゃあ、み、道子さんも……？」

「いや、幸いに、水沢くんは助かった。しかし、恐怖のショックのために、少しばかり……いま県立病院で静養している」

小泉博士の言葉に、高志はいくらか気の安まるおもいでホッとした。

ただちに担架で下山……県立病院に、打撲傷の手当をうけたのち、高志は、道子の病室を見舞った。

「おお、お嬢さんでしたか……」

附きっきりで看護に余念のない博士の娘ユキ子は、いたましそうに、高志の面を見、どう慰める術もなかった。

道子は、純白のシーツにくるまって安らかに眠っている。

「道ちゃん！」

高志に呼びかけられて、道子は目をさまし、きょとんと、高志の顔をみつめている。

「道ちゃん！　ぼくだ、高志だ。ぼくがわからないのか？」

無言で、唇を半びらきにしたまま、道子は不思議そうに、ただ高志の面をみつめつづけているだけだった。

「道ちゃん、かんべんして呉れっ。ぼくがそばにいさえしたら、きみをこんな目に会わせずに済んだのに……ちくしょうっ、『雪男』の奴めがっ！」

傍で、目頭《めがしら》を押さえるユキ子。折から、看護婦を伴って回診に入ってきた主任医師に、高志はくいつくようにつめ寄った。

「ああ、先生！　道子は、道子はもう正気には戻らないでしょうか？」

主任医師は、言葉もなく、ただ高志の肩を静かにたたくだけだった。

「こうしちゃいられない。ぼくは当面の責任者だ。すぐ引返す！　闘うぜ、あくまで闘うぞ！」

ユキ子と看護婦がとめるのもきかず、ユキ子に後事を托して、高志は、車を雇って、ヒュッテの本部にとってかえした。

黄昏《たそがれ》――恋しい男の面影が忘れられず、つかれたように、山の娘チカは、部落を離れて「隠れ岩」の近くにさまよい出ていた。

野性の少女にも、身を飾りたい衝動がはぐくまれたものか、髪に新らしく摘んだ黒百合の花をかざし、草の実の汁で唇を染めている。

――ただひと目、もう一度会いたい――それ以上の望みを、チカは持ってはいなかった。それだけでさえ、祖父に知れたら、百の皮の鞭は必定《ひつじょう》である。いまのチカには、それは、ブヨに刺されるほどにも思えてはいなかった。

岩に腰をおろし、雲のたたずまいを眺め、ふもとの方《かた》を見やり、ただ出るものは溜息ばかりだった。

たしかに『雪男』の逃げ先を見確かめたと自負していた大場も、いざ実際にその地点を探そうとなると、全く困惑する以外にはなかった。

さんざん手古《てこ》ずった揚句、あきらめてトラックに引返そうとする大場の目に、奇妙な山の娘の姿がうつった。

「そうだ、あの娘にたずねたら、何かヒントが得られそうだぞ」

大場の眼が、期待に明るく輝いた。

「知らないったら！　何のことよ、雪男だの、山男だのって――」

「まあ、そう頑固に突っぱねるもんじゃないよ、娘さん。おまえさん、自分で、この近くに棲んでる猟師の子だと言ったろう？　それだったら、知らない筈はない。ええ？　教えたくなけりゃ、ただ眼だけで、ほんのちょっと、その大男の住んでる方を見てくれるだけでいいんだ……そうだ、いいものをあげよう、ほら！」

大場は、金側の懐中時計をはずして、チカの眼の前にゆすぶってみせた。

「これをおまえにやろうじゃないか、おまえたち仲間の若者が見たら、とびついて欲しがることうけあいだ。うんとみせびらかせてやるがいい！」

チカは、そっぽを向いた。

「は、は、は、いや、わしとしたことが、とんだ失敗だ。なるほど娘のおまえさんが男持ちの金時計なんか欲しがらないのは当りまえだ。そうそうすっかり忘れていた」

ポケットを探って、大場は、土産物売場で買った水晶の首飾りを取り出した。

「どうだ？　これならいいだろう？　うん？　さだめしおまえさんにも好きな男がいるだろう？　おまえさん、これを、その首にかざって、見せたくはないかね？」

さすがに気を惹《ひ》かれて、チカはおもわず指に触れたが、恐ろしそうにその指をひいた。

「これも欲しくない？　なかなか気むずかしい女子じゃ。では何が欲しい？　言ってごらん、遠慮はいらん、おまえさんの望みなら、何でもかなえてあげる。だから、ほんのちょっとでいい『雪男』のいる場所を教えてくれ」

チカの眼が、花火の煮え玉みたいに熱し切ってみえた。

「お願い、きいてくれる？」

「おお、いいとも、さあ、遠慮なく言うがいい」

「あたし、ひと目会いたい人があるの。その人に会わせてくれる？」

「いいとも！　その男、麓の町にでもいるのだろう？　連れてきてやるとも！　あすの今頃、必ずここまで連れてきてやる。それで、どこの誰……?」

チカは、大場の耳元に、口をよせて、そっと囁いた。

大場の面《おもて》が、困惑にひきつったが、さあらぬていで、

「なんだ、その男なら、わしの知ってる奴だ。よろしい、必ずひっぱってきてやるとも。だが、おまえ、まさかその男に『雪男』のいどころをしゃべってはいまいな?」

チカは、黙って首を振ってみせた。

「うん。それで、肝腎の『雪男』は……?」

チカは、手元の小石を拾い、大岩壁の根元の「隠れ岩」めがけて投げつけて見せた。

「おお、よし! よく教えてくれた! さあ、この首飾りもやるぞ、これをつけて、あしたの晩をたのしみにしていろよ、ふっふ」

それから間もなく、大場のトラックが乗りつけられ、配下がバラバラッと降り立った。

「隠れ岩」は、羊歯《しだ》や蔓草《つるくさ》で巧みにかくされた、大人二人がやっと並んで出入りできるほどの穴を開けている。

大場の指揮で、トラックがバックしながら、その口と、鉄檻の口とがぴったり合わされる。

「いいか、おれたちは中へ入って、『雪男』の好奇心をかりたてて、奴をおびき出す。命がけのイチかバチかだ。奴が檻へ飛び込んだら、すかさず扉をしめて、シーツをかぶせ、まっしぐ

らに駅へかけつける。特別あつらえの貨車が待たしてある。それへ積みかえる。手筈は、もう相談してある通りだ、ぬかるなっ」

谷間の一角、ついに誰ひとり足を踏み入れたことのない、大鍾乳洞——天井から垂れかぶる鍾乳石と、地上から突立つ石筍《せきじゅん》と、天井と地上を直結する石柱とが、乱れ合い、交錯し合い、奇怪な景観を織成している。いたるところに、無数のコウモリが翅《はね》をたたんでぶらさがり、洞穴イモリが、わがもの顔にはいまわっている。

その奥——果てはまったく知れない。やや入口に近いところに、『雪男』がうずくまって、二人の子に、クルミを与えている。バリバリ殻をかみくだく音が天井から木魂《エコー》をかえしてくる。ふと、遠く、奇妙な太鼓の音をききとめ、『雪男』は顔をあげて、耳をピリッとそばだてた。好奇心というより、むしろ警戒心を起したらしい。雪男は、やおら立上り、二人の子を奥へ追いやってから、ノッシノッシと洞窟から出てきた。

太鼓の音は、近づくかと思うと遠ざかる。

はやく、その音の正体を追っぱらってしまいたい、とでもいう不快と焦燥に、『雪男』はじりじりしながら、石と岩のゴロタ道を、「隠れ岩」に向って歩きだす。危険の近づいたことを部落にも伝えようと咆哮しかけるが、思いとどまって、また歩み進んだ。

そこから、ほど遠くない部落でも、かすかに太鼓の音をきいてはいるが、それほど気にはとめていなかった。騒々しいのは近頃の常である。

山の娘チカは、あすの夕方、高志に会える歓びに、ひとりはしゃぎまわっていた。大山師大場の言葉を真《ま》に受けたチカは、いじらしいまでにそわそわと落付かない。

常にない孫娘の様子に、祖父は、それとなく注意をおこたらなかった。

チカは踊るような足取りで泉のほとりに行き、水晶の首飾りをつけた姿をうつしてよろこんでいる。

ふいに祖父の腕がのびて、チカをはげしく引きつけた。

「チカ！　これをいったいどうしたっ？」

チカは祖父の剣幕に怯えて、息をのむ。

「この首飾りはどうしたんだっ、言えっ」

チカは、とっさに嘘をおもいついた。

「タカシっていう、あの人からお礼にもらったのよ。嘘じゃないわ」

「嘘じゃない？　なぜ、自分でそんなことを言うっ？」

「…………」

「わしはあの男が気を失っている間に、武器を持っているかどうかを調べた。あの男はこんな首飾りは持っていなかった。おい、チカ！」

ピシーッ、祖父の平手打が、チカの頬に飛んだ。

「おまえが言わなければ、わしが代りに言おう。おまえは、タカシではない誰かに『雪男』の在処《ありか》を教えて、その礼にこれをもらった！　そうだろう？　そうに違いないっ、白状しろっ」

「………」

ふいに、すさまじい『雪男』の咆哮がひびき、つづいて、ワーッという喚声が、遠く湧きあがる。

「しまった！　おそかったかっ」

祖父は、天を仰いで唇を嚙んだ。

その耳に、二度目の咆哮が、しかし悲しげにきこえ、かすかにトラックのエンジンのひびきが伝わってくる。

「おお、わしらの守り神『山男』はつかまった。ひかれていく！　チカ！　裏切者！　おまえのために、わしらの部落は『山男』から見離されてしまったのだぞ！　おお、どんな恐ろしい災いが、この報復として、わしらの部落に押しかぶさってくることか！」

「かんにんしてっ」

大地にひれ伏し、みもだえて、チカはみもよもない慟哭《どうこく》の中に崩れていった。

シートをかぶせ、凱歌をあげて、山道を麓の駅に向って疾走するトラック。

さすがの『雪男』も、檻に入れられるや、直ちにクロロホルムの噴霧を浴びせられ、ぐったりと眠りこけている。その巨大な腕は、がちりと手錠で縛《ばく》されていた。

鋼鉄車への積替えは、深夜に無事に終った。いまは夜明けの発車を待って東京入りを待つばかりである。

「おお、みんな御苦労だったな、おれが番はひきうける。みんな、これで一杯やってくれ」

上機嫌で、大場三郎は札びらをきり、配下を町の娼家へ遊びにやり、ひとりにやにやしながら、シートのかぶった貨車に腰をかけてウイスキー瓶を取り出す。

大場の脳裡には、東京に残してきた情婦お島の、こってりしたサーヴィス振りが、次々と浮びあがっていることであろう。


再起にふるいたった飯島高志を総指揮に、あすは、未明から、経験した山の娘の部落を中心に徹底的な捜査を開始すべく、万丈の意気を秘めて早く寝についた一行は、深夜、ふと異様な叫びごえに目を醒まされた。

その叫びごえは、『雪男』のそれによく似ているようでもあり、山犬（オオカミ）のようにも聞こえた。

それは、悲しげに、長くひき、訴えるような調子をさえ帯びていた。

高志は、ヒュッテの窓をあけて見た。

皎々《こうこう》たる月夜である。

はるか眼下に見はるかせる大岩壁の上に、直立する人間らしい黒い影を二つ見たようにも感じたが、たしかではなかった。

麻酔薬と手錠と、二重の枷《かせ》に安心しきった大場三郎は、貨車のへりに腰をおろしたまま酔いつぶれてしまった。

だが、そこに飛んでもない油断があった。

ようやく、そのころ、『雪男』は麻酔からさめかけ、次第に意識を回復しつつあった。

と、そのとき、
はるかな山の峰から、悲しげに、長くひき、訴えるような調子の叫びが、かすかに伝わってきた時、『雪男』は、ガバとはねおきた。

残してきた二人の子が、帰らぬ父を待って呼ぶ叫びであることを、『雪男』だけが知っていた。

『雪男』の眼は、らんらんと耀き、次第に苦悶の表情をみなぎらせはじめた。

彼は、満身の力を腕にこめ、プッッと手錠をねじ切って、たたきつけた。

その、ただならぬ物音に、大場三郎がハッとめざめた時は、すでにおそい。

鉄格子から突き出された『雪男』の腕が、うしろざまに、大場の首をねじ切った。

叫びをあげるひまさえなかった。

怒髪《どはつ》天を衝《つ》いた『雪男』が鋼鉄貨車をめったごわしにするくらいは朝飯前である。

『雪男』は自由を得た。

しかも彼の面には、かつて見せたこともないほどの、残忍な、復讐鬼の相《そう》と、おのれの二子を——かけがえのない『雪男族』最後の二子を守りおおせようとする意欲に、緑っぽい炎に燃え包まれるかにおもわれた。

『雪男』は鼻をひくひくうごめかせて、あたりを嗅《か》ぎさぐった。いったい何を嗅ぎ求めようとしているのであろうか？

貨車を破壊する音に目ざめた宿直の駅員がかけつけた時には『雪男』は、もうそこにはいなかった。

娼家兼料理屋の広間では、大場の配下どもがドンチャン騒ぎのまっさい中である。

「おや？　地震らしいわ」

女が、天井を見上げてつぶやく。

「だいぶでかいぞ……しかし、おい変だぞ？　地震にしちゃ揺れかたがおかしい！」

言うまもあらばこそ、
メリメリッ、バリバリッ――凄《す》さまじい大音響と共に、二階屋が横倒しにぶっ潰れた。

その中央に、阿修羅のごとく突っ立ったのは『雪男』！

悲鳴をあげて逃げまどう女共を尻目に、『雪男』は大場の配下を片っ端からたたきつぶして、悠々と引きあげた。

『雪男』は、ふたたび鼻をひくつかせた。彼の記憶は、どうやら嗅覚《きゆうかく》と直結しているらしい。

第二の襲撃《アタツク》は、いったいどこへ向けられるのであろうか？

妙に眠りつけぬからだをもてあまし、小泉ユキ子が、看護婦部屋に話しに出た留守の病室
――

道子は、ベットに安らかな寝息を立てている。

月光を逆光線に受けた『雪男』の影が、ガラスすれすれに映り、やがて毛だらけの腕が不器用に窓をこじあける。

そのきしむ音に、道子は目を醒まして半身を起きあがらせた。

恐怖も警戒も知らぬ、虚脱の表情――ただ、自分のそばに寄ってくるものの姿が目にうつってくるだけである。

永い永い、ひとり暮しに、牝に餓えた『雪男』の眼は乾き切っている。はげしい息づきに肩

を波うたせながら、『雪男』は、正面きって道子に迫った。

『雪男』は、狂ったように、道子を抱きすくめた、その瞬間、その厚ぼったい毛皮の感触に、道子の恐怖の記憶が電光の如く甦えった。

「ヒェーッ」

ただならぬ叫びをききつけ、ユキ子、看護婦達が廊下を素っ飛んでくる。

『雪男』は、失神した道子を横抱きにしたまま、山麓にのがれ走った。

『雪男』の復讐は、まだ終らない。

彼は、「隠れ岩」に這い込むと、失神した道子を一旦草むらに横たえておき、第三の、最も兇暴なアタックにうつった。

それは、過去幾世紀かを共に栄えてきた、谷の部落の裏切りに対する復讐である。

彼は、ひとかたまりとなった部落におどりこみ、片っ端から小屋をたたきつぶし、目にとまる部落民を、手当り次第に殴り殺した。

まっ先に部落の代表者である、チカの祖父が『雪男』の兇手に斃《たお》れた。斃れながら、彼は、孫娘に早く逃げろと手を振った。チカは、夢中で谷川にのがれ、淵《ふち》にもぐって九死に一生を得た。

倒れたランプから火を発し、部落は忽ち、黒煙と炎に包まれてゆく。

『雪男』の復讐は、これで終った。

彼は、引返して道子を抱きかかえ、鍾乳洞に連れ込む。洞窟の口ちかく、二人の『雪男』の子は、走り出て、嬉々として父親の腰にまつわりついて離れようともしなかった。

「しまった！　トラックの轍《わだち》が！」

考えるまでもない、高志にはそれが大場三郎のトラックであることは直ぐにわかった。

「まさか、あの臆病狸に『雪男』が捕《つ》かまろうはずはない。しかし急ごう！」

一行は、轍の跡を追って、屏風岩にたどりついた。

見れば、その下方に、ぽっくり出入口があいている。

「こんなところに……？」

本能的な用心深さで、その出入口は、常に『雪男』の手によって、そして、谷の部落の住民によって、出入りの都度、丹念にかくされていたのに、どうして今は、むきだしのまま、放ったらかされているのだろう？　ひょっとしたら、もうその必要が無くなったのではないか？

「そうだ、ことによると『雪男』は、危険を感じて、この谷間の住家から、何処かへ移住したのかも知れない。あるいは、案外、馬鹿にしてかかった大場の手によって、しょっぴかれていったのか？」

その可能性は、次第に高志の胸に色濃くひろがってきた。

高志は、小泉博士とも相談のうえ、部隊を二分し、半数を、大場とその配下の動勢に対処させるために下山させた。

一歩「隠れ岩」をくぐり抜けると、そこに思わぬ幸運が待っていた。濡《しめ》った山道には、まるで一行を導くかのように、前方に向い谷間へ降りる方向に、点々と巨大な『雪男』の足跡がつづいている。

或る岩角で道は二又《ふたまた》に別れ、その両方に、交錯した足跡がつけられてあったが、高志は迷わなかった。

その一方の、はるか下谷から、かなりの量の白煙が立ちのぼるのが見えた。

あの谷間の部落にちがいない。その白煙が、あのような悲劇の名残りであろうなどと、高志にどうして思い及べよう。

『雪男』の進んだ道は、明瞭である。一行は、勇を鼓して前進した。

ああ、ついに未知の大鍾乳洞の入口が、一行の眼前にあらわれた。

と、そのとき、「隠れ岩」の方角に当って爆竹がひびく。かねて打合せておいた合図であった。

「別動隊が連絡を求めに来た。誰か……B君、行って見て呉れたまえ」

隊員Bがひきかえす。一行は、その間小休止と決めて、おもいおもいに憩う。なにものかに引き込まれるおもいに、高志はただひとり洞窟に足を踏み入れてみた。もちろん深くはいる考えなどはない。

はじめて見る鍾乳洞内部の奇怪さに、高志は目をみはった。

巨大なヒルがぺたりとくび筋に落ちる。払いのけて首をあげた高志は、うっ、と呼吸をつめた。

「あっ、きみはチカ……！」

美しい亡霊のように、チカが眼前に立ちはだかっている。高志は、ただならぬチカの表情に、なにかあったな？　と直感した。

「どうした？　チカ……なぜ、そんな怯《おび》えたような顔をしている？」

「あたしは裏切った！　あたしは『雪男』のいどころを、あの肥った人に教えてしまった！」

「じゃあ、やっぱり……それで、奴は『雪男』をつかまえていったのか？」

声がはずんだ。

「ええ……でも、逃げ戻ったわ」

高志は、ほっと安心した。と同時に、部隊を二分したことがくやまれた。

「……それで、ここに、この奥にかくれているんだね？」

山の娘チカは、だまってうなずいた。

「よかった、よかった！」

高志は、あからさまに喜びをかくさない。

「チカ、それで、きみはどうしてこんなところにいる？　なぜ、部落へ帰らない？」

「これを見て！」

チカは、くるっと後向きになり、ボロに覆われた背をむき出してみせた。

なまなましい、無残な鞭のあと！

「あたしの部落は『雪男』に復讐された。一夜のうちに全滅させられた。生き残ったのはあたしひとり！」

チカの眼が、野性まるだしの復讐心に、火のように燃えあがった。

「いくらなんでも、あんまりだ！　復讐するなら、あたしひとりを殺せばいい。それだのに、それだのに……」

いきなり狂ったように奥へ駆け込もうとするチカを、高志はうしろ抱きに抱きすくめた。

「待て！　無茶をするな！　きみひとりで『雪男』に立ち向ってどうなるとおもう？　一緒にゆこう、ぼくも、ぼくらの隊も、これから『雪男』逮捕に向かうところだ。いいな？　わかったな？」

「ああ、はあ」

苦悩の呻きに身悶《みもだ》えて、山の娘チカは、高志の足元にひれ伏した。

洞窟の外が、にわかにざわめき立った。

高志はチカを抱き起しておもてに出た。

下山隊は全部引返してきた。途中、急を知らせにヒュッテにかけつけてくる小泉ユキ子に会い、町の惨劇が伝えられた。

ユキ子は父博士の胸に泣きすがっている。

水沢道子、『雪男』に奪わる——の報告は、高志を一時呆然とさせたが、その中から一世一代のファイトがむくむくと盛りあがってこずにはいなかった。

事は、分秒をあらそう。一行は、なだれるように洞窟に進入した。

困難は、思ったよりも激しかった。

カンテラを持たない者は、松明《たいまつ》をかざした。

おもいがけない闖入者の群れにおどろかされ、コウモリが狂ったように飛び乱れ、サソリが尻の剣をふりあげて逃げまどう。

行止り、陥没、石柱の群立ち……いたるところに障害が出現し、去ってはまた出現する。

いつ、どこから、『雪男』が、一行の誰に襲いかかるか、知れたものではない。一行の誰もが極度の緊張に、汗まみれだった。

『雪男』を追う以外に、高志には、もうひとつの仕事があった。おそらくこの洞窟に連れ込まれたと推定する以外にはない、亡き友、武野と梶の遺骨を発見することである。

そして、ついに高志の予想は、悲しい現実となって現われた。

二体の白骨が、からみあうように、巨大な石筍《せきじゅん》のはざまに捨てられてあった。それが、武野と梶であることを証明するかのように、紀念メダルが、その足元に転がっていた。

小泉博士は、その骨格を調べて、すこしも損傷されていないことを確め得た。

「わしは前から、ひとつの信念を持っていた。それは『雪男』が、兇暴なアモックを起して殺人を敢《あえ》てすることはあっても、食人の習性はないということを――そして、いま、それが証明された」

「では、何の目的で、この二人を……?」

「それは、もっと『雪男』の知能を実験心理学の立場から研究してみなければ判らない。しかし、復讐をする知能がある以上、われわれに対する〝いやがらせ〟であったと、もう少し突っこんで〝人質〟に利用するつもりだったと、考えても無理はあるまい」

高志は、自分の上衣を脱いで遺骨に掛け、一行も共に、慰霊の黙禱《もくとう》をささげた。

時はたつ。さしもの大鍾乳洞も、ついに行き止まりかと危ぶまれた。

と、ユキ子が、低い驚きの声をあげて、大石柱の一角を指さした。

おびただしい野鼠が、せわしげに出入りしている。

カンテラをかざして近づいた高志は、そこから、更に奥へ抜ける間隙を発見した。

先頭に立ってもぐり込んだ高志は、そこに展開された意外な光景を目にして、おもわず叫びあげずにはいられなかった。

そこは、大鍾乳洞の広場とも言える、比較的平坦な大空洞である。そして、ざっと二十体に近い大小さまざまな白骨が、乱雑に散らばっている!

「おお、『雪男族』の墓場!」

おくればせにかけこんだ、小泉博士も驚嘆の叫びをあげた。

それらの白骨の山は、たいして古いものではなく、『雪男族』が、集団的そして突発的に、何かの災害によって一挙に死滅したものであろうと思われた。

「これだ!」

博士は、随所にころがっている、干涸《ひか》らびた塊りのひとつを摘《つ》まみあげて一行に示した。

「恐るべき毒茸《どくだけ》――アマニタ・ムスカリア（べにてんぐだけ）だ!」

博士の説明を俟《ま》つまでもなく、山岳部員達には、アマニタの持つ毒性の恐ろしさは、よく知れていた。

ロシアのアレキシス皇帝は本菌の中毒で崩じ、仏国のブッシー伯が、多数の友人と共に本菌を誤食して全員中毒死したことはあまりにも有名である。

おそらく、幸運な偶然が、たとえばそのとき外出していたために、中毒死をまぬかれて生き残ったのが、あの『雪男』とその二人の子であるに違いはない。

一瞬の感慨にしゅんとなった一行は、つぎの瞬間、がく然となって総立ちとなった。

白骨の山のむこう数メートルの地点に、仁王立ちとなった『雪男』！

この、彼等にとっては聖なる同族の墓場にまで押し迫った人間の不遜さに、怒り狂うかの如く、『雪男』は、胸をたたき、地団太《じだんだ》ふんで咆哮する。その声は、鍾乳洞内に反響し耳を聾《ろう》さんばかりのすさまじさ！

『雪男』の両腕が高く挙げられる。逆襲の意図は明らかである。

ダーン、

誰かの猟銃が火を吐く。狙いははずれて、『雪男』の足元の岩をくだき飛ばした。

第二発目の引金がひかれようとする。

「待てっ！」

高志が、その腕をはたいた。

「道子が、道子がっ！」

高志は、その瞬間に認めた。『雪男』のまうしろの岩にもたせかけられて、死んだようにのけぞっていた道子が、たった今の銃声に我に返って、声もなく恐怖に唇をひきつらせている姿を！

はやくも第二発目の危機を感じ取った『雪男』は、跳躍、道子を抱き取り、広場の奥へ走り込む。

と、意外にも、岩の蔭から、それにつづいて走り出た二体の、むくむくした獣がある。

「あっ、『雪男』の子供！」

はじめて、『雪男』に二人の子供があることを一行は知った。山の娘チカさえも、いままでそれとは知らなかった。

時をうつさず、追跡にとりかかった一行には、今までとは別の困難が加わった。

『雪男』の手中に、〝人質〟が握られてしまっている。出ようによっては、道子の生命が危い。

はるかの奥に、ほのかな明るみが見える。鍾乳洞の出口らしい。

出来る限り『雪男』を刺激させないよう、慎重な態度で、一行は出口から這い出した。

見れば道子を抱いた『雪男』と、二人の子供は、禿山の斜面を、ぐいぐい噴火口に向って登ってゆく。

作戦のため、一行は、高志、小泉博士を中心にかたまり寄った。

名案は浮かばない。

ただひとつの希望は、あの『雪男』の子供をとらえて、こちらの人質とし、道子と交換することだが、それが果して、うまくいくかどうか、むしろ望みは薄かった。

ともかくも、包囲するのが先決である。そのうえで、チャンスをとらえて善処する以外はない。

一行は、散形態勢を取って、じりじりと『雪男』たちを追いせばめにかかる。

「あせってはいけない」

「最後の土壇場まで発砲するな」

「やつらの隙（油断）をキャッチせよ」

此の三つをお題目に、どんな持久戦をも辞さぬ申合せを固めて、一行は、徐々に、しかし正確に追いつづけた。

まもなく日が暮れるであろう。

大自然は、そのような人獣闘争のあがきをよそに、静かに、おおらかに、そして美しかった。

ついに『雪男』たちは、噴火口の縁にのぼりつめた。彼らとても火器の恐ろしさは知っている。無茶に逆襲はしてこなかった。

鳥影が過ぎ、日がとっぷりと暮れた。

時々、威嚇して一行を追い散らそうとでもするかのように、『雪男』は、下方に向って咆哮した。

ひょっとして『小雪男』を誘い寄せられるかも知れない儚《はかな》い望みをもって、一行は焚火《たきび》で野兎を焼いてみた。リズミカルな手拍子をうって合唱してみた。しかしなんの反応も無い。

真夜中、さすがに疲れて寝入った高志の寝姿を、あかず見入っていた山の娘チカが、何事か重大な決心をつけたおももちで、彼の額に熱い別れのくちづけを与えたのを、誰ひとり気付く者はなかった。

夜が白々と明けてゆく。

一行は、這いずるように噴火口辺に近よる。

彼我《ひが》の間、ついに十メートル。双方手出しはせず、息づまる沈黙の対峙。

ふいに、山の娘チカが、すっくと立上るとみるや、昂然と胸を張って、『雪男』めがけて歩み出した。

「あっ、なにするっチカ！　気でも狂ったかっ」

息ごえで叫び抱きとめる高志に、チカは、微笑をさえ湛えて、囁き返した。

「あたしを行かせて！　あの雪男に、すきをつくらせるのは、あたしより外《ほか》にはない。うまくいくかどうかは、むろんわからないけれど、あなたの為《た》めに死ぬ決心でやってみる。道子さんを、無事にあなたの手に戻すために！」

「チカ！」

高志の、男の眼に、涙がふくれあがった。

チカは真っすぐに、『雪男』めがけて進みながら、胸乳《むなち》も露わにボロをかなぐり捨てた。

『雪男』の眼が、異様な昂奮に緑っぽくぎらつき、チカの裸身に吸い寄せられる。

隙が出来た。

ターン、
間髪をいれず、高志の猟銃が火を噴く。美事、心臓を射抜かれ、さしもの『雪男』は、前のめずりに崩れ伏す。

「高志！」

汗まみれのまま、道子は、高志の胸におどり込んだ。

その様子を、極度の緊張の中に、さびしく見つめる山の娘チカ。

「おい、そ、その『小雪男』を!」

あわてふためいて逃げ出そうとする『小雪男』に、小泉博士は、我をわすれて追いすがろうとするとき、

『雪男』は、むっくり起きあがった。

はっとなって、猟銃をかまえる一行も、そのあまりにも凄まじい形相に息をのんだ。

『雪男』は、両腕にひとりずつ、わが子を抱きすくめるとみるや、悲しげな咆哮を一声のこすと、岩なだれと共に噴火口にころげ込んでいった。


凱歌が、明けてゆく空いっぱいに拡がり、一行は、引揚げの態勢にうつった。

道子は、高志の腕の中に、まだ夢見心地をつづけている。

ふと気付いて、高志は、道子をユキ子に托し、噴火口に踵《くびす》を返した。

「チカ!」

無言のまま、チカは複雑なおもいを瞳にこめて、高志の眼を凝視した。

「ありがとう!! チカ……さあ、みんなと一緒に山を降りるんだ」

取ろうとする高志の手を、やや荒く振り払って、チカは首を横に振った。

……仕合せにミチさんとお暮しになって! あたしは、あたしの部落へ帰る。もう誰ひとり

いなくなったあたしの部落へ！……

その、涙の奥に沈んだ瞳は、そうはっきりと高志の耳に囁くかと思われた。

一行は足取りも軽く下山の途につく。相擁しながら、高志と道子は、振返った。美しい朝焼けの空を背に、山の娘チカの姿は、噴火口辺に佇《たたず》んだまま、いつまでもいつまでも、塑像《そぞう》のように動かなかった。

マタンゴ

福島正実

1

窓の外を、重く霧がながれていた。

乳白色の煙に似た霧。

霧はときおり、乳のようにこく、またときおり、紗《しゃ》のようにうすくなった。うすくなるたびに、霧のむこうのもののかたちが、ぼんやりと現われた。だが、決してはっきりとはしなかった。霧がうすまると、それを補おうとするように、濃密な霧の層が、おいかけてくるからだ。

しかし、霧のむこうが海であることはたしかだった。ず、ず、ずんと、大地を震わせる波浪の音が、その白さの奥から、おなじテンポで、おなじつよさで、ひびいていた……。

「あれを聞いていると、ぼくはここから絶対に退院できないだろうって、いつも思いましたよ——とくにこんな、濃い霧の日にはね」

男が、しずかにいった。

相手はうなずいた。

「まるで、あれっきり、まだあの島にいつづけたような錯覚におそわれるんですよ。あのときだって……」

男はぽつりと言葉を切って、黙りこんでしまう。いいよどむというより、出てくるはずの言葉が、窓外の霧のなかに、紛れてしまったという感じだった。

「あのときだって?」

相手がうながす。

「え?」

と、男はおどろいたように聞きかえしてから、

「ええ……あのときだって、ぼくはなん度、ボートを取り巻く霧のなかから、ぼうっと現われる船の幻影を見たかわからないんです。そのたびに、ぼくは、気ちがいのようになって、おーい、助けて、おーい、助けて、おーい、おーい、おーいって」

男は、思わず大声をだしたのに気がつくと息ぐるしそうに黙りこんだ。

「声がかれるまで呼んでから、まぼろしだったことに気がついて……それが、幾度そうして騙されても、今度こそは、もしかしたらと思うと矢も楯もたまらなくなるでしょう。そしてま

た騙されたことに気がつく。そのたびに、自棄《やけ》になって、死んでしまおうと思うんだけれども、死んだってこの白い霧の世界からは出られないような気がして……だから、とうとう、ほんとに助けられたときは、逆にどうしても信じられなかった。いや、今だって、ことによったら……」

男は、ぽっきり言葉を折って、きゅうに、からからと乾いた声で笑いだした。

「よしましょう、くだらん。この霧のせいですよ。まったく、晴れるときがない、いやな霧なんだから――でも、ぼくももう退院するんだ。退院して、あかるい陽の照る、あたたかいところにでも行って暮らすんだ」

「あんたひとりで?」

相手が、ぽつりといった。

男はぎくりとして身をのけぞらした。

「ぼくひとりだって……? なぜそんなことをいうんだ?」

男は、喘《あえ》いで息をついた。相手は白壁のように黙りこんでいた。彼にいい負かされたからでなく、彼を、頭から信じていないからだった。男は、頭をたれた。

「それは確かに、あんまり気のすすまない暁子を、海につれていったのはぼくだ。でもそれは、あんまり天気がよかったからだ。天気予報だって快晴だといってた。あれだけ慎重派の作田だって、こんな帆走日和は年に一度だといった。だからこそ、ぼくは暁子を説き伏せたんだ。そうだ——油壺を出るときのあの空の青さなんてものは——」

男は、ふと、相手の頭上あたりに視線を据えた。そこはもう、灰色のだだっぴろい壁ではなく、飽くまで澄んだ青い空と、半月形に脈うつ海原のひろがりだった……。

2

「もう一隻も見えないわ——みんな、置いてきちゃったのね！」

はずんだ声で、田鶴子がいった。頭上で、風をはらんだメーンセールが、ばん、ばんと銃声のような音をたてた。

「ここまで来りゃ、たいていのヨットはいなくなるさ」

スキッパーの作田が海風にむかって胸を張る。

「うおーお」

コックピットに腰かけて沖を見つめていた時実がけものじみた大声をあげた。

「うるせえな」

トランジスタ・ラジオを耳におしつけてジャズを口ずさんでいた吉田がつぶやく。田鶴子がふりかえって輝くように笑う。

村井も、甲板に、田鶴子とならんで坐っている暁子を見あげた。

「どう？　気持がいいだろ」

「ちょっとこわいわ」

ちいさな声だった。見あげたせいか、まつ毛のながい目がべそをかいたように見えた。

「だいじょうぶだよ——作田も時実も、ヨットじゃ、オーシャン・レースの選手級の腕もってる——それに、ヨットってものは、ぜったい沈まないようにできてるんだ」

「そりゃわかってるけど……でも、三浦半島はとっくに見えなくなったし……どこを向いても海ばかりなんですもの。心ぼそいわ」

村井は、黙りこんだ。

——やはり、連れてくるんじゃなかったかな、と思ったのだった。

確かに、今日の帆走は、素人むきではなかった。油壺のヨット・ハーバーを出て、小網代《こあじろ》湾を経、まっすぐ南下して大島の東を抜け利島をまわって久里浜に帰る——ちょっとした外洋レースなみのコースだった。

ヨットの持主で、リーダー格の作田が、今年最後の外洋帆走をやろうじゃないかといいだして、村井たちいつものクルーは、一も二もなく賛成した。それを、吉田の恋人の田鶴子がききつけて、自分も連れて行けと割りこんできたのだった。田鶴子が行くときまったとき、村井は、暁子にも行こうとすすめた。

「結婚したらそうそう遊べなくなる。思い出になるから行こうよ」

二人は来年の春に結婚する予定で、もう式の日取りも会場もきめていた。

暁子はしぶった。そのしぶりかたが、村井には気にいらなかった。結婚まえに、常識や慎重さをかなぐりすてて情熱に身をまかす瞬間の一度や二度はあっていいはずだと、まえまえから思っていたからだった。暁子は、村井に、まだ抱擁はおろか、キスひとつ許していなかったのだ。

「おい——スキッパー」

吉田が、ふいに身をおこして、ロープをつかみながら、作田に呼びかけた。

「天気がかわるらしいぜ。九州の南に熱帯性低気圧発生だ。東にうつってるとさ。昼間はいいらしいが、夜には多少ガブるらしいよ」

トランジスタ・ラジオを口うつしに報告する。

クルーは作田の顔に視線をあつめた。

ふいに、海が、手に負えない生きもののように肌に感じられ、風と波としぶきとが、はっきり意識された。

「おれは予定どおりやりたいな。天気はくずれてもたいしたことはない。それに、多少ガブられた方がせっかく出て来た甲斐がある」

ふいに、大会社の御曹子らしい命令しなれた調子が出た。

「しかし作田、レディが二人いるんだよ」

村井がいうと田鶴子が口をはさんだ。

「わたしはヘッチャラよ」

村井は暁子をかえりみた。

「わたしもいいわ、みんなにわるいから」

暁子が、こわばったような表情でいった。

「それじゃきまった。予定どおりだ」

「アイアイ、スキッパー」

田鶴子が、またはしゃいでみせた。

3

天候が急にかわったのは、それから一時間もしないうちだった。

晴れあがっていた空に、みるみる鉛色の雲が張りだし、海があざやかな青さをうしなってどす黒い不機嫌な色にかわった。風が、海面をなぐるように吹きはじめて、うねりの上に白波をたてはじめた。

視界も、たちまち悪くなった。じめついた霧がいつともなく発生して、ふと気づくと、ヨットのまわりの海が、ぐっとせばまった感じになっていたのだ。

「うまくないな、スキッパー」

吉田が、そのときはもうキャビンに入っていた女たちに聞こえないように、ひくい声でいった。艇が急に左舷いっぱいにかしいで、マストがはげしくきしんだ。

「どうする？　引き返すか？」

「まだその必要はないと思うが……」

いいかけて、どっと降りそそぐしぶきに、作田の言葉が中断された。

「あっ、ちきしょう、トランジスタをやられた！」

吉田が、ざざざっと青黒くひいていく海面をにらみながら、さけんだ。しぶきをさける拍子に海へ落したのだ。

しかし、それが、みなの気持を一つ方向へ持っていくきっかけをつくった。この時化《しけ》がただではおさまりそうもないことを、とつぜん、四人の男たち全部が覚ったのだった。

「よし、帰港だ」

ヨットは風に逆《さから》って方向を変え、本土の方向へ、ひた走りに走りはじめた。

たたきつけるような雨が降りだした。あたりの海面全体がしぶきをあげた。風が巻きだした。陽がおちた。

闇の海上を、ヨットは、いっきに五メートルも持ち上げられると思うと、つぎの瞬間には谷底までつき落されるように、波のはざまに落ちこんだ。帆が風をはらんで、なん度も転覆しかけた。操縦はまったく不可能だった。

作田は漂流を決意して帆をたたませた。作業中にミズン・セールがふっとんで、あぶなく吉田が持っていかれそうになった。シー・アンカーを投げて、全員キャビンに入った。

「この艇はぜったい沈まない。自信をもて」

作田が女たちにむかってどなった。その声さえ、荒れ狂う海の怒号に打ち消された。ヨットはめちゃめちゃにふりまわされ、波がキャビンの中まで容赦なく流れこんだ。

4

時化は、二日のあいだ荒れ放題に荒れ狂った。最後には六人ともせまいキャビンの中で死体のようにころがされ、ぶつかりあった。

二日目の昼ごろ海はようやくしずまった。

甲板によろばい出てみると、ただもう一面の霧だった。じっとりと重い霧は、まるで白い煙のように海上を渦まき、ヨットの上にも這いのぼってきた。

ヨットはむざんな有様だった。メーンマストは下三分の一ほどを残して折れ、舵をもがれて、うねりのままに漂っていた。そして、何より悪いことには、艇の位置が、まるでわからなくなっていた。

彼らの漂流は、こうしてはじまったのだった。

霧はさらに三日間、まったく晴れようとしなかった。艇には、救急用の食糧が二日分だけ積んであった。それは、喰いのばし、喰いのばしして五日もった。その日には水もなくなっていた。飢えが、空腹でなく疼痛だということを、彼らははじめて知った。

救助の見こみは日一日とうすれていった。

彼らのヨットの帰らないことは、もうヨット・ハーバーで確認したはずだったが、このひろい海原で、位置のさだまらないヨット一隻を探すことの困難さは、彼ら自身が一番よく知っていた。去年、オーシャン・レースの最中に二隻のヨットが行方不明になり、自衛艦や自衛隊機から、アメリカ軍用機までかりだしての大捜査陣が、ついに徒労におわったことをもまだ記憶にあたらしかった。

霧が晴れたことも、最初はなぐさめだったが、しばらくすると、逆に彼らの苦痛をますだけであったことがわかった。陽がじりじりと照りつけると渇きが疼《うず》きにかわったのだ。島かげ一つ、船影ひとつ見えない青い海は彼らをがっちり捕えてはなさない怪物だった。

その頃から、彼らの心に、それまではさかまく怒濤の中でも空っぽの食料函を見たときにも感じなかった〈死〉が、しのびよってきた。女たちは泣いた。男たちは、悔恨と絶望とに、身をさいなまれていた。

そして、なん日めだったのか、もう日数を数える気力もなくなったある日の朝はやくに——まだ太陽が水平線のかなたで朝立ちの準備をしていた。その輝やかしい光の箭《や》の中に、一つの島かげが黒いシルエットになって浮かびあがってきたのである。

信じられなかった。だが、まちがいなくそれは島だった。

「陸だぞ!」

作田が、ひびわれしわがれた声でいった。

5

作田はみなを督励して、みじめなかたちで残っていたミズン・セールとジブを張らせた。

ヨットは、よたつきながらも、ふたたび水を分けて走りだした。

だが、島が見えていたのは、わずかのあいだだった。

ふたたび、どこからとなく湧いてきた霧が水平線と島とを、白い幕のむこうにおおいかくしてしまったのだった。

霧につつまれると、たまらない恐怖がみなを襲ってきた。さっき見たのが、やはりただの幻影か、雲塊ではなかったのかという不安が、追っても追っても心を曇らせるのだった。

それだけに、昼をすぎた頃、ふいに、白い垂れ幕をさっとあげたようにその島が眼の前にせまったときは、六人が六人、思わずかん声をあげていた。

だが……かん声は、たちまち消えた。

つぎの瞬間、灰色っぽいみどりをまとったその島を、みなは呆然と見つめていた。

なぜかは、わからなかった。

ただ、いまあれほどに湧きたった歓喜の気持が、かけらもなくなっていることに、みんなが気がついたのだった。

しんかんと静まりかえって、海面にうずくまる島のかたちの異様さに、おびえたのかもしれない。

島の上空にも、周辺にも、一羽の鳥も羽虫も飛んでいないことに、不吉を感じたのかもしれない。

しかし……。

スターンに立っていた作田がはっとふりかえった。その動作が、四人の男たちには、すぐのみこめた。

（艇をもどそう）

作田は、明らかにそういうつもりだったのだ。だが、その作田の顔が、たちまち無気力にかげったのを見て、男たちもふりかえってみた。作田の気持が、すぐにわかった。彼らの背後には、白く、ねっとりと渦まく白い霧の層があった。そこへもどっていくことはとてもできない……。

島へ行くしかないのだ。

島の東に、せまい、貧弱な砂浜があった。

ヨットは、砂浜にむかって、まっすぐに近づいていった。キールが砂を噛むあたりで、作田はアンカーを投げた。六人は、水しぶきをあげて、陸地をめざした。動かない大地が、たまらなく懐しいものに思えた。

乾いた砂を踏むと、みんな、そのままその場に倒れこんだ。時実が口を開いたのは、十分もたってからだった。

「いったい、ここはどこだろう？」

「伊豆諸島のどこかじゃないか？」

「ばかいうな。伊豆にこんな島があるものか」

作田がいって、上半身をおこした。

「なにか、喰えるものと水を探しに行こう。暗くなったらうっかりそこらを歩けないぞ」

「人家はないかしら？」

田鶴子がいった。

「人家なんてあるもんか」

「どうして？　まさか、日本のそばに、無人島なんてないでしょう」

「ないはずのものがここにあるじゃないか。それに、おれたちがどのくらい流されたか、わかりゃしない」

「それにしたって、一週間かそこいらじゃ、たいした距離のはずはないぜ」

「常識でならな」

「どういう意味だ、それは？」

吉田が、まゆをひそめていった。

「べつに意味はない。でもなんとなくおれはあの暴風以来のことが、常識じゃ判断できないような、みょうな気がしてしょうがないんだ。だからこの島だって……」

六人の男女は、ふと顔を見あわせ、あたりを見まわした。

海は白一色の霧だった。せまい海岸からすぐに、たこの木に似たねじけた亜熱帯性の樹木のびっしりと生えた山が迫っていた。霧の動くせいか、山がゆらいでいるように見える。

「気味がわるい……」

暁子が、ぽつりといった。

「とにかく、ここでぐずついていてもはじまらない。その辺を歩いてみよう」

村井が提案した。じめじめと暗い亜熱帯樹の森に入って、数分、小川が見つかった。密生した下生えの下を流れる水は澄んでいた。

みなは、先をあらそって、小川のふちに腹這うと、冷めたい水をむさぼり飲んだ。

冷たい無味無臭の水が、飢え疲れた彼らにいくぶんかの活気を与えた。男たちは、下生えを踏みくだいて、食料になりそうな木の実でもないかと探しはじめた。

時実が赤い南天に似た木の実を見つけて口にふくんだが、たちまち顔をしかめて吐きだした。強烈なにが味が、はれあがった舌を刺したのだった。ついで吉田が、触れるとほろほろと散りおちる、野イチゴそっくりのピンク色の草の実を見つけたが、これも、鼻先までもってくると、つーんと神経にまでひびく油じみた臭みがあって、とても口には入れられなかった。

森はしだいにのぼり坂になった。

一時間もすすんだときだった。

先頭を歩いていた作田が、張りだした枝を腹立ちまぎれにはらいのけたとたんに、

「おッ!」

と息の詰まったような声を出して立ち止った。村井は、作田の視線を追って、やはり息をのんだ。森がとぎれて、なだらかに下る傾斜の先端が、礫石だらけの入江になっている。その荒磯の突端に、かなりの大きさの外洋ヨットの白っぽい船体が見えたのだった。

「ヨットだ!」

吉田がさけんだ。その横へ、身体ごとぶつけるように田鶴子が走ってきて、

「わたしがいったとおりじゃないの。この島は、ちゃんと人の住んでる島よ。たすかったのよ、わたしたち!」

「そうとはかぎらない」

作田が、いきなり、おし殺した声でいった。

「なぜ?」

「あれは難破船だ。ぼくらと同じように、ここへ漂着したんだ。帆をみてみろ」

みなの視線が、帆に集中した。メーンセールがちぎれちぎれにはためき、ラインがぶらりと宙に浮いているのがたちまち目に映った。そして、あたりに人の気配は全くなかった。

6

「やっぱりそうだわ……」

海岸に立ったとき、田鶴子が、大型ヨットの船べりを見あげていった。

それは、彼らの艇とはちがって、遠洋航海用に設計された、がっちりしたスクーナーだった。

だが、その姿のなんという異様さだ。船全体が、うすぎたなくくすんで、まるで腐ってカビの生えた果実のように、ぶくぶくと内側からふくれている感じ――手を触れれば、ぶすりと指のつき通りそうな感じ。

「遭難してから、すくなくとも一年はたつ」

時実が、ひくく、あたりをはばかるようにいった。芝居じみたその仕様が、ちっともおかしくは感じられない異様な重苦しさが、船全体からただよってくるのだ。

「この船の人たちはどうしたのかしら?」

田鶴子がいった。

「すくなくとも、船にはいないな」

「なぜ?　なぜなの?」

暁子が、かすれた声でいった。

「さあ……」

誰も答えなかった。吉田が沈黙を破った。

「とにかく、あがってみようや。ことによると、なにか食いものが残ってるかもしれない」

「あるもんかい。この船の連中の骸骨ぐらいなもんさ」

時実が毒づいた。

「よし、ぼくも行こう」

村井が吉田につづいて、服をぬぎすてた。二人はパンツ一枚になると、ザブザブと水を渡りだした。岸から数メートルで背がたたなくなり、二人は泳いで船腹に近づいた。

見あげると、船腹いっぱいに、てんてんと青黒いコケのようなものが附着していた。奇妙に、貝がひとつもついていない。

船べりが高くて、よじのぼれそうもなかった。吉田が、水をとばしながら船尾をまわって反対側へ出た。村井もつづいた。船尾に、辰洋丸と、消えかかった船名が読めた。

ミジップから、ロープが一本、海面すれすれまでたれ下っていた。

吉田が、立ち泳ぎしながらロープをつかんだ。あがりかけたとたん、手がすべったのか、吉田ははげしい水音をたてて海面におちた。

「どうした?」

「こけだよ。ロープに、びっしりついてやがって……気持のわるいこけだ」

吉田は水面に首と手だけだして、顔をゆがめた。

「こけぐらいついてたって、あたりまえだろう」

「おまえ、やってみろ」

村井はロープにとりついて、上体を水からあげようと、ロープの上をつかんだ。

ぐにゃっとした、たとえようない異妖な感触がした。とたんに、ただ無性にそれから離れたいという気持がはしって、手をロープからはなそうとした。

目がロープを見た。

それはこけではなかった。一種のキノコだった。大きくて小豆ぐらい、小さいのは米粒ぐらいの、白蠟色のキノコが、びっしりと密生していたのだ。それは、一定の距離から見ると、ふしぎなつやをおびて青黒く見えた。

つかんだところはぬるっとつぶれて原形をなくし、ねとねとした灰白色の液体になってしまう。それはまだ、見たことも聞いたこともない異種のキノコだった。それはかすかなにおいを持っていた。かびに似た、無機的な切ないにおいだった。

村井はロープを離し、手を海水でごしごしとこすった。水面で二人は顔を見合わせた。

「どうする?」

「しかたあるまい」

大の男が、キノコが生えているから気持がわるいと、おめおめ帰るわけにはいかない。

「行こう」

迷いをふっきるようにいうと、村井は再びロープをつかんだ。じりじりと甲板めがけてのぼりはじめた。吉田もつづいた。すべる手に力をこめて、村井はようやく甲板についた。足を踏んばって、あたりに目を配った。

考えたとおりだった。甲板も、マストも、キャビーンも——ところきらわず、灰白色のキノコの群に占領されていた。ところどころキノコの群の上に群が繁殖し、まるでグロテスクな昆虫の、巨大なパロディのような節瘤状の塊りになっている。

背筋を、悪寒が走りすぎていった。

「こりゃひでえや」

吉田がうなるようにいった。

一歩足をふみだすと、キノコがつぶれて、ぬらぬらとすべった。村井たちは、ともすれば萎《な》えかける気力をふるいおこしながら、一歩一歩とすすみ、勇を鼓《こ》してキャビンに通じるハッチをひらいた。

よどんだ空気にまじって、一種異様なキナ臭いにおいが、鼻をおそってきた。船室まですっかりキノコに占領されているらしい。

二人は、できるだけ壁や手すりにふれまいとしながら、船室におりてみた。想像したような、乗組員の死体はどこにもない——そのかわり、どこもかしこも、ところきらわず白いキノコに埋めつくされていた。

船倉のふたをあけると、キナ臭いにおいはいっそう強くなった。思わず顔をそむけてきびすを返そうとしたとき、吉田がふいにずかずかと中へ踏みこんでいった。

「みろ、食いものだ！」

彼は、壁ぎわに積み重ねてあった大きなボール箱の中に手をつっこみ、缶詰らしいものをひっぱりだした。村井も思わず近よって、それをとって見ようとすると、

「てめえで取れ！　いくらでもある」

吉田は、じゃけんに手をふりはらって、そのあたりをかきまわしはじめた。

「しめた！　ナイフがある」

吉田は、いきなりどっかと床に坐りこむと缶詰をあけにかかった。麻薬患者のように、全身をふるわせ、うなりながらめちゃめちゃに缶詰をあけると、指をつっこんで、なかみを取りだし、貪りくう。

「うまい！　ああ、うまい！」

吉田は、顔も手もあぶらでギトギトさせながらわめいた。吉田は一つめをまたたくうちにか

らにすると、すぐに二つめを取りだしてあけにかかった。そしてふと、自分を見つめている村井の視線に気がつくと形相をかえた。

「なんだってそんな顔して、おれを見てるんだ！　おれがこれを独占するとでも思ってるのか？　そんなきたないことはしないよ。いますぐ、やつらにも知らせにいってやるさ。でもその前に一つや二つ役得があったっていいじゃねえか――おれたちが見つけたんだ」

村井は視線をそらした。

吉田は、また口いっぱいにほおばると、あたりを見まわした。

「そのボール箱の横に、石炭酸の缶があるだろう。そいつで船室を消毒すりゃ、ここに住めるぜ。そうすりゃ、野宿しないでもすむ。こいつは、運がむいてきたぜ！」

村井は答えなかった。理由のない圧迫感が彼の反射神経を麻痺させていた。

吉田は、立ちあがると、

「よーし、そろそろこいつを見せびらかしてやるか」

そして、なおも缶詰のなかみをほおばりながら、船室を出ていった。村井は、そこに立ちすくんだまま、甲板から、海岸の仲間たちに呼びかける吉田のはしゃいだ声を聞いていた。

あたりで、キノコが、白く、ぼうっと光っていた。

確かに、この遭難船を見つけたのは運がよかった。手わけして調べてみると、食糧は、缶詰が二箱のほか、ビスケットや米まであった。節約すれば、ゆうに二週間は六人の命をささえられる量だった。

7

船長室で、狩猟用のライフルと、数箱の弾丸を見つけたとき、作田はよろこんだ。島で獲物をとれるからだ。もっとも、その点ではやはりそこで発見した釣道具のほうが実際的かもしれなかった。

吉田の提案はすぐ実行にうつされた。石炭酸で船室の床や壁のキノコをぬぐいとると、船室は住みやすい宿舎に一変した。船長室が田鶴子と暁子にあてがわれ、メーンキャビンが男たち四人のすみかになった。

ただ、このスクーナーの所属をしめす書類も航海日誌も、乗組員たちの個人的な持物も記録も、なにひとつないのはおかしかった。

「そういえば鏡がひとつもないのもへんね」

もう気力を回復して、化粧の心配をはじめた田鶴子がいった。

「そんなことより、無線がないのがざんねんだな。それさえありゃ、助けがよべるのに」

作田がくやしがったが、それさえ、ほかの連中には、切実にひびかなかった。食糧と住居の心配が一時的にせよなくなってみると、彼らは、この島流し生活に、なにか興奮のようなものを感じていたのだった。

村井もその一人だった。彼は暁子が、この異常な生活のなかで、もっと情熱的な女に変っていくのを、期待する気持になっていた。

それからの二、三日は、スクーナーをできるだけ住み易くすることに、みなは時を忘れていた。

吉田と村井はもとの海岸までもどって、ヨットをまわしてきた。

だが、失望もあった。

作田は、一日、ライフルをかかえて島に上陸し、獲物をさがした。朝早く数発の銃声が島のあちこちからひびいていたが、昼まえに帰ってきた作田は手ぶらだった。

「だめだ。何もとれなかった」

そういう作田の顔に、村井はふと、濃いかげりを見つけて、はっとした。

「日頃の腕自慢ははったりだったな」

吉田がにやにやしていうと、

「いや……この森の西で、四、五回、木陰にかなり大きな白っぽい動物を見つけて射ったんだが、すばしこいやつでね。そのたびに逃げられちまった。一発や二発はあたってるはずなんだが……どうもへんだ」

最後に、ひとりごとめいていた。

「それじゃ、明日はおれにやらせろよ。でかいやつをしとめてきて、みんなに血のしたたるステーキを喰わしてやる」

吉田が、もう舌なめずりをしていった。

「よしたほうがいい。それに、森のあちこちに、この船に生えてたのより大きい胸くそのわるいキノコが繁殖してたね。……じつはぼくも、それできりあげて帰ってきたんだ」

「あの、いやらしいキノコ?」

田鶴子が、顔をしかめていった。

「ああ、まるでお伽話に出てくるキノコの国さ。そこらじゅうキノコだらけでね。うっかりそこへ踏みこんだ時には、なんだか、こっちの身体にまでキノコが生えてきそうな気がしたよ」

「気味がわるい!」

暁子が顔をそむけていった。

「この島は湿気がはげしいんだ」

村井が、ふと天井のあたりを見ていった。

「あしたあたり、また石炭酸で掃除をやりなおさんと、あちこちにまたキノコが生えかかってる」

「ふん——あいつが喰えりゃ、文句はないんだが」

吉田がひょうきんにいった。

「あした、おれがバーベキューをやるとき、マッシュルームあえとしゃれられるんだが」

「だめだ!」

いきなり、村井がいった。なぜそんなに声を荒げたのか、自分にもわからなかった。ただ、総身を、こらえられない不快感が走って無意識にどなってしまったのだ。

気まずい空気が、一座をながれた。

8

「かんをたてるなよ、村井」

時実が、みょうに静かな声でいった。

「でないと、欲求不満がばれちまうぜ」

「なに?」

村井は時実の言葉にふくまれた何かを感じて、いきなりかっとなった。

「もう一度いってみろ」

「なん度でもいってやるさ。紳士はお上品だから、てめえの女にも手を出さないで欲求不満になる。ところが、誰かさんはもうよろしくやってるから、みんなの中で一番元気がいいし、精神状態も安定してるってわけだ……。なあ、田鶴ちゃん？」

「なにいうの、時実さん！　あんたって、いやらしい人ね！」

村井はいい返す田鶴子の、どす黒く興奮した顔を、あっけにとられて見た。

「わたしたちがなにしたっていうのよ」

「しらばくれるなよ。おれはちゃんと知ってたんだ。ゆうべ、お前さんがたは、船尾の小部屋にしけこんだろう」

時実が、ぬめぬめと唇をなめていった。

「あそこで何してた？　人生について語ってたのか？　それとももっとてっとりばやく」

「ばか！」

田鶴子が、立ちあがりざま、時実の頬に平手うちをくわせた。

「このあま！」

時実は立ちあがった。同時に作田と村井が両側から時実の腕をとった。時実は二人をはねのけようとしながら、

「やったな、あばずれ」

「わたしたちは恋人どうしよ、わたしたちがなにをしようと勝手じゃないの」

田鶴子が猛然とさけんだ。それはもう、きのうまでの少女めいた田鶴子ではなかった。

「ばかいえ。東京ならいざ知らず、ここは無人島だぞ。おれたちは否応なく一緒に閉じこめられてるんだ。お前らはそれでよかろうがこっちがそれじゃたまらねえや、べたべたしやがって」

吉田が、何かさけんだ。そして、両腕をかかえられて身動きできない時実の腹に、力いっぱいのパンチをたたきこんだ。時実がげえっとうなって前のめりになった。かさにかかって、なおもなぐりかかろうとする吉田を、作田がつきのけた。

「いいかげんにしろ、吉田」

「きたねえ野郎だ。ぶちのめしてやるんだ」

「やめないか」

村井が、その前に立ちふさがると、吉田は顔面をゆがめて、くってかかった。

「お前がおれをとめるのか？　あんなことをいわれた張本人のお前が？」

村井は黙っていた。

吉田は、村井の沈黙にかえって気勢をそがれたらしく、一歩さがると、田鶴子の腕をとった。

「とにかく、こうなったらはっきりしておこうじゃないか。おれは、今日から田鶴子と一部屋とる。食料も分配してもらおう。文句はあるまい?」

「ある」

作田が答えた。

「なんだと?」

「お前の気持がわからないわけじゃない。しかし、おれたちはいま、こんな場合にいるんだ。勝手なことをいったら、おれたちの共同生活はひとたまりもない。今までどおりで暮すんだ。わかるだろうな、田鶴ちゃんも」

田鶴子は、反抗的にそっぽをむいた。その仕種が、ひどくエロチックにうつった。

「ちょっとまて、作田。いつまでもお前なんかのいいなりになると思ったら間違いだぞ」

吉田がずいと一歩出た。小柄な身体に、殺気に似た気合があった。

「お前はスキッパーだった。だからこそ、海じゃお前のいうことをきいた。しかし、こうなっちゃ、意味がねえ。第一、おれたちのこんな災難の責任だってお前にあるんだ。リーダー面《づら》もいいかげんにしろ」

吉田は、村井と、うしろの暁子の顔を見た。

「なあ、村井だってそう思うだろう」

「あなたは、わたしたちの味方よね、村井さん。暁ちゃんと一緒になるでしょ?」

田鶴子が、どんと胸をぶつけてきた。ふりかえると、田鶴子の目の中に、彼はおぞましいものを読んだ。

「わるいけど、作田さんのお腹の中はわかってるわ。作田さんも女がほしいのよ。暁子をねらってるのよ。だから、こうなるとつごうがわるいんだわ——だって、こうなれば、あんたと暁子がいっしょになるの、あたりまえだもの」

「いやよ、わたしは……いや!」

暁子が、ふいにふるえながらいいだした。

「このままのほうがいいわ……」

みなが村井の顔を見ていた。

「ああ、やっぱりねえ……」

田鶴子が、誇張した仕種でうなずいた。村井をふりかえる、その目が妖しく光った。

「わかったでしょ、村井さん、暁子のあなたに冷たかったわけが。暁子が作田さんにいかれてたとは、わたしも気がつかなかったわ。でもね——」

田鶴子の目が村井をのぞきこむ。

「今からだってへいきよ。あなた男だもの、取っちゃえばいいのよ。あたしを、吉田くんが取ったみたいに。カンタンよ」

吉田をふりかえる目が思いきってみだらだった。村井ははげしい嫌悪におそわれた。

「おれは作田に賛成だ」

村井がいったと同時だった。

「くそ!」

わめいて、吉田が、作田をつきとばした。作田は、ふいをうたれて転倒した。その上を飛びこえて、吉田がキャビンの隅へ走った。

目的はすぐわかった。そこに装塡したライフルが立てかけてあったのだ。

とたんに、しゃがみこんでいた時実が、吉田に体あたりした。二つの肉体がぶつかりあい、ころげまわった。作田がはねおき、村井も走りよった。たちまち吉田はおさえつけられた。

「どうする?」

「チャート・ロッカーにぶちこんどこう」

作田が喘ぎながらいった。チャート・ロッカーに、外から頑丈なかんぬきのかかるのを思いだしたのだ。三人は荒れくるう吉田をロッカーへひきずっていった。

ドアをあけた――とたんに吉田が、抵抗をやめた。

「あ、あ……」

三人もぎょっとしてロッカーの中を見た。せまいチャート・ロッカーのなか全体に、まるで裏うちしたように、微細なキノコ群が生えていた。ぶつぶつがにぶく光って……。

「いやだ……たのむ……ここへはいれないでくれ」

吉田が、すすり泣くような声でいいながら後じさりした。その背を、どんと時実がついた。吉田はつんのめってロッカーに転がりこんだ。ドアが閉まり、かんぬきがかけられると、ロッカーの中から、こもった絶叫がひびきはじめた。

田鶴子が、泣きわめきながら、キャビンの外へ走りだした。暁子は、両手で耳をおおってうずくまっていた。三人の男たちは、大きく喘ぎながら立ちつくしていた。疲れ果て、なすすべもなく、そうして立っていることのみじめさをかみしめながら。

（いったい、この先どうなるんだ？）

村井は、何者かにむかって問いかけた。そして、ふと見上げた天井の一角に、節瘤状に下にむかってもりあがったキノコの群が、みじめな人間の悲喜劇を照らすグロテスクなシャンデリヤのようにぶらさがっているのが見えた。

9

村井はふと目ざめた。

窓からよわい朝の光がながれこんでいた。白い煙のようなものがその中を舞っている。また霧なのだ。

寝返りをうとうとして、はっと気がついた。となりのバンクの時実の姿がない。そのむこうで、作田が、歯ぎしりしていた。

ある予感が、彼の脳裡をひらめいて過ぎた——

彼はがばとはね起きると、

「時実!」

と大声で呼んだ。

「どうしたんだ?」

目をさました作田がいった。

「時実がいないんだ」

作田はバンクから飛びおきると、ハッチへかけだした。彼も村井と、同じことを感じたらしかった。村井もあとを追ってラッタルを駈けあがった。甲板を、白い霧が、濃くうずまいていた。作田が時実の名を呼んだ。

答えなかった。

村井がヨットのことに気がついたのはその時だった。舷にちかく寄せておいたヨットがない！　霧の海上にも……ない！

作田はそれを知ると、

「あっ！」

さけびざま、身をひるがえして、キャビンへ飛びこんでいった。村井もつづいた。

暁子が目を見ひらいて二人を見た。田鶴子は青い顔でロッカーの前にしゃがみこんでいた。

作田は船倉のドアをあけて突っ立った。

「やっぱりやられた。時実のやつ、おれたちの食糧をごっそり持って行きやがった」

「いつのまに……」

「おれたちが、寝しずまるのを待っていたんだ」

作田はつかつかとじぶんのバンクに近よって下をさぐった。顔が鉛色になった。

「ライフルも持っていかれた」

そのとき、かすかに木のきしる音がした。

ふりかえろうとすると、声がした。

「ライフルなら、ここにある」

チャート・ロッカーがあいていた。なかから、ライフルを構えた吉田の顔がのぞいていた。

そばに、田鶴子のネズミのように尖った顔があった。

「あんたのしわざだな」

作田がひくく、つぶやくようにいった。

「そうとも。この間抜けめ。そんな間抜けだから、時実みたいな青二才にしてやられるんだ。ゆうべ、おれにやらしておけばこんなことにはならなかったのに……動くな!」

黒い銃口が作田の腹につきつけられた。そのまま、ずいと出てくる吉田を見て、

「あ!」

声にならない声が村井の咽喉をもれた。

吉田の顔にキノコが生えていたのだ。

一晩キノコの密生したロッカーに入っていたためだろうか? それとも、空腹にたえかねて吉田がキノコを食ったからか?

村井は、凍りつく思いで青黒く変った吉田の顔の、こめかみあたりと鼻孔にちかく、さらには首のつけ根あたりに、こんこんと白くしみのように浮いているキノコを見た。

「ライフルをよこせ、吉田、お前は病気だ」

作田が手をだした。

「歩け。村井、きさまもだ」

吉田は銃口を二人の中間にすえてうながした。目が狂暴に光っていた。その場で引金をひく

かもしれなかった。作田が歩きだした。村井も、つづいた。

「どうする気だ?」

「殺してやる。そうすりゃ、口が二人へる」

甲板へ出ると、しゅうしゅうと流れる霧が有毒ガスのようにからみついてきた。

「村井は気の毒だがしかたがない。まあ、暁子もおれがかわいがってやるさ」

甲板がひどく短かく感じられた。二人は、銃口に追われて船尾に行きついた。

「村井……」

ひくく作田がいった。とたんに、轟然と世界が音をたてた。作田の身体がびんと宙にとびあがったと思うと、まっさかさまに海上へ落ちていった。思わずのぞくと、霧のためか海がひどく遠く見え、そこへ、高速度撮影のように、作田の身がグロテスクな姿勢で落ちて、しぶきをあげた。

ふりかえると銃口が見えた。

村井はひょいとそれをくぐった。

ぐわーん!

あたりが一瞬赤くそまった。無意識に、弾丸のそれたのを感じた。村井は反射的に、吉田の手もとに飛びこむと、ライフルをおさえて、右手で吉田の顔をなぐりつけた。吉田がふっとんで、ぶざまに倒れた。

「射つな……お、おれは死にたくない！」

吉田が泣きわめいた。その姿を、村井は、悪夢の中の人形劇を見るように、呆然と見つめていた。

10

村井は、干潮を待って吉田と田鶴子とを、海岸に追いあげた。

「二人とも、二度と姿を見せるなよ。近づいたら、射ち殺す」

僅かに残っていた食糧の半分を投げあたえてから、村井がいった。二人は、いっしょに置いてくれと哀願したが、村井の決意はかわらなかった。ぐずつく二人の足元へ、一発ぶっぱなしてやると、ようやくあきらめて、二人はとぼとぼと森の奥へ姿を消した。

村井が一人で帰って来るのを見ると、暁子は、肉食獣におわれる小動物のように、身をひるがえして逃げた。

それが、村井の、しびれたような頭脳に火をつけた。彼は、暁子を追って船長室まで行った。

ノブに手をかけると、鍵がかかっていた。

村井は銃の台尻で鍵をぶちのめした。板はめりめりと割れ、蹴とばすと、無雑作にあいた。

暁子は、船長室のすみに棒立ちになっていた。村井がちかづくと、まるで発作をおこしたように、全身をわななかせた。

彼はライフルを投げだすと暁子を抱いた。あらあらしく唇をうばった。暁子はまったく抵抗しなかった。彼は暁子を、床からすくいあげてベッドに横たえた。

ブラウスをひきちぎると、胸をおしひろげた。暁子は、わずかに身をすくめただけだった。村井は狂暴な発作にかられて、暁子の着衣をはいだ。やがて白い裸形が——しかしそれは、シーツの海に浮かんだ溺死体のように生気がなかった。村井はそれへ、挑みかかっていった。


村井は、短かい、重い眠りから目覚めた。ふと見ると、暁子は、村井の身体からできるだけ離れるようにして、ベッドの端に身をちぢめていた。その、弱々しさが、村井の胸に残酷さを呼びおこした。彼は暁子の身体から毛布をはぐと、また挑んだ。

暁子は抵抗しなかった。ただ、そのあいだ中、無感動な目を天井に据えているのだった。そのたびに、村井の胸に棲む狂暴なあらしがはげしくなる。

それが、なん回かさねられたか、村井はおぼえていない。時の区切りのつかぬままに、二日か、あるいは三日がたっていったのかもしれない。

ふと明け方に目覚めた村井が、疲れきってこんこんと眠りこけている暁子を見やったときだった。その頭の、ほんの二、三センチさきのシーツの上に、全く、やわらかい、異形のものを見つけたのだ。

ぞっと、悪寒が全身をつらぬいた。

キノコだ。

村井は、裸の上半身をおこした。気が遠くなるような気がした。彼らが、着て寝た毛布の表面べた一面に、キノコが群生していたのだ。

思わず悲鳴をあげたにちがいない。暁子もはっと身をおこした。すると、その枕にも、シーツの端にも、ベッドの手すりにも、米つぶほどの稚いキノコが数個ずつかたまって繁殖をはじめていた。

暁子が、恐怖の声をあげてしがみついてきた。村井は暁子の裸体をだきあげてベッドを出ようとした。

サンダルに足が触れたとき、彼の口から耐《こら》え性《しよう》のないうめきが洩れた。サンダルにも生えていたキノコを踏みつぶしたのだった。

彼はサンダルを蹴とばしてベッドの上にとびあがった。暁子はひっきりなしに悲鳴をあげていた。

「うるさい、だまれ！」

どなりつけたとき、村井は見た。

暁子の耳のすぐ下の、やわらかい皮膚に、白いホクロのような、ケシツブほどのキノコが……。

「あっ!」

暁子がさけんで、村井の顔をまじまじと見つめていた。

「あなたの、鼻の横にある……それ、なに?」

村井は指先で鼻の横にふれた。ちいさなものがつぶれてぬらりと指先がぬれた。

キノコだった。

暁子の目が、くるっとかえった。気をうしなったのだ。

村井は、硬直した暁子の身体を、重く両腕にささえながら、そのときはじめて、じぶんたちが巨大な運命の手ににぎられていたのを覚った。

キノコは、彼らにも寄生しはじめたのだ!

11

気がつくと、キノコは、そのときすでに、船内くまなく繁殖していた。船全体がキノコの養殖棚だった。天井にも、床にも、壁にも甲板にも、あらゆる有機物の上に、白く、青く、はびこっていた。もう船には住めなかった。

村井は半狂乱の暁子を船から連れだした。わずかに残った食料と、釣道具とライフルも陸に運んだ。

だが、キャンプを張る場所を探したとき、村井は、たった二、三日のうちに、あのキノコが全島くまなく進出しはじめていたのを知った。あらゆる樹木の木肌に、キノコは群生しはじめていた。森はもうみどり色ではなかった。

灰緑色のキノコの森だった。キノコは、そこここで塚をなし、風がわたると、まるで生命を持つもののように揺れうごいた。巨人の指のように見えるものもあった。ひらたい、ハスの葉のように地上に拡がっているものもあった。そのどれもが、グロテスクな生命力を誇示していた。

村井は、ようやく、今までの入江の反対側の岸に、キノコの繁殖していないせまい砂浜を見つけて、そこへ移動した。

だが、キノコの魔手をのがれることが、それほどたやすくできないことを知ったのは、そのあくる朝だった——二人は、おたがいの顔や手足に、ふたたびあのキノコを見つけたのだった。

村井は、恐怖をねじふせて、船から持ってきた石炭酸で暁子のキノコをぬぐいとった。それがすむと、自分の身体の処置をした。

しかし、そのときはもう、村井にもわかっていた――いくら消毒しようが、それは所詮一時の気休めでしかないのだ。空気中を飛び交う目に見えないキノコの胞子が、有機体という有機体を、絶えずおかしつづけているのだ。

おそらく、このキノコの繁殖には、時期があったのだろう。彼らが漂着したときは、繁殖期のはじまりだったにちがいないのだ。そしていま、キノコは全盛期にむかいつつあるのだ！

入江のむこうに見えるスクーナーは、もうキノコの化物だった。

村井は、そのスクーナーの生き残りの船員たちの運命も、いまははっきり判った。彼らもこのキノコの魔手からついにのがれられなかったのだ。

だが……いったい、これからどうなるのだろう？

「わたし、わかったわ……」

暁子が、足の先からふくらはぎへかけて、またもてんてんと生えはじめたキノコを、無気力に見やりながらいった。

「あの船には、鏡がひとつもなかったでしょう。あれがなぜか。船の人たちは、キノコにとりつかれたじぶんたちを、見るにしのびなかったのよ」

村井は黙ってうなずいた。彼にもわかっていた。なぜあの船に、航海日誌もなにもなかったのかを――彼らは、この世ならぬ怪物になり果てた自分たちの運命を、他人に知られたくなかったのだ。

そして、もう一つの、避けられない運命がやってきた。わずかばかりの食料がかんぜんに切れてしまったのだ。

「魚を釣るさ。魚なら無尽蔵にある」

村井は、はげますつもりでいった。

「魚をたべて、生きて、どうするの?」

暁子が、ねじけた笑いをうかべていった。

「石炭酸がもうないのよ」

村井は缶をのぞいた。からだ。キノコの繁殖をふせぐ唯一の方法がなくなったのだ。

「いっそのこと、なにもたべずに餓死したほうがましよ」

暁子は砂に横たわって空を見あげた。空は曇って、また霧が来そうだった。暁子の目から、久々の涙がするりと流れて、キノコにおかされたうなじの方へ流れていった。

12

だが、村井は毎日魚をとりに出た。生きて甲斐ないこととは知りながらも、飢えにさいなまれると、いつか海岸に出て、釣をしている自分を見出すのだった。それは暁子もおなじことだった。村井の取ってきたわずかな獲物に、彼女は餓鬼のようにかぶりついた。

そうした暁子の様子に、微妙な変化がおきているのを知ったのは、食料がなくなってから、なん日めかのことだった。

暁子は、村井の取って来た魚をちらと見やっただけで、いったのだ。

「ほしくないわ……あなた、たべて」

村井はその暁子の眼のあたりに、ふと異妖なものを感じた。そして見ると、暁子の身体ぜんたいに、今まではなかった生気がみなぎっていた。肌の色には艶さえあった。

その夜、暁子ははげしく村井をもとめた。燃えて歓喜に身をもだえる暁子を抱きながら村井は、はじめてなぜだろうといぶかった。いままで、魚のように無感動だった暁子なのだ。いつも村井は一人芝居をしてきたのだ。いや、それよりも、こんな体力が、暁子に残っているはずはない……。

答えはあくる日、見つかった。

いつものように海へ出た彼がもどってくると、暁子の姿がテントのあたりになかった。

彼はぎょっとして、あたりを見まわした。

ゆうべの、異常な燃えかたが、とつぜん全身の感覚としてよみがえってきた。

自殺する気だったのだ！

村井は、獲物を投げ捨てると、ライフルを摑んだ。

スクーナーだ。

彼は、よろめきながら、海岸を走りだしていた。

たちまち、行く手は、キノコの世界に変った。浜いったいは、キノコの絨毯を敷きつめ、キノコのかたちをした木を植え、岩のように見えるものまで、じつはキノコの群落だった。村井は、キノコを蹴ちらして走った。

前にはなかった森が行手をさえぎった。キノコが、森のかたちで海岸まで進出していたのだった。

彼はためらわずそこにおどりこんだ。

と――ふいに、奇妙な、けものの泣き声に似たさけびを聞いて、村井は立ちどまると銃をつきつけた。

巨大なキノコの柱の下から、人間の脚がつきだしていた。暁子の足だった。

「暁子!」

キノコをわけて見た村井は、思わず目をそむけた。暁子が、口いっぱいに白いキノコを頰ばって、口の端からよだれの糸をひき、目をほそめ、身もだえしていた。けもののうめきと聞いたのは、暁子の歓喜の叫びだった。

「暁子！」

暁子はふっと目をあけた。そして村井をみとめると、あたりのキノコをてのひらいっぱいにしゃくって、村井の目の前につきだした。

「おいしいよ」

暁子の顔はキノコの群生におおわれかけて異形のものに変形しつつあった。

村井は夢中ではねのけた。

ふいに、背後のキノコの塊が、ぐらりとゆれて、人間の手に似た触手をのばしてよこした。

村井は恐怖のさけびをあげた。

触手につづいた灰色のボールが人間の頭そっくりだったからだ。

いや、人間なのだ。人間のなれの果てなのだ。キノコを喰い、キノコそのものに変身してしまったキノコ人間なのだ！

村井の周囲ぜんたいが、ざわめきだした。

見まわすと、キノコ人間が、二つ、三つ、四つ……ぞよぞよ、ぞよぞよと彼めがけてせまってくるのだった。

ばしっと、何かが、顔にあたって、くだけた。

キノコ人間が、キノコの塊をぶつけたのだ。散ったキノコのしぶきが、口へ入った。しぶきは甘く、芳香をはなった。

村井は、一瞬、その場にしゃがみこんでキノコをむさぼり喰いたい強烈な衝動にかられた。うまい、うまい、うまいキノコを……。

赤いネッカチーフが目についたのは、村井が誘惑に負けてしまう、そのほんの寸前だった！

赤いネッカチーフを、まだへばりつけているキノコは、田鶴子のなれの果てにちがいなかった！

その横は吉田だ！ そのまわりにいるのは船員服のきれはしをつけている！

村井は本能的にライフルの引金を引いた。

目の前のキノコ人間から、パッとキノコのくずが飛んで、どうと倒れた。まわりの灰白色のボールが、いっせいにせまってきた。

村井はライフルを、弾丸のつづくかぎりうちまくった。銃声が、彼の萎えかけた心をよびさました。村井はライフルをふりまわしながら、走った。走った。走った……。

そして、気がつくと、海岸にたどりついていた。波打際に、時実がぬすんでいったはずの彼らのヨットが、波にもてあそばれていた。村井は波を蹴ちらしてヨットに乗った。渾身の力で沖へ出した。

海は、なまり色のうねりと白い霧だった。ヨットは白い世界に入っていった。ひやびやと、音もなく……。

13

白い、広々とした部屋の中で、男は、まだ話しつづけていた。だが、あいてが、あまり壁のように黙りこくったままなので、ふと口をとじた。

男は、じぶんの長話のせいで、あいてを退屈させてしまったのか、と思って狼狽した。

「でも、もう終ったんですよ。ぼくは助かったんだし、もうすぐ退院するんだから。ね、ほら見てください、ぼくの腕。キノコなんか、ひとつも生えていないでしょう。痕はのこったけど」

男は、腕をまくると、照明の下へすっと出して見せた……。

「ね、ほら、やったでしょう、先生?」

と若い医師は、息をはずませて私をふりかえった。私たちは、明るい照明のついた病室の中を、のぞき窓から、見まもっていたのだった。私は、照明に照らされてなんの傷痕もなくてらてら光る、その男の腕を見つめた。

「せっかく先生に来ていただいたけれど、ぼくは、あの患者は、回復の見込みはないと思いますね。ヨットで遭難して、仲間が五人死んで、彼だけ漂流してるところを発見されてこの病院にかつぎこまれたんです。あまりの孤独と飢えとで、発狂したんですよ。あのキノコの話を、壁をあいてに毎日くりかえすんですよ。かわいそうに」

若い医師は、切なげに首をふってみせた。

私は黙って、窓の外を流れる霧を見た。そして、むかし読んだことのある中世の医書にマタンゴという奇怪なキノコの話があったのを、このわかい医師に話すべきか、どうかとまよっていた。

マグラ！

光瀬龍

第一章

きらめくような風が通り過ぎてゆくと、千古の原始林はいっせいに白い葉裏をひるがえしてごうっとどよめいた。谷あいから尾根へ、幾すじもの幅広い風道を描いて風はわたっていった。宇曾利《うそり》湖のまっ青な湖面が鏡のように雲を映していた。《さんずの川》、《しょうづの川》を越えると道はふいに荒涼たる灰色の広場へと出る。

そこはもう名だたる東北第一の霊場、恐山、円通寺の境内であった。

道もとうろうも、道ばたにそそり立つ岩も、すべて火山性の凝灰岩でできており、その乾いた骨のような灰白色は目のくらむような七月のま昼の陽炎の下に不毛の世界をくりひろげていた。

つつしみ深いもの腰でゆききする参詣人たちの姿さえなかったら、そして今日が巫女の市がたつ七月二十日でなかったら、ここはそのまま、すでに見棄てられて久しい廃墟かとも、また地肌の焼けはがれた死火山の爆裂火口かとも思われた。

その地表を風が捲《ま》いてゆくと砂塵が地を這って渦まき目も口も開けていられなかった。

砂塵のむこうに円通寺の壮大な本堂がそびえていた。村上を乗せたジープはそれに向ってゆっくりと近づいていった。ボンネットに結んだ東国新聞の社旗が時おり思い出したようにはげしくはためいていた。

「ここは風の吹かない日というのはないんですよ。円通寺にいったらすぐ風呂に入ってさっぱりしてください。湧〈ママ〉かしておいてくれるように云っておきましたから」

ハンドルを握っている大湊《おおみなと》通信局の若い青年が村上のほうにわずかに顔を動かして云った。砂ほこりにまみれた村上に恐縮した目の色だった。

「ありがとう」

村上は煙草をくわえた。手でかこったライターの火がジープの震動にあわせて躍った。

広場のあちこちにはすでにイタコと呼ばれる巫女たちが市《いち》を開いていた。

ふだんは下北半島から青森、岩手、秋田などの地方に散って生活を営んでいる巫女たちが、毎年七月二十日から四日間、この円通寺の境内に集って市を開くのだった。客の求めに応じてあの世の人々の消息を伝えるイタコを信ずる者は東北一円に多かった。

イタコたちはそのほとんどが盲人だった。五十歳から七十歳を過ぎたかと思われるような老女たちであった。そまつなブラウスにスカート、麦わら帽や手ぬぐいを頭にのせ、身の回りの世話をするつきそいの家人に守られてゴザや木箱などに腰をおろして客のつくのを待っている。一年に一度とはいえ、毎年ここにもうでる善男善女とはすでに深い顔なじみになっている。それぞれたのむイタコはきまっているのだった。——死んだおじいさんはあの世で今年はどうしているだろうか？　おばあさんの命日にはついいそがしさにまぎれて少し粗末なあつかいをしてしまったがもしや怒ってはいないだろうか？——あれこれをたしかめ、故人の機嫌をうかがうべく、純朴な人々は今年も米や豆を背負ってこの山をおとずれてくるのだった。


「あ、待って！」

「すみません。お願いしたいことがあるんですけど」

とうろうのかげにたむろしていた派手な色彩が走り出てきてジープにむかって叫んだ。

「おい、止めろ」

ジープの上の二人のいぶかしい視線の前に進み出てきたのは数人の若い娘たちだった。

「あの、私たち東都女子大の社会研究班なんです。こんどイタコの生態調査の目的で来たのですが、ここへ来てみると、なんですかちっとも調査が進まないんで困っているんです」

眼鏡をかけた一人が当惑を顔ににじませて云った。

「質問にも全然、答えてくれませんし、わけを話して近づこうとすると逃げるように場所を変えたりするんです。私たちもそんなに何日も腰を落着けてここにいるわけにもゆかないし実は困っていたところなんです」

「で、われわれに何か？」

「東国新聞のかたでしょう。なんとかイタコの一人とでも話ができるようにしていただけませんでしょうかしら」

娘たちの真剣なひとみが村上の顔にそそがれた。

「さあ、ぼくにはどうにも」

村上は運転席の青年を見かえって言葉を濁した。青年はしばらく考えていたが、やがて声を低めて、

「村上さんさえよろしければ今夜のおしん婆さんのクチヨセを見せてやれますが」

「苦情はでないの？　その人から」

「おしん婆さんなら大丈夫です。なにね、去年おしん婆さんの息子が急病で危なかったとき、通信局のジープで青森の病院まで運んでやったりしたもんですから、彼女だいぶわれわれには

恩ぎを感じているようです。いっちょう頼んでみましょう」

「それじゃ、この人たちも同席させてやってくれ」

「承知しました。ね、君たち。それじゃ今夜八時頃に円通寺の書院へ来なさい。われわれも取材のためにイタコを招いてあるんですよ。そのあとで君たちもいろいろ聞いてみたらいいでしょう」

わっとにぎやかなかん声があがった。

「このへんの人々はよそ者にはなかなかうちとけませんからね。特にイタコは駄目なんですよ。まして都会の女の子に取囲まれての質問ぜめでは先ず絶対に口を開かんでしょう。われわれは今朝刊でやっている《生きている伝説》という囲みもののシリーズの取材に来たんですが、われわれでも自由に取材して回るというわけにはいかないんですよ。それで特別に一人を呼んであるんです。こちらのかたはそれでわざわざ東京から来られたんです」

「ああ、あの《生きている伝説》というの私毎日読んでいます。とても面白いわ」

「あなたが書いていらっしゃるんですか?」

「いや、ぼくだけじゃありませんよ」

村上は自分に向けられた好奇な視線を軽くいなした。

「それじゃ、君、行こう」

「はい、じゃ八時頃来なさい。円通寺にはそう云っておくから」

ジープは排気ガスを吐き出すとすべり出した。見送る娘たちの顔に急速に生色がよみがえった。声まではずんでくる。

「地獄に仏というのはこのことね」

「だって、ここは仏様に会うために来る所じゃないの」

その夜、円通寺の奥庭に面した書院に皆の顔が集った。三尺の床の間を背にイタコのおしん婆さんが坐っていた。つきそいの息子の嫁という中年の百姓風の女は部屋へは入らず廊下に坐っていた。

大きなろうそくに火がともされ、電燈が消された。

「それではおしんさん、お願いします」

通信局の青年があらたまって会釈した。

おしん婆さんはうなずいてやおら手にした長い大きなじゅずをしごいた。それを幾重にもまいてささげ、力をこめて押しもみ押しもみ低い声で何ごとかつぶやきはじめた。

ろうそくの火がゆらめいて居並んだ黒い影が動いた。皆は息をつめて石に化したように身動きもしなかった。死のような静寂の中に、おしん婆さんのじゅずをもむ烈しい動きと、早い息づかいの下でのつぶやきだけが地の底からのさそいのように皆の心に妖しい波紋をひろげていった。つぶやきはあるいは高くあるいは低く果しなく続いた。おしん婆さんのひたいからは玉のような汗が湧き、ほおからのどを伝ってそまつなブラウスやスカートに幾つもの汚点を作った。やがておしん婆さんは何ものかに憑かれたように放心状態に入った。

「どうぞ。どなたか亡くなった方のことでも聞いてごらんなさい」

うながされて村上は体をのり出した。やや照れくさそうに、

「私の祖母はあの世でどうしていますか?」

その言葉も耳に入らないのか、おしん婆さんはなお依然として不動の放心の姿を崩さなかった。

皆の顔にようやく失望の色が動いた。

そのとき、おしん婆さんの唇から弱々しい言葉が洩れはじめた。

「……ずいぶん長いこと会わなかったなあ……この頃は風邪はひかないかね……私もここへ来てからは毎日毎日とても楽しく暮しているよ。お祖父さんもそれは元気だよ……」

村上の目は飛び出さんばかりに見開かれた。娘たちの顔は土気色に変った。

「たしかにお婆さんの口調だ!」

思わず腰を浮かせた村上の口から圧《お》しころした声がはしった。

皆の耳に、おしん婆さんのつぶやきは死者の言葉として陰々とひびいた。

夜風がどっと庭の梢を鳴らして吹き過ぎていった。ろうそくの火が今にも消えるばかりにゆらめいた。

突然、おしん婆さんは上体を斜めに、遠くをすかし見るように背を伸ばした。部屋の一角に向って両手をさしのべて狂気のように叫んだ。

「……あの箱を海に棄てるな！　悪気が凝ってたくさんの人が死ぬぞ。それはやってくる。きっとやってくるんだ……水の底から。棄てるな！　箱を……」

おしん婆さんはいきなり立ち上ろうとして横ざまに畳の上に倒れた。皆が総立ちになって抱き起そうとするより早く、廊下から風のようにつきそいの女がかけこんできておしん婆さんをかかえ起した。

それを見守る皆の顔は凍ったようだった。

おしん婆さんがつきそいの者にかかえられるようにして引揚げていったあと、部屋では皆がまだ覚めやらぬ夢におびやかされているような面もちだった。

「今の、あの箱を棄てるな、というのはなんでしょう？」

娘たちのグループの一人、まだ高校生らしさのぬけきらぬ邦子だった。

「今日はおしんさん、少し様子が変ですよ。皆も知っていると思いますが、イタコというのは質問をした人に関係あることしか云わないものなんですよ。つまり非常にプライベートな、ごくせまい範囲内でしか応答しないものとされています。あの箱を棄てるな、とかたくさんの人が死ぬぞとか、イタコの言葉にしてはおかしいな」

通信局の青年が首をかしげた。邦子の隣に坐っている一人が村上にたずねた。

「あの箱うんぬんに心あたりはございますの?」

「いや、それが全然ないんだ。その前に、この頃、風邪を引かないかってぼくに聞いたが、ぼくは子供の頃、つまりぼくの祖母がまだ生きている頃はとても体が弱くてね、それを祖母がとても心配していたものだ。それを思い出してぼくは一方、ぞっとしたよ」

「あなたに心あたりがないとすると、いったい何なのかしら?」

「ね、あのお婆さんに何か見えたのかしら? 私には何だかあれがいいかげんなことを口走っただけとは思えないんです」

村上が煙草に火をつけた。薄紫色の煙が電燈にまつわりつくように立ち昇った。

「もし、あの、おしん婆さんの云ったことがほんとうに何かの予知だとしたら?」

「たくさんの人が死ぬ、と云ったわね」

皆の胸の中を氷のように冷たいものがはしった。それは何か得体の知れぬものの影を結んだ。おそろしく不気味なある何かが、しだいに頭をもたげてくる、そんな異様な不安が皆の顔から一瞬、表情をうばった。

また木々をどよもして夜風が吹き渡っていった。鳴きすだく虫の声もとだえて、その時、あの、おしん婆さんの、見えぬ目を虚空《こくう》にすえて両手をさしのべた絶望的な姿態が、凄まじい現実感をともなって皆の脳裡を過ぎた。

第二章

夜のあいだ、陸から吹いていた風が夜明けとともにやむと、朝なぎの海はかすかに薄紅をはいたコバルト・ブルーの鏡になる。寄せてはかえし、かえしては寄せる波の太古からのその呼びかけも、この時ばかりはひとときの休息にはいるのだ。あるいはまだ生物のいなかった太古の頃の清澄と平穏を海はふと想い出すのかもしれない。

その朝、茫洋とひろがる海原には飛ぶ鳥の影一つなく、ただ白い雲がこの息をひそめた海に触れるのをはばかるかのように、はるかに水平線の円弧に沿って浮んでいた。

西南の空と水とを二つに分かって本土の緑の山々が濃淡の翳《かげり》をおびて連なっていた。それは明るい朝の陽光の下でいやに鮮明に近々と見えるのだった。

その連なる緑の中から湧いて出たように数隻の漁船が姿を現した。それは鏡のような海面に長い長い航跡を曳《ひ》き、一団になって沖へ針路をとりはじめた。

蹴立てる波は生きもののように、舳《へさき》におどった。焼玉エンジンの爽快な音がはずむように海原にひびきわたっていった。

漁区を北へ一時間ほど走ったところに設けられている落し網漁場へ向う漁船団であった。

「清吉っあん。そろそろ網場にかかるぞ」

先頭を走る舟の上では舵輪を握っている若い男が甲板の漁労長にむかって叫んだ。

「ようし、さあ、みんな、持場についてくれ」

ゴムの広い前かけ。手袋、手かぎは腰に、ゴム長にはすべり止めの荒なわを結び、身じたくはすでにできていた。

誰かの棄てた煙草が弧を描いて波間に飛んだ。

五隻の舟は速度を殺して左右に分れた。

「おい！　へんだぞ、見ろ」

一人が舳から身をのり出して叫んだ。

「なんだ？」

「どうした」

皆はけげんな面もちで声のしたほうへ伸び上った。

「あれを見ろ！」

朝なぎの海に、吹き散る木の葉のように一面にキラキラと輝いてただよい浮いているものがあった。

「なんだろう？　ガラスのかけらのようなものが光っているぞ」

「馬鹿！　あれは魚だ」

「魚？」

「そうだ。死んだ魚が浮いているんだ」

漁労長の言葉に皆の顔は蒼白になった。

「どうして死んだんだ。あんなにたくさんの魚が」

「わかるもんか」

小さな魚の死体は水中で無数の七色の虹を曳いた。大きな魚の死体は翳をおびて青黒く木片のようにただよっていた。

あとに続く舟の上でも立ち騒いでいるのが見えた。

「舟をとめろ！　後の舟にも合図するんだ」

後進いっぱいをかけたエンジンが裂けるように咆哮した。船尾に白波がもり上った。その船尾波を見て後続船は合図も待たずにつぎつぎと停船した。

ふっ、とエンジンの音がやむと、にわかに深い静寂がやってきた。船腹にあたる波の低く湿った音だけが皆の耳に聞えていた。

ゆっくりと接舷してきた後続船の甲板から船長が体をのり出して叫んでいた。

「清吉っあん。いったいこれはどうしたんだろう？　毒物が流れてきたとしてもこれだけの魚が死んだんだ。相当な量が流れこまなければならないだろうが、この湾の沿岸にはそんな毒物を流すような工場もないしな」

「貨物船かなにかが棄てたんじゃないだろうか」

「だが、それだとしてもたいへんな量を棄てなければならないはずだぞ」

「よし、網場のようすも心配だが、どのくらいの海域で魚が死んでいるか調べてみよう。あんたの舟は網場を見てくれ、おれたちは三手に分れてひとっ走り回ってくる」

一番外側にいた舟がエンジンをかけて舳を回しはじめた。つづいていっせいにはじけるような回転音が交錯して海面をすべった。

風が出はじめていつか白い小さな波頭が立ちはじめた。無数の魚の死体はまるで天から撒かれたもののように限りなく舟の針路にひろがっていた。舟はそれをかき分け、おしのけるようにして進んでいった。朝のまぶしい光の中に、それは魚の模様を織り出した青いプリント布地のように見えた。

ふだんならこんな好餌をみのがすはずのない鷗の群も、なぜか今朝は一羽もその姿を見せていなかった。

遠州灘が駿河湾に移る境に伸びる半島の一角に、この朝おこった一つの事件が、やがて到来する悲惨な破局の最初の兆《きざ》しであることに気づいた者はむろん誰もいなかった。しかしこの朝、事件を見聞きした者の中に、もし一人でも未来を見通すことができる者があったら、その事の重大さにおそれおののいたことだろう。だが事実はおびただしい魚を浮べたまぶしい朝の海も、まもなく人々の頭からうすれ、誰もが思い出しもしなくなるのだった。

漁師の一人が持ち帰った死魚は土地の水産高校に送られて調査されたが、ただ何かのショックによるものとだけしかわからなかった。解剖しても内臓の破壊は認められなかったし、なんらの毒物も認められなかった。突然の水圧変化と考えるのがもっとも妥当かと思われたが、この朝、海洋気象台ではべつにそれらしい記録も得てはいなかった。

新聞の地方版の片すみに、わずか数行の記事がのせられたが、誰もそれに注意を払う者はいなかった。

ただ海は青く深く、何ごとかを秘めていた。

第三章

コバルト・ブルーの空に、そびえ立つ積乱雲がけわしい峯のようにそそり立っていた。砂浜が浜にはビーチ・パラソルが咲き乱れる花園のように原色の熱気を撒き散らしていた。砂浜が海岸道路に接するあたりにはよしず張りの休憩所が立ちならび、そのむこうの駐車場にならんだおびただしい車の列は、鏡のように陽光をきらめかせていた。スピーカーから流れ出るジャズはやたらに騒音を放って、その唄声すら判然としなかった。それらを押し包む人、人、人だった。立ったり坐ったり走ったり、ここ湘南の海水浴場は人と光の渦だった。

昼頃、その砂浜の一角に混乱がおきた。

そこは救難監視員の詰所だった。かけこんで来た男の顔は紙のように青ざめていた。

「友だちが見えなくなったんだ。沖で」

男は息も絶え絶えに喘《あえ》いだ。

「しっかりしろ!　泳いでいたのか」

「おれだけボートに乗っていたんだ。みんなは飛びこんで泳いでいた。ボートから五百メートルも離れていった。そして急に見えなくなったんだ。いそいでさがしたが見つからなかった」

「友だちは何人?」

「五人だ」

監視員たちはどやどやと立ち上った。一人は電話にとびついて警察を呼び出した。薬品箱やロープの束などがかつぎ出され、三隻のモーターボートは混雑する人々を縫ってすべっていった。波間にたわむれる人々のために、ボートはなかなかスピードをあげることができなかった。サイレンが高々と鳴りひびいた。

十分後、こんどは若い娘の一団が監視所に駆けこんできた。彼女たちの仲間の二、三人が、沖へ泳ぎ出るといってビーチ・パラソルの下から出ていったまま、もう二時間以上ももどらないと云うのだった。

さらに追いかけるように、中年の夫婦があたふたとあらわれた。彼らの息子たちが、沖へボートを出しているのだが、呼びもどしてくれとおろおろ声で告げた。

監視員たちは残っている人数をかり集めた。やがて一隻のボートが沖へ向っていった。

浜のスピーカーはジャズを中断して、人々にあまり沖へ出ないように、という注意をくりかえし放送しはじめた。しかし大部分の人々の耳にはそれはただ風のように素通りしてしまうだけだった。あまり沖へ出ないように、などという注意は、浜では人はあまりにも馴れっこになってしまっているのだった。

救護所はよしず張りの休憩所の立ちならんだ一角のはずれにあった。プレハブ造りのこの四角な建物は、混み合う夏の間だけでなく、シーズンオフにはこの浜を持つ地区の診療所としても、人々に親しまれてきた。

ふいにたくさんの足音が乱れて救護所の入口に人影があふれた。

「先生！　沖で溺死体を収容してきたんですが、それが妙なんです。見てください」

先頭に立った青年が血走った目で叫んだ。

「さあ、邪魔だからどいてどいて！」

警官が人垣を支えて声をふりしぼっていた。

その声を聞きながら裕三は脱ぎ棄ててあった白衣に腕を通しながらサンダルをひっかけ、診察室へ入った。

「あ、三川先生、沖で行方不明になったという届出があったので捜索していたのですが、網にかかった一体があったので運んできました。これがどうも様子がおかしいんです」

「どれ」

監視員たちは運んできたキャンバス包みを床に置いた。包みが開かれ、一個の物体がさらけ出された。三川は思わず息をのんだ。

ねじ曲った肢体はとうてい人間の体とは思えなかった。首も背も、手足の指までもが、奇妙な形に反《そ》り曲り、つるのようにねじおれゆがんでいた。そしてその体全体は不思議な薄紫と茶褐色のまだらに被われていた。

「どうしたんだ、これは！」

三川もこんな溺死体は始めてだった。溺死体というよりも、むしろこれは焼死体に近い様相だった。手を触れてみると、死体は完全に硬化しており、さらに力を加えると茶褐色に変色した部分の皮膚はずるずると崩れた。

「君！　これは溺死体ではない。だが、死因はいったい何だろう」

監視員の一人がふらふらと床に崩れおれた。

「いそいで県警を呼んでくれませんか！　それから家族を」

警官はうなずいて部屋のすみの電話にはしった。

その時、開け放された窓の下を通って入口に回ってくるおおぜいの足音と人声が入り乱れて聞えてきた。急にそれが一つに重なって入口からどやどやと人の群が入ってきた。

「なんだ？　どうしたんだ」

人々の間から、むしろで包んだ長い物が運びこまれ、布に横たえられた。包みを床に置いて目をあげた人々は、すでに床に置かれているねじ曲った一個の死体に、声をあげて飛びのいた。

「先生！　西の岬近くで流れているのを発見したんだ。それが、それが、ここにあるのと同じように……」

声がうわずってかすれた。

「よし、発見者一人を残して皆ここから出てくれたまえ」

三川の声に押されるように人々は出ていった。あとには警官と監視員だけが残った。三川は看護婦に手伝わせてむしろの包みをほどいた。

手足はもつれるようにそり返り、皮膚は薄紫と淡い赤、そして濃い褐色の縞を浮べていた。水着の残片が海草のように体のあちこちに貼りついていた。もり上った乳房から首、頭は薄く炭化し、頭髪が微細な糸くずのように附着し残っていた。

「先生! これが溺死でしょうか」

警官が三川の後から震える声でたずねた。

「さあ、くわしく調べてみないと何とも云えないが、溺死とは思えないなあ。以前に落雷による死体を見たことがあるが、こんな感じだった」

入口の外で泣き叫ぶ女の声が聞えていた。家族かもしれなかった。

「君、家族に見せたくない。今は。中へ入れないようにしてくれ」

三川は監視員の男に入口に立つように云った。

海岸道路をサイレンの音が近づいてきた。

ジープで駆けつけてきた県警の監察医も、ただ首をひねるばかりだった。この老練な中年の監察医も、こんな水死体ははじめてだということだった。死体はただちに隣接する市の市立病院で解剖することになった。

「三川さん。私はこれは溺死ではなくて、電撃による焼死ではないかと思うのだが、どうだろう」

監察医は煙草をくわえた。三川はライターの火をさしだしながら、

「実は私もそうじゃないか、と思っていたのです。あの手足の異常な屈曲は電撃による筋肉の興奮によるものでしょう。皮膚の変色といい、炭化といい、電撃と考えれば説明がつきそうです」

「だが、何による電撃だろう。今日は雷雨もなかったし」

二人は顔を見合わせて首をかしげた。

この日、この浜で水死した者は二十二名に達した。そのどれもが、異様な姿態を示し、変色、炭化をおこしていた。沖合遠く泳ぎ出た者たちであった。

市立病院は送られてきた死体のすべてを比較、検討した結果、いずれも、電撃によるショック死と断定した。しかしこの断定はさらに奇妙な謎を生んだ。何による電撃なのか?

医師たちは頭をひねり、県警は捜査を開始したものの、ただ海を前にして手のつけようもな

かった。

翌日は何事もなく過ぎた。しかしその次の日、この奇妙な水死事件――県警では一応、これを水死として取扱っていた――は爆発的に発生した。二十九人が行方不明となり、そのうちわずか三体のみが発見、収容された。

この奇妙な事件の発生はこの浜だけではなかった。三キロ東へ寄った海水浴場でも、また西へ岬を回った浜でも、同じような死亡者が出ていた。

だが、夏の日の水の事故には、人々はすっかり不感症になってしまっていた。事故を起した当人の不注意は声高く責められ、また人々は心中、おのれをいましめはしたが、その事故の原因を真に解きほぐすにはまだまだ時間を必要とするようであった。

第四章

海洋調査船《黒潮丸》は高々とホイッスルを鳴らして焼津《やいづ》港をあとにした。舷側を接して碇泊する漁船群の間を縫ってしだいに速度を早めていった。航跡が長く長く伸びる。港外燈浮標を左にかわすと、はや駿河湾のうねりが大きく船体をゆすぶりはじめた。

《黒潮丸》は今、太平洋沿岸の魚群調査におもむこうとしていた。このひと月ばかりの間に、日本の太平洋岸からイワシもマグロもアジも全く姿を消してしまった。理由はかいもく不明だった。それら魚群は西南日本の洋上はるか、黒潮の流れに沿って避けて通ってゆくものと思われた。そのこちら側、本土に沿った海域では、魚類は死滅したものか逃散《ちょうさん》したものか、小魚一匹、網にかからなかった。

すでに近海漁業は完全に麻痺していた。火の消えたような漁村には、うち棄てられた漁船がさびしく砂にまみれたまま海風にさらされていた。

漁村の人々の生活の灯《ともしび》は今消えようとしていた。その日ましに増大してゆく生活不安は、しだいに社会不安にまで拡大されてゆく危険をはらんでいた。陳情団は相ついで上京した。大学の研究室や水産試験場は日夜をあげてその総力をこの問題の解決に集中した。

海洋調査の一翼をになって《黒潮丸》は長期海流観測のために、その目的地点へ向って針路を定めた。千五百トンの純白の船体は濃紺の海原に美しく映えた。

《黒潮丸》の目指す海域は、南西諸島、石垣島、宮古島よりラサ島を通ってベヨネーズ列岩を結ぶ線の北側であった。はるかな北方を日本本土によってさえぎられるこの広大な四辺形の海域のどこかに、魚群をさえぎり、倒し、遠く逃げはしらせるある何かの原因がひそんでいるはずであった。

三日後、《黒潮丸》はラサ島東方四百キロの海上を東進していた。これまでのところ、どこにも異状は認められなかった。あけ方頃、はるか南方の水平線近く、白い波頭をかすめて群れ鳥のように飛ぶトビウオの群れを発見した。それは船の針路とほぼ平行に、やはり東方へ向っていた。あきらかに日本近海に近づくことを避けて、この海域の南を遠ざかってゆくものであると思われた。望遠鏡をのぞいていた人々は波の上にかすかな点となって消えてゆくトビウオの群れを奇異な思いで見つめていた。そのトビウオの群れは、まるで目に見えない恐ろしい敵から逃れようとするかのように必死に東へ向っていた。トビウオは敵などに襲われてはげしい危険を感じたとき以外には波の上に飛び出さないものだ。何かがあの水平線の下にいるのだ！トビウオに死の危険が迫るのを感知させた何かの原因があの遠い波の下にある。

「取舵いっぱい！　両舷前進強速《フル・アヘッド》」

《黒潮丸》の船体は大きく右舷に傾いて舳を左にふった。航跡が円弧を描いて白く泡立ち、マストが風を切って悲鳴をあげた。

その時、船橋にある電話がけたたましく鳴り出した。

パイロット・ランプが点滅する。

「なんだ？」

「船橋ですか、こちら機関室。エンジン故障、プラグの焼損らしい。目下調査中」

「こちら、レーダー室。整流機破壊、復旧は困難」

「こちら無電室、重大な事故が発生した。応援をたのむ」

声がおり重なって入り乱れた。

突然、電話機から目もくらむせん光がほとばしった。驚いてとびさがる人々の前で電話機は烈しい焔を噴き出した。消火器を手にするひまもなかった。電路パイプ、配電板、スイッチ・ボードなどがみるみる凄まじい焔の塊になった。

船体のあらゆる所から太い火柱がふき上り、やがて船体を被う火の海となった。甲板は紙のように焼け落ち、船腹はみるみる溶融して亀裂を開いた。天にとどく黒煙の中から破片が流星のように尾を曳いて周囲の海面に飛び散った。

《黒潮丸》はしだいにもとの形を失ない、波間に没していった。

あとには煮えたぎる大波紋と天も海も被いかくしてひろがる黒煙だけが残った。一隻のライフ・ボートも、一個の救命ブイも浮いていなかった。沈没の最後の瞬間に海に身を投じた人たちの姿も見えなかった。

――《黒潮丸》消息を絶つ――
――すでに百四十時間を経過。沈黙せる《黒潮丸》
――ふたたびくりかえされるか、第五海洋丸の悲劇――

新聞、ラジオ、テレビなどは消息を絶った《黒潮丸》の安否を気づかって緊張と憂慮にみちたニュースを流し続けた。

海上保安庁はもとより、水産庁、海洋気象台、海上自衛隊も密接な協力のもとに広範な海域にわたる捜索に懸命であった。

《黒潮丸》の行動海域に台風発生の兆候もなかった。第五海洋丸の悲劇の再来を思わせるような海底火山の活動も全く探知することができなかった。エンジン、あるいは舵機関係の故障による漂流かとも考えられたが、それでは百四十時間にもおよぶ通信杜絶が説明できなかった。海上自衛隊は遂に同海域近傍で訓練中のアメリカ第七艦隊に援助を要請した。空母キティ・ホークは護衛艦をともなって一路、台湾のキールンへ入った。しかし何の成果もあがらぬまま、むなしく日を重ねるのみであった。

その日、館山《たてやま》基地を発したP2V《ネプチューン》対潜哨戒機は、小笠原列島線を東から西へ大きく切って機首を九州大村基地へ向けた。

高度三百メートル。波また波の海面にくっきりと長大な翼の影を落してゆうゆうと飛び続けていった。レーダーの触手は波の上を這って微小な漂流物も的確にとらえて見逃さなかった。操縦室や各銃座からは幾つもの双眼鏡が、眇々たる視界のどこか一点にあらわれ出るかもしれない何かの手がかりを待って、じっといつまでも動かなかった。

「機長! 針路前方八度に漂流物らしきもの。距離七五〇〇」

レーダー手の奥村二尉が突然、叫んだ。

「なに? 漂流物、どれ」

機長の森田二佐が双眼鏡を手に前部爆撃手席へもぐりこんでいった。それを見ると、村上もカメラと双眼鏡をかかえて機長の後に従った。爆撃手席のある機首前部は広いガラス張りになっていた。村上はかぶりなれない飛行帽をかなぐり棄てると、幅広い機長の肩ごしにゆく手の海面に双眼鏡の目を注いだ。

眼下をかすめてゆく海面は急流のようだった。

紺碧の海面にゴミのように黒いものが点々と浮いていた。さらにその左方、帯のようにそこだけ黒ずんでのびているのはあきらかに油紋であった。

「難破船の残骸らしい。接近してみよう。左旋回」

哨戒機は左の翼端を波頭に触れんばかりに傾けて大きく旋回した。獲物をねらう大鷲のように風を切る。

「機長! あれは小型船の船橋構造物の一部らしい。焼損があるようだ」

中央偵察席の機内電話が皆の耳にびんびんと鳴った。

「機長。海流に沿ってさかのぼります。流速三ノット。風は西南微西。八メートル」

航空士席がデーターを告げた。

「基地ならびにこの海域周辺の全艦船に連絡、漂流物を収容させろ。船名確認だ」

通報は発せられた。

哨戒機はふたたび高度を二百メートルにとった。いったん姿勢をたてなおし、それからぐい、と機首をななめに落して波頭におおいかぶさるようにすべっていった。

村上は肩を肋材《ろくざい》に押しつけるようにして体を固定し、両手でカメラをかまえた。ファインダーの中で漂流物はぐんぐん大きくなってきた。

村上はカメラのシャッターを押しつづけた。

一瞬、海面の漂流物は後方へ飛び去った。

「機長！　船橋構造物側面に《黒潮丸》の文字があります」

「機長！　《黒潮丸》です」

偵察席からの声が重なった。

村上は白い歯を見せて笑った。機長が彼の笑いにけげんな目を向けた。

前方に幅広く油紋があらわれてきた。村上はそれにカメラを向けた。

P2Vは旋回を続けた。

大特種《スクープ》だった。完全に他の新聞社を抜くことができた。このまたとない機会に、村上は全身をうちこんだ。

うち続く不漁と、この夏の海水浴場での不思議な変死事件、そして《黒潮丸》の行方不明、と、村上はこれら事件の背後に一連のつながりがひそむことを確信していた。それははっきりとした形で他人に説明できるようなものではなかったが、彼の内部で、ある予感めいたものが恐ろしい疑惑の影を形造っていた。

《黒潮丸》の行方不明が報ぜられるや、彼は異状な熱意をもってデスクに迫り、海上自衛隊の捜索陣に加わった。この海域にこそ、彼の追い求める事件の核心がひそんでいるであろうことをいわば本能的に感知したのだった。それはかみそりのようにとぎすまされた新聞記者特有のカンとも云えた。

その彼の心底にあるものは、あの円通寺の奥まった一室で、おしん婆さんが口走ったひとことだった。いっさいの不条理を信じない彼が、ふと憑かれたように傾いていったのは、ひとつに特種に対する執念だった。

「すまないがもう一度旋回してくれませんか。もう一枚撮りたい」

彼は機内電話にしがみついた。

その時だった。突然、烈しい震動が機体を貫いた。エンジンの音がふっ、と止むと、排気管からもうもうと黒煙を噴きはじめた。

「エンジン故障！」

「機長！　レーダーがショートした」

「機体が帯電しているぞ！　エンジンを切れ」

「消火器！　消火器！」

絶叫が交錯した。機内に白煙が立ちこめた。機体はみるみる大きく傾いた。

「落ちつけ！　山崎は機内の発火場所を発見、炭酸ガスで消火しろ。木谷と田中は重量物投下用意！」

「機長、無電機が故障です。原因不明」

「奥村、救命艇格納位置に待機」

「機長！　本機に落雷したらしい」

「落雷？　外を見ろ、いい天気だ」

「いや、落雷としか思えない。この空域全体がおそろしく帯電している」

「そういえば雷雲につっこんだときとよく似ている。とにかく、全力で脱出しよう」

両方のエンジンの黒煙は間もなく止った。ぶすぶすと白煙を噴いていた機内電路も炭酸ガス消火器によって鎮火した。

機体は巧妙な操縦によって姿勢をとりもどし浅い角度で滑空にうつった。

「全員で重量物を投下するんだ。清水、燃料放出は可能か？」

「大丈夫と思います。ただ重量物投下は燃料放出が終ってからにしてください。金属が触れ合って火花が飛ぶと危険だから」

「ようし、燃料放出はじめ！」

長大な主翼の内部に収められた燃料タンクの栓がぬかれた。高揮発性の燃料はみるみる白い霧となって後方に長い尾を曳いた。

その間にも高度はぐんぐん下っていった。いくらかでも機体を軽くして波の上に浮いている時間を長くしようとする努力ももはや及ばなかった。燃料の白い尾を曳きながら哨戒機はゆっくりと波の上にその太い腹を接していった。高く白波があがり、機体は二度、三度バウンドしてやがて静かに浮いた。その機体の上に搭乗員たちはぞろぞろと這い上った。ゴム製の救命艇がふくらみはじめ、緊急食糧のパックや携帯電話機や信号銃などが積みこまれていった。村上はカメラからぬきとったフィルムを入れたビニールの袋をしっかりと握りしめてゴムボートに飛び移った。

周囲に風の音だけが湧き起った。

第五章

バスを降りた三川は軽い足どりでプラタナスの街路樹の影濃い住宅街の坂道をのぼっていった。時おり高級車がクロームの肌を光らせながら音もなくすべっていった。

坂の途中を左に入ると金網の垣根につるばらをからませた瀟洒な家が邦子の住いだった。低い鉄扉を押して入るとヒマラヤ杉の間から真紅の花が咲き乱れる庭がのぞまれた。

玄関のベルを押すと、家の奥から軽い足音が近づいてきて、開いた窓からふいに顔を出したのは邦子の妹の高校生の久子だった。

「あら！　三川さん、しばらく」

「やあ皆さん、元気ですか。ごぶさたしちゃって。邦子さん、どうしてますか？」

「お姉さん？　ね、三川さん。しっかりしなけりゃ駄目よ」

久子の目が急に大人っぽく機敏に表情を変えた。

「三川さん、まごまごしてるとお姉さんをとられちゃうわよ。いまのところ三川さん、全然、不利な態勢！」

「なんのことですか？　それ」

「のんびりしてるわねえ。なんですか、とは今頃なんですか」

「と云われてもさっぱりぼくには」

「三川さん。三川さんは今ぜったいの苦境に立たされてるのよ。ライバルは東国新聞、社会部記者、村上広治。どう、これでも驚かない」

三川の顔がふと曇った。

そのとき奥から邦子の母親が走り出て来た。

「まあまあ、三川さん。しばらく。さ、どうぞおあがりになって」

「ごぶさたしてました。ちょっと調べることがありましてね、急いで上京してきたんですが、ごあいさつだけでもしてゆこうと思ってまいりました」

久子が二人の間に身をのり出して云った。

「お母さん。今ね、三川さんにしっかりしなけりゃ駄目だって云ってたとこなの。お姉さんをとられちゃうわよね」

「久子！　なんです。子供のくせに。むこうへいってらっしゃい」

「お母さんて人前でもなんでもかまわないのね。すぐ、なんです、子供のくせにだって。へん！　だ」

久子はふくれてその場からいなくなった。

「三川さん。邦子は日立のほうへ行くってちょうどさっき出かけたところなんですのよ。帰ってきたら残念がりますわよ。ほんとの一足違いですもの。お電話でもくだされればよかったのに」

邦子の母親はこの娘のボーイフレンドに好意的であった。いかにも残念そうに眉をひそめた。

「そうですか、日立へ」

「なんですか五時半の急行に乗るとか云って急いで出てゆきましたのよ。卒論の資料のとてもよいのが見つかったんですって。お友だちから電話がきましてね。邦子はいませんけれどいいじゃございませんか。さ、おあがりになって、ご夕飯でも食べていらっしゃってください。そのうちにお父さんも帰ってくるでしょうから」

三川はためらった。

奥で電話のベルが鳴った。邦子の母親は、そちらをうかがい、三川を重ねてうながして自分が先に奥へ入っていった。三川は靴をぬぎかけた。その三川の鼻先に、久子がするりと立った。ショートパンツのむき出しの白い太腿が三川の目にまぶしかった。

奥で電話機に向っている母親の後姿にちろりと赤い舌を出して三川にささやいた。

「さっき、お母さんが云っていたお友だちっていうのが、実は東国新聞の村上クンなのよ」

三川はいきなり横面に打撃を喰ったように顔を上げた。

「お姉さん、今、何とかを調査するんだって夢中なのよ。卒論の材料なんですって。その村上クンていうのも、新聞記者としてその何とかっていうものを調べているんですって。それで意気投合しちゃったのね。村上クンとは恐山の巫女を調べに行った時、向うで知り合ったんですってさ。三川さん、巫女って知ってる？」

「巫女なんかどうでもいいが、その村上クンとかいう人は、邦子さんを日立くんだりまで連れ出すほど親しいのかい？」

久子は深刻そうな顔になって腕を組んだ。

「三川さん。お姉さんに会って直接話してみるべきだと思うなあ。事態はもはや楽観を許さない段階よ」

久子は小生意気なポーズをとって三川を見おろした。

「邦子さんはいつ頃帰ってくるの？」

「さあ、私存じませんわ。もしかしたら、もうお帰りにならないんじゃございませんかしら」

「馬鹿な！」

「こわい顔！　私をにらまなくたっていいじゃないの」

三川はいったんぬいだ靴をまたはいた。電話をかけ終った母親が奥から小走りに出てきた。

「すみません。ちょうど知り合いから電話がかかってくることになっておりましたものですから。あら、まだおあがりになっていないんですか。さあさあ、こちらへ、どうぞ」

三川の顔は暗く変っていた。

「いや、やっぱりぼくはここで失礼します。あがっていると長くなるし、まだこれから書類の整理もあるものですから」

邦子の母親はそれをただの遠慮ととったらしく懸命に引きとめにかかった。しかし三川には、久子の言葉がしこりのように重く心に沈んで、もはや邦子のいないこの家にのんびりとあがりこんでいることなどとうていできそうになかった。三川はひきとめる母親の手を強引にふりきった。邦子の母親はけげんそうに、しかし、仕方なさそうに玄関の外まで送って出た。

「邦子が帰りましたら、すぐ連絡いたさせますから」

「それではまた。失礼します」

三川は砂を嚙むように味気ない思いで玄関を離れた。久子が手を振っていたが、三川にはもうそれに応えるだけの気持ちのはずみもなかった。

さっきは足取りも軽く一気にのぼってきた石だたみの坂道が、今は限りなく奈落に続く苦しい道だった。三川は自分がひどくみすぼらしいみじめな姿に思えた。たまらない自己嫌悪がつなみのようにおそってきた。

夕方から日立へ出かければ、当然むこうで一泊しなければならない——そのことが、三川の心を鉄わくのようにしめあげ、不必要な空想にまでふくれあがって三川はひとりあえいだ。

十七時二八分常磐線回り盛岡行急行『なんぶ』あ、これだ！　三川は時刻表の前を離れ、雑踏する階段をかけ上った。ホームにはベージュとエンジの二色に塗り分けられた美しいジーゼルカーの車体が蛍光灯に映えていた。三川は憑かれたような目つきでその窓から窓へと進んでいった。

三川の心を重く押しつぶしていた絶望が、しだいに烈しいたかぶりに変ったのは、三川がふと久子の言葉を思い出したからだった。

そうだ、会うだけ会って話してみよう。それには今ならまだ間にあう。五時半の列車だと云ったっけ。——会って話してみたとて、どうなるものでもないことは三川にもよくわかっていたのだが、それによって邦子の顔をみることができるという無意識な喜びが、彼を衝動的に上野駅へ向けさせたのだった。

発車まであと二分。三川は明るいホームをほとんど走るように車から車へとたずねていった。

「あら！　三川さん」

ふいに、すきとおった明るい声が三川の背後から流れてきた。三川は一瞬、体を硬くして全身でふりかえった。

邦子がこぼれるような笑顔で近づいてきた。純白のワンピースがひどく印象的だった。

「どちらへいらっしゃるの？　この列車にお乗りになるんですか」

邦子はこれも白い小さなスーツケースをさげていた。

「さっきあなたの家へお邪魔したんですよ。そうしたら、今、でかけていったところだというんで、追っかけてきたんですよ」

邦子はすまなさそうに形のよい眉を翳らせた。

「私、卒業論文の資料を集めるのにふうふう云ってますの。そしたら、今日、知っているかたから茨城県の日立の郊外にとてもめずらしい資料があるから調べに行ってみてはどうか、というお電話をいただいたんです。それで急にこれからそこへ行こうと思うんです。あ、こちらがその……」

邦子はわずかに身をひいて、邦子のかたわらの長身の青年を指し示した。三川はそれまでその青年の存在に気づいていなかった。邦子の言葉は三川をさあっとまっこうから立ち割った。

「東国新聞の村上さんです。お電話をくださって、そのうえ私といっしょに行ってくださるんです。村上さん、こちら三川さん。お医者さんですのよ」

村上はぐいと上半身を突き出すように三川に会釈した。眉の迫った精悍な顔が微笑んだ。

「私がシリーズで扱っているネタが、ちょうど邦子さんが集めていらっしゃるという資料とぶつかりましてね。お誘いしてみました」

三川は村上の卒直な態度に、一瞬、出おくれた気もちの無残な崩れをかろうじて支えてさりげなく笑った。

「三川です。たいへんですね。ま、邦子さんはこれで相当な我まま娘ですから、噛みつかれないように気をつけてください」

邦子とのつきあいの古さを示すつもりで、三川はおうように笑ったが、

「まあ、せいぜいこらしめてやりますよ」

村上の自信ありげな言葉のひびきがはねかえってきた。そう云って邦子の顔にあてる村上の視線のたくましさと不敵さに、三川の心はまっ黒に硬ばった。

「邦子さん、ちょっとこちらへ来てください」

三川は声の震えをおしかくした。邦子はふと、けげんな顔をしたが、村上に一言、二言ささやくと、三川の後に従った。村上は顔をそむけてデッキに近づいていった。

「なあに？　三川さん」

邦子はわずかに白い顔をかたむけて三川の言葉を待った。

「邦子さん。お母さんに聞いて急いでかけつけてきたんだが、あの男、信用できるんですか？」

「村上さん？　とてもいい人よ。この間、やはり卒論のための調査は、下北半島の恐山へ行ったんですけど、そこで……」

「ええ、それは聞きました。だけど、ぼくもこんなことを云いたくないんだが、これから日

立へ行くとなると、むこうで一泊するわけでしょう。いかんなあ」

「だってしかたないじゃないの。日帰りができないもの」

「それにしても、男の奴なんかと旅行して、しかも……」

三川の言葉はせっぱつまったようにだんだん乱暴になってきた。

「あら、三川さん、へんに気を回さないで！　だいいち村上さんに失礼じゃありませんか。そんなふうに考えては。三川さんらしくもないわ」

邦子の顔にうっすらと怒りの色が浮んだ。

「いや、邦子さん！　ぼくは理由もなしに君にこんなことを云っているんじゃない。君も気をつけなくちゃ。村上とか云ったな、あの男の君を見る目つきにはただの好意だけじゃない。何か、こう、ひどく強引な薄汚いものがあるよ。やめたまえ！　行くの」

邦子は目を丸くして三川のけわしい顔をみつめた。邦子の知っている温厚な三川からはこれまで想像もつかなかったような粘液質の悪意が、邦子を透して村上にむけられているのを知った。

邦子は思わず身をひいて云うべき言葉をさがした。何か思いきってひどい言葉をあびせてやりたいと思ったが、邦子は適当な言葉を知らなかった。

その時、発車のベルが鳴りひびいた。ホームはにわかに騒然となった。

「君、それは卒論の資料は大事だろうけれど、君は……」

三川はせきこむように言葉を切った。絶望が心にも肌にも急速にひろがってくるのをどうしようもなかった。

「君、話なら邦子さんが帰ってからにしたらどうですか？　もう発車するが」

「村上さん！　今、行きます」

「まて！　邦子さん」

「帰ったらまたお会いしましょう」

邦子はひらりとデッキに入った。その邦子の体をデッキの村上が、がっしりと支えた。

「三川君、ぼくは薄汚なくもないし、特別な目つきをしているとも思ってないがね。邦子さんは大丈夫、無事におかえしするよ。それじゃ、また」

村上の声も、しだいに速度を早めて三川の立っているホームをすべっていった。

光の帯のようにたくさんの窓の灯が走り過ぎ、最後に尾燈《テール・ランプ》が真紅の目のように飛び去っていった。

三川は蒼ざめた苦笑いを洩らした。その頃になって惨憺たる悔恨が三川の胸にふきあがってきた。

彼の怒りに言葉もなくただ見つめていた邦子の、ぼう然とした顔が、三川には無垢な幼児のように思えた。まるで十代の少年のような衝動的な行為が、明るい照明の下で顔をあげられないほどこたえていた。

第六章

遠く金華山沖はるかに出漁していた青森県の漁船団が思いがけなく魚を満載して東京港に入ってきた。

火の消えたようだった築地の魚市場はたちまち戦場のような騒ぎになった。船団からの連絡によって、それまで閉鎖されていた構内設備は深夜から準備を整えて荷揚開始を待つばかりになっていたが、報を聞いて集ってきたおびただしい数のトラックやオート三輪は魚市場の内外にひしめき、なんとか魚を手に入れようとする業者たちで興奮のるつぼと化した。

荷を積んだ車は警笛を鳴らしづめに鳴らして人混みをかき分けるように徐行して続いた。

荷箱を山のように積んだオート三輪がゆっくりとすべり出してきた。その左側から、これも荷箱を積み重ねた大型トラックが通路いっぱいにバックしてきた。視界はせまく、必死に合図する声も運転手たちの耳には届かなかった。トラックは後尾からオート三輪にのしかかっていった。荷箱は山崩れのようにコンクリートの床に散乱した。魚や氷塊はキラキラ輝きながら飛び散った。二台の車はがっしりと嚙み合ったままその上をすべっていった。

それから数時間後、魚市場の内部はようやくいつもの午後にみる閑散と静寂をとりもどした。がらんとした構内には空箱やゴムホースやばけつなどが置き忘れられたようにならべられているだけであった。朝の戦場のような騒ぎの痕跡はどこにもなかった。

高い屋根を支える鉄柱のむこうに、暗色の海の一部が掘割のように見えていた。

その構内を一人の青年が横切っていった。事務所の仕事も、不漁の続くこの頃では、ほとんど休業といってよかった。今も、ちょうど入港している漁船に同郷の者を訪れてみようと思ったのだ。

彼はふと、足を止めた。廃品投棄用のマンホールのかたわらに、堆く積まれたままの魚の山を見たからであった。それは今日の水揚げの荷の中から出た廃品であった。あまり損傷のひどい品物は売物にはならない。それらはひとまとめにして特殊な業者の手にわたるのであった。

「今日は荷受けの車が来なかったんだな」

青年はつぶやいて顔をしかめた。魚はいたみが早い。長く放置しておくと臭気がひどくなってたちまち保健所から灸をすえられるのだった。

「電話をかけてさいそくしてやらなけりゃ」

青年はつぶやいてそこを離れようとした。

「なんだろう？　あの魚は」

歩み去ろうとした彼の目をとらえたものは、堆い廃品に混った一匹の大きな魚であった。一メートル半はあろうか。全身輝くような青緑色であり、中央部から後半身へかけて白い星のように斑紋が散っていた。その部分の皮膚は厚く、筋肉組織の発達がうかがわれた。これまで、ただの一度もこんな魚は見たことがなかった。

彼は体をかがめてのぞきこんだ。

胴体の側面が裂けて、そこから大きな内臓の一部がのぞいていた。それは淡紅色をおびて気泡のようにふくらんでいた。

「これはなんだろう。魚の内臓にこんな物はないが?」

彼は靴の先で魚の体を押しやった。ずるりとすべり落ちた巨体の裂目から、もう一つ同じような物がふくらみ出てきて、これはたちまちしぼんで垂れ下った。

「肺じゃないだろうか?」

まさか! 自分の疑念を自分でうち払って、彼はさらに視線を魚体の上に這わせた。

大きな頭部のほぼ頂部が横に裂けて、そこから白い軟らかなものがのぞいていた。彼は落ちていた棒切れをひろうと、その部分の裂目をぐいぐいとこじあけた。薄い半透明な膜に包まれた大きな脳が現れてきた。

もはや疑う余地はなかった。最初に彼の目をとらえた時の、あの異様な何かは、やはりこの魚の持つ奇妙な形態にもとづくものだったのだ。

ある非常にいまわしいものがこの魚にはふくまれているような気がした。おそろしい何かの変化の形態がここにはあった。

彼は事務所へかけもどった。

水産大学の魚類学研究室は異様な興奮に包まれていた。魚市場から持ちこまれた一匹の魚は、これまでの魚類に関する知識を大幅に改変させるようなさまざまのきわ立った特性を示していた。

――ふつうのえらのほかに二個の完全な肺を持っていた。その能力はほとんど両棲類のものと同じだろうと思われた。発達した大脳。哺乳類のものに酷似した肝臓やじん臓。これらはあきらかに哺乳類のものと同等なはたらきを示すものとみられた。

しかし、その体全体の形態、筋肉配置は魚類としてもっとも完成されたものであった。

もっとも驚いたことには、背から後半身にかけて非常に発達した複雑な発電組織を持っていることであった。

そして、その胸びれは、陸上動物の前肢としての機能を示すようになる変化の発達過程をあらわしていた。

これは全く新らしい未知の動物であった。魚類から両棲類、爬虫類をとび越えて、いっきょに哺乳類への爆発的進化の途上にある畸形的産物といえた。

調査が進展するにつれて、これは幼魚ではあるまいか、という疑念が濃くなってきた。脊椎骨、顎骨などあきらかに幼魚としての特性が認められたのだ。

と、すると、親がいるのだ！

どこに？

幼魚でさえ一メートル半もあるのだ。成魚だったら、どのくらいの大きさなのだろうか？

魚体をとり囲んだ人々は黙って顔を見合わせた。不気味な沈黙はすき間風のように、人々の心を吹きぬけていった。

うち続く太平洋岸の魚群全滅事件、今夏頻発した海水浴場での溺死事件。さらには《黒潮丸》の遭難と、その捜索にあたった哨戒機の不時着事故、それら一連のできごとが、この奇妙な魚類の存在とどこかで結びついているのではないだろうか？——それは今や確信となって皆の胸にふくれあがってきた。

これまでたがいに何の関係もないと思われてきた幾つかの事件が、ゆっくりと一本の糸の上につながりはじめた。そしてそこから、もうろうと何かとほうもなく巨大な、おそろしいものの姿が形をなしてきつつあった。

それから一週間後、《綜合対策調査委員会》が九月も終りに近いある夜、あわただしい雰囲気のうちに、その第一回目の会合が日比谷の『漁業クラブ』で開かれた。

その広壮な大会議場の煌々《こうこう》たる照明の下にならんだのは、調査委員会のリーダーとして、世界的魚類学者、稲富伊三郎博士。筋肉生理学の権威、西方秀夫博士。海洋学の新田良夫博士をはじめとする数名の学界の最高頭脳団。そして運輸省の船舶事故調査官として幾多の遭難事件を扱ってきた斉藤好郎技官。航空自衛隊の航空救難隊司令の山本忠夫二佐。広範囲な災害救助対策研究家として知られた建設省の田中文吉技官等、異色ある顔ぶれがそろっていた。そしてその末席に三川裕三と村上広治が上体をこわばらせてつらなっていた。

三川は、溺死事件について最初から貴重な資料を集め、また彼自身が神経に対する電流刺激の研究者であるところから西方博士のすいせんでオブザーバーとして委員会附を命ぜられたのだった。また村上は特異な経路から、こんにちの事態を予測し得たごく少数の人々のあることを知ってその追及、調査にかかっているという理由で、やはり委員会特別調査部門の一人として招かれたのだった。

二人はたがいに気まずそうに視線の合うのを避けつづけていた。あの、上野駅での出会いが、二人の胸にまだうっ積したしこりを残していた。しかし、こうしてこの委員会の席に肩をならべてみると、しだいに相手の力量がいやおうなしに認識されてくるのだった。強敵を目の前にしたおそれと不安が、やがて相手に対する尊敬の念に変っているのはどうしようもなかった。

第七章

台風が近いのか、風が強くなってきた。窓から見える夜ふけの海は暗く、白い波頭が牙のようにおどっていた。煙草の煙ははげしく乱れて窓の外へ吹きちぎれてゆく。三川は一本の煙草を長いことかかって吸った。

東京からいったんもどった三川は、資料を整理してふたたび、明日の朝早く、診療所を離れなければならなかった。

思いがけなかった村上との出会い。しかも協力し合わなければならないはめになった人間関係の皮肉さ。邦子をめぐる村上との争いの困難さ。そして、あの奇妙な魚の登場によって急転回をみせはじめた多くの事件。三川はようやくよどんできた泥のような疲労に、深い息を吐いた。もう午前一時になろうとしていた。

短かくなった煙草を灰皿に押しつぶし、窓を閉めようとして、暗い夜の海に、ちら、と邦子の白い笑顔を想い浮べたが、彼は頭をふって、それを無理にむこうへ押しやった。

突然、廊下の奥でたまぎる悲鳴がはしった。三川は眉根を寄せてドアを押し開いた。あわい電燈の光の下で、看護婦の礼子が痴呆のように窓にしがみついていた。

「どうした?」

三川はその礼子のかたわらに立って、彼女が顔を向けている暗い窓外に目を向けた。暗い闇のむこうに真青に光る海が見えた。

うち寄せる波は百千の火花を散らした。

三川は看護婦の体を押しのけ、窓から体をのり出した。

真青な海から、何かおそろしく巨大なものが姿を現わしはじめた。浜に引きあげてあった漁船が、荷雷にあったように一瞬、火柱を噴いて燃え上った。

浜一帯の空気が青く光りはじめた。三川の頭髪は小さな火花を散らしてちりちりとさか立った。

三川は部屋へかけもどると、整理しておいたカルテや、ノートを手早くスーツケースにつめこむとそれをかかえて廊下へ出た。

遠く近く、人々の悲鳴や絶叫が嵐のように聞えていた。

電燈が消えた。電球は火花を発してこなごなにくだけ散った。家のこわれる音と地響きがしだいにはっきりと聞えてきた。窓から暗い空にはためく紅い光が見えた。火災がおきたらしかった。その赤い光の中に、廊下から庭へ走り出してゆく看護婦の礼子の後姿が影画のように浮き出して見えた。

三川は診療室から手術用の大きなゴム布を持ち出した。廊下から庭へおり、木立の間へうずくまった。

ひどく生臭い匂いが、むっと顔を包んだ。三川はゴム布を頭からかぶって大地にしがみついた。診療所の建物がめりめりと崩れはじめ、大きな大きな頭が暗い中空にあらわれてきた。

三川が気づいた時、最初に目を射たのは、つねに変らない明るい朝の光だった。無意識に身を起しかけて三川はひどい目まいと頭痛にふたたび意識がかすれかかった。

「しっかりしろ！　もう少し横になっていたほうがいい。手当はすんでる。なあに、軽い電撃を受けたらしいんだ。ゆうべ」

聞き覚えのある声が頭の上からふってきた。それで急速に意識がよみがえった。見ると三川の上半身を支えるように抱いている村上の顔があった。

「やあ、君は」

「とうとう奴め、ここを襲った。見ろ！　あのとおりだ」

村上の声につられて、まだ痛む首を回して見ると、崩れ落ちた診療所の残骸のむこうに、一面の真黒な焼跡と、おびただしい材木の破片を浮べた黄褐色の海が見えた。煙が低く波の上を這っていた。その上を何機ものヘリコプターがあわただしく旋回していた。

「ここが襲われているという情報が新聞社のほうに入ったので、すぐヘリコプターで飛んできたんだが、ぼくが来た時はまだ一面の火と煙で、地上の様子もよくわからないほどだった。ようやく着陸してずいぶん君を探したんだが、わからなかったよ。あんな所でゴム布をかぶってねていようとは思わなかったもんでね。でも、無事でよかった」

村上の顔は灰とすすで見るかげもなく汚れ、上衣もズボンもずたずたに裂けていた。

その汚れたたくましい手を、三川は黙って握りしめた。

その夜にはじまって、被害はしだいに相模湾から九十九里浜の海岸線一帯にひろがりはじめた。城が島、三崎、江の島、馬入川口から反転して、館山、銚子を襲い、犬吠埼の燈台を破壊した。その他、海岸附近の部落、町、小漁港などでは満足な家は一軒も残らないほどの破壊を受けた。山林は燃え、畑は焼土と化し、その煙は積乱雲のように高く高く天にひろがって太平洋上はるかからものぞまれた。夜ともなると、その夜空を焦す火光は、東京からも、関東の奥地からでもはっきりと見ることができた。

目撃者の話を綜合すると、海中からあらわれてくる怪魚の放電力はおそろしい力をもち、電撃を受けた鉄橋でも船舶でも一瞬のうちに焔の塊となって鎔け落ちてしまうということであった。その体の大きさは、魚市場で発見されたものの約百倍におよんでいた。

おそらくこれが成体であろうと思われた。その幼魚の一匹が三陸沖で網にかかったのだ。怪魚は、誰云うともなく《マグラ》と呼ばれた。

今はこの怪物に、東京湾の奥深くにまで入られないようにするのがせいいっぱいだった。臨時国会があわただしく召集され、東京、横浜、千葉を結んで戒厳令がしかれた。東京湾口に幅広く機雷原が設けられ、海上自衛隊の精鋭はその内外に警戒線《ピケット・ライン》を張った。対潜哨戒機は、海鳥の群のように洋上低く哨戒網を張りめぐらせた。関東、信越地区の陸上自衛隊もその全力をもって移動を開始した。地対地ミサイル、大口径砲、大型戦車はすべての道路の優先交通が認められた。

さらに近県からおびただしい数の消防自動車、救急車、レッカー、ブルドーザーなどが動員された。京浜地区の住民の強制疎開がはじまり、また、食糧、医薬品、建築資材をはじめとするあらゆる物資が、東京の西の郊外に集積された。

京浜、京葉工業地帯から、重要な機材は一時、取外されてこれも関東奥地へと移された。

人々の上に不安と焦燥の影はしだいに濃くなっていった。

海上交通は完全に遮断された。

その間にも《マグラ》は大島へ上陸して岡田港を全滅させ、ついで長駆、釜石《かまいし》港を襲った。ふいを襲われた釜石の被害は大きく、市民の半分が火と煙の中で倒れ、約三分の一が行方不明となった。その行方不明となった者は、おそらく《マグラ》に食われたものであろうと思われた。その頃から、《マグラ》は逃げまどう地上の人間を食うことを覚えたらしかった。

最初、都市の灯に幻惑されて上陸してくるのであろうと考えられていたが、それが陸上で食物を求めるための上陸へと変ってくるに及んで問題はいよいよ破滅的な深刻さを加えてきたのであった。

伊豆諸島海域から駿河湾、福島県海岸へかけての広大な扇形海域はつねに強力に帯電していた。この海域に不用意に接近したアメリカ巡洋艦は、たちまち弾薬庫の爆発をおこしてわずか数秒で海面から姿を消した。

第八章

《コチラ哨戒機一九一号。城ガ島沖北東七浬ヲ東京湾口ニ向ウ大目標アリ。附近海空域ハ強度ニ帯電シテイル。天候晴。雲量三。月齢十六。風速南十メートル。コチラ哨戒機一九一号。城ガ島沖北東七浬ヲ東京湾口ニ向ウ大目標アリ――》

ひどい空電の中から哨戒機は急を告げていた。その空電のため、レーダーもほとんど用をなさず、洋上遠く張られた警戒網も、ついにこの巨大な目標の接近を許してしまったものとみえた。

艦隊は錨鎖を断ち切って先を争って泊地を出た。夜目にも真白な航跡が乱れた。

早くもつるべうちの砲声が三浦半島の山々にこだました。数十本の魚雷が、扇を開いたように波間を突進していった。艦隊は舷側をぶつけ合うような急激な運動をくりかえしながら突撃を開始した。

そのとき、海も、空も、紫色の閃光に切り裂かれた。海は焔の渦のように輝いた。灼熱した鉄片が流星のように飛び散り、艦橋が、砲塔が、マストが紙のようにちぎれて燃え鎔けた。勇敢に低空から爆撃針路に入ってきた攻撃機の編隊は爆煙に包まれて吹飛んだ。搭載していた爆弾が誘爆したのだった。

《全速デ離脱セヨ。各艦情況知ラセ。全速デ離脱セヨ》

犠牲の増大を憂えた司令部が必死に艦隊を呼んでいた。

だが火と煙と、そして間断なくはためく紫色の閃光だけがすべてだった。


市街も、海も、タンカーも、岩壁も、見わたすかぎり火に包まれていた。紫色の大閃光が天地を染めるたびに、新たな焔の渦が立ち昇るのだった。消防車も、救急車も戦車も、トラックも、あらゆる物は凄まじい焔をあげて燃えていた。

《マグラ》の通った跡は、燃える市街は圧しつぶされて火も消えた。見わたすかぎりの焔の平原の中に、そこだけ暗い運河のように見えていた。

第九章

その後、《マグラ》は全く消息を絶ってしまった。哨戒機は黒潮の流れに沿って遥かな南方海域にまでその捜索線を伸ばしたが、その所在は杳《よう》としてつかめなかった。一部にあるいはこのまま赤道を越えて遠く去ったのではないかという希望的観測も生れてきた。

京浜工業地帯の広大な焼跡もしだいに整理されて早くも復興の活気が動きはじめてきた。人も物も大きく動きはじめた。

もう来ないのだろう。もう二度と現れないのだろう。そんなちまたの声が、かなり確信めいて語られていった。

もう秋も半ばだった。


調査委員会のリーダーである稲富博士は、ふたたび、それもかなり近いうちに《マグラ》が本土を襲いはじめるであろうことを確信していた。

博士は、《マグラ》の行動圏がほとんど東日本の沿岸部に限られていることから、その発生場所を関東、あるいは三陸南方の海域ではないか、と見ていた。そして博士が深く憂えているのは、《マグラ》がかなり強い帰巣性と生活圏に対する防御本能を持っているということだった。その生活圏に対する防御本能が、あの強力な放電組織と結びつき、《マグラ》の生活海域への他の動物の侵入を許さない兇暴さとなって現れているのだとの解釈をくだした。

博士は調査委員会の名をもって、なお厳重な監視と警戒を続けるように警告した。

その頃、裏日本のある大工場で、三川の発想になる強力な音響発振器を多量に製造していた。

また、名古屋の航空機会社では、非伝導性の強化プラスチックと合板で造られた大型グライダーが組立列線にならんでいた。

そして、青森県の大湊湾の奥深く、海上自衛隊の原子力潜水艦『はやしお』が、灰色の巨体を静かな海面に浮べていた。

第十章

「緊急！　緊急！　マグラ、伊豆列島線ニ沿ッテ北上中。伊豆列島線ニ沿ッテ北上中」

「相模湾、東京湾、九十九里浜方面沿岸地区ハ厳重ナ警戒ヲ要ス」

非常警報のサイレンは高く低く鳴り続けた。沿岸の住民たちの避難がはじまった。東京では海沿いの地区から山手へ、人や車がえんえんと続いた。それとは入れ違いに、緑色の戦闘服とヘルメットに身をかためた兵員を満載した陸上自衛隊のトラックが地響きをたてて沿岸地区へ急行した。ガスは止められ、電気も交通関係と病院への配電を除いてすべてストップした。化学消火剤を山のように積んだトラックがあちこちに待機していた。

一時間後、東海道線をはじめ、海岸に沿ったすべての鉄道は緊急業務を除いてすべて運行を停止した。

この頃、急報を受けて大湊湾を抜錨、津軽海峡を通って太平洋へ出ていた原子力潜水艦『はやしお』は、四十ノットの高速で、一路、三陸沖を通過、予想戦場海域へ入った。


村上はカメラを肩に、小型セスナ機の後部座席にもぐりこんだ。東国新聞のマークも鮮やかなセスナ機は爆音も軽やかに多摩川べりの空港を飛び立った。上空から、人間対《マグラ》の死闘をレンズに収めようというのだった。

危険を犯して特種を追う新聞記者の火のような烈しさが、村上の五体を占めていた。


《マグラ》はいよいよまっすぐに、東京を襲うものと判断された。

海上自衛隊の海上兵力は、京浜、京葉工業地帯の沖合に縦陣を作って待機していた。

外郭防衛線は全く新らしい戦法をもって《マグラ》をむかえ撃とうとしていた。

暮色がふかぶかと太平洋の荒波をおおう頃、城が島のレーダーは、大島のはるか西方を高速で移動する大きな目標をとらえた。

ついでそれから五分後、高度一万五千メートルで哨戒中の偵察機は、海面下を高速で東京湾口へ向う《マグラ》を発見した。

「攻撃開始！」

飛電は全軍に飛んだ。

星のない暗い夜がきた。

十八機の大型グライダーは魔鳥のような翼を張って、音もなく《マグラ》の頭上に迫った。

先頭の一機の胴体の下から、黒い小さな物体がばらばらとほうり出された。白いパラシュートが無数のクラゲのように開いて、そのまま海面へ沈んでいった。小さな水煙をあげてつぎつぎと波間に消えてゆく。

二番機がその後を追って、さらにその前方にパラシュートの群を吐き出した。他のグライダーは一団になって、なお旋回を続けた。

突然、海面が小山のように隆起した。つなみのように海水は白く泡立って霧のようにしぶきを散らした。

巨大な頭が、湧き立つ海面を破って高く高く躍り出た。思わず耳をおおうような叫び声が海面にとどろいた。

つぎの瞬間、暗い夜空も、ゆれ動く海面も、紫色の閃光に切り裂かれて灼熱した。それは目にもとまらず縦横に走った。

新らしいパラシュートの群がさらに開いた。

《マグラ》は、周囲から響いてくる異様な音響に、全身の筋肉を緊張させて突進に突進をくりかえした。神経を強烈に刺激するその音は、今や《マグラ》を押し包んで周囲から湧き起っていた。それは恐るべき敵の存在を示していた。一個所を沈黙させれば、もうすでに別な新らしい敵が後方に迫っていた。反転してこれにむかえば、敵は突如として頭上から押しかぶさってきた。


「RuRuRuRuRRR……」

「HYuHYuHYu　HyHyHy……」

「P…n―――n」


《マグラ》は怒りに全身を震わせながら、凄まじい攻撃に攻撃をくりかえした。


海も空もただ紫色だった。空中には数千の電光が走り狂い、水は煮えたぎって、さかまく波は暗い天までとどくばかりだった。

グライダーの編隊は《マグラ》の動きを的確にとらえて、音響発振器の網を張っていった。

《マグラ》の強烈な電撃も、非伝導性の物質で造られ、燃料も積んでいないグライダーでは何の危険もなかった。目くらむ電光の中を、グライダー群は純白に輝きながらゆっくりと旋回を続けた。

音響発振器がまた大きな輪を描いて《マグラ》を包んだ。

音響発振器――これこそ三川の苦心の産物であると云えた。魚類のもっとも嫌う音波を探り出し、また、かつて築地の魚市場で発見された《マグラ》の幼魚の大脳や神経を調べて、もっともそれに強い興奮を起させる波長の振動を発見して、その音波を機械的に発振させるようにしたものであった。

それを《マグラ》の周囲にばら撒くと、《マグラ》の神経はこの音波に異状な刺激を受け、興奮して猛烈な電撃をくりかえすのだ。

いたずらに強烈な放電をくりかえした《マグラ》は電力を消耗して、ただの巨大な魚になってしまう。その《マグラ》がまだ体力を回復しないうちに、とどめをさそうという三川の作戦であった。

それは、南米のアマゾン川の流域地方に住む人々は、この大河をわたるさいには電気ウナギの襲撃を恐れて先ず、もう役に立たなくなった馬や牛を川に追いこみ、それに向って放電をくりかえした電気ウナギが疲労して電力を消耗するのを待って川をわたる、という話をヒントにして得たものであった。

ようやく《マグラ》は疲れてきた。皮膚の下の強靭な発電組織の毛細血管は破れて、いたる所に内出血を起していた。

電光もしだいにおとろえていった。

《マグラ》は今は暗黒の波の下を、弾丸のように脱出に移った。

その鼻先へ、発振器は砂利を撒いたように降ってきた。

《マグラ》は急反転してそれを避けながら、残った力をふりしぼって電撃を加えた。弱々しい光が海面を照した。

「《マグラ》犬吠岬東方海面へ離脱中。《マグラ》犬吠埼東方海面へ離脱中」

「発振器ニヨル攻撃ハ成功セリ。発振器ニヨル攻撃ハ成功セリ」

原子力潜水艦『はやしお』は御蔵《みくら》島の暗い波間をすべり出した。

《マグラ》との接触位置は大島西方の海域であった。水中速力四十ノット。待つほどもなくやがてそのレーダーに遠く巨大な影が映りはじめた。

「魚雷戦用意」

艦長の命令がインターフォンに響きわたった。『はやしお』は《マグラ》の側方から急速に接近していった。

「発射！」

六本の魚雷は《マグラ》めがけて突進した。一瞬、残る力をふりしぼって《マグラ》はこの迫る魚雷群に電撃を加えた。六本の魚雷はひとたまりもなく誘爆した。その衝撃で『はやしお』はぐらぐらとゆれた。

「続けて発射！」

ふたたび六本の魚雷がその針路に散っていった。《マグラ》の周囲の海水が淡く光った。猛烈な震動音がびりびりと『はやしお』の巨大な艦体を震わせた。

「命中！　やったぞ」

思わず全員の口から喜びの叫びが洩れた。

「艦長！　《マグラ》ハコチラニ向ッテクル。距離一〇〇〇」

「ちくしょう！　取かじいっぱい、急げ！」

『はやしお』は急速に左へ回りこんだ。

「駄目だ！　艦長」

レーダー室からの絶叫が消えないうちに、
ゴオ――

山が崩れるようなおそろしい衝撃が『はやしお』を貫いた。

艦内の照明が今にも消えんばかりにかぼそく明滅した。衝撃が去ってゆくと、

「原子炉室、異状無し」

「機関室、異状無し」

「潜舵、横舵、異状無し」

「兵員室、異状無し」

健在を告げる報告がはずんだ。巨大な《マグラ》とのすさまじい衝突にも『はやしお』の艦体はリベット一つゆるんでいなかった。

「艦長！　魚雷五発誘爆、一発命中。おそらく致命傷、あるいは相当の重傷と思います。本艦と激突後、運動力を失ない、多量の血液を曳きながら、大島東北方深部に沈下しました」

レーダー室は一瞬の絶望的混乱の中で果した沈着な追跡観測の結果を報じていた。

「よし、調査委員会あてにただちに報告してくれ。特に音響発振器による惑乱戦術は大成功だったということをつけ加えておけ」

『はやしお』は海面に浮上した。

おりから、東の水平線に姿を現した月が青い光を海上に投げた。その月光を受けて、十八機のグライダーの編隊が、怪鳥のように輝きながら遠ざかっていった。

海面はもう何事もなく、茫々たる金波、銀波が幻のようにひろがっているばかりだった。

ようやく戦いは終った。東京も横浜も、海沿いの小都市も村も、焼跡の整理にたいへんだった。見わたすかぎりの焼野原、瓦《が》れきの原には、救急車やダンプカー、レッカーなどが、所せましと停車し、右往左往する人々は足の踏み場もなかった。救援の物資を配給するトラックの周りでは、もう子供たちがはしゃいでいた。

焼け跡の石壁に貼られた新聞の片すみに、行方不明になった新聞記者の記事が小さく載っていたが、それを注意して読む者など誰もいなかった。おびただしい死者と負傷者を見たあとでは、一人の人間の死などに誰も関心を払う者はいなかった。

それは、取材のため、セスナ機で海上に飛び出したまま、ついに帰らなかった一人の男について簡単に記されていた。

あの、東北の恐山、さわやかな風わたる夜にはじまって、一つの特種を追い続けてきた精悍な一人の男の、それがとむらいの記事であった。

崩れ落ちたビルの残骸が岩壁を埋めつくしている焼跡の一角に立って、三川も邦子も黙って汚れた海を見ていた。しばらくして邦子が云った。

「三川さん、どうしてあんなものが現れてきたんでしょう?」

「ぼくは、日本海溝に棄てた原子力発電所の放射能灰のせいだと思う。灰を入れた鉛の箱がこれるかどうかして、その周囲の海水が汚染され、それが今深海底流でしだいに拡散しているんじゃないかと思う」

「じゃ、また、出てくるかしら？」

「さあ、何とも云えない」

「どうしてあの、おしんさんはこんなことになるのがわかっていたのかしら？」

「世の中にはほんとうに未来を予知できる人がいるんだろうね。おしんさんも、その一人だったんだろう」

「村上さんも、とうとうあのおしんさんのこと、記事にしなかったわね」

「すべてが終ってから、と思ったんだろうね。でも、おしんさんには、その方がよかったかもしれない。また、たくさんの人たちがおしかけて、おしん婆さんにいろいろしつっこく聞いたり、調べたりしようとするだろうからね」

「三川さんはこれからどうなさるの？」

邦子はふいに話題を変えた。

「またあの診療所へもどるよ。もしかしたら一生、あそこにいるかもしれない」

「そう」

二人はそれぞれの気持を抱いて鉛色の汚れた水面を見やった。

貨物船のウィンチの音が間断なく響き、焼跡のむこうを黄色のブルドーザーが一列になって動いていった。

随筆篇

思い出の「マグラ！」

光瀬龍

ＳＦマガジンの編集長の福島正実さんに「東宝では『ゴジラ』の成功に気をよくし、『ゴジラ』のあとをつぐ新しいＳＦ映画を模索している。ついては、ＳＦマガジンにその原作ともなるべき作品を掲載したいから、光瀬さん、ぜひ考えてほしい」と言われて、私は頭をかかえた。『ゴジラ』という映画はたしかに面白かったたし、画期的ではあったが、私の頭の中では、しょせんこの手の映画は『キングコング』の二番煎じであり、Ｂ級どころかC級スペクタクルに過ぎないという評価を下していたから、その後塵を拝する映画の原作を書くということに、少なからぬ抵抗を感じたのであった。もう一つ、その頃、私は宇宙を舞台にした短篇の連作のようなものをほとんど毎月書いていたから、怪獣小説というのは心理的にも異和感が強かった。

だが、福島さんの要請は執拗であり、強硬だった。何か理由《わけ》がありそうだった。

ま、しょうがねえ。書くか。

で、始めてはみたものの、これが意外と難物だった。何しろ『ゴジラ』のあとを受けるのだから主人公は『ゴジラ』と同じように、あるいはそれ以上に巨大でなければならないだろう。それを考えると今さらゾウやカバでもないし、大蛇や大ミミズでもないだろう。巨大なカエルやカタツムリ（候補ではあった）も今一つ迫力を欠く。意表を衝《つ》くにはどうしたらよいだろうか？ この場合、とんでもないものであることが最大の条件だ。つまり存在するはずのないものや、あらわれるはずのないものだ。

そこで巨大な魚が陸上へ上って来たらどうなるだろうか？ という発想がわいた。と言うとまともだが、実はその時、目に入ったのが、築地の魚河岸にマグロが大量に入荷したというテレビのニュースだった。

うん。これこれ。そうときまればストーリーはたちどころに出来た。

注文通り百二十枚に仕上った。題名はまことに素直に「マグラ！」。

これはそもそも『ゴジラ』というネーミングが、ゴリラよりも強く、クジラよりも大きいという意味を持つといわれていたので、こちらもそれに従ったというわけだ。

この「マグラ！」はSFマガジンの一九六三年八月の臨時増刊号に掲載された。

東宝の新しいSF映画として、福島さんの原作になる『マタンゴ』が封切られた。『ゴジラ』とは路線を異にした、怪奇映画に近いものだったが、これはこれで面白かった。

私の「マグラ!」は〝第二席〟だったということで、原稿料とは別に賞金五万円をもらった。コンテストそのものの内容、応募数が何十本だったかとか、選考委員は誰々とか、二次、三次の選考に残った作品にはどのようなものがあったかとか、そのようなことはいっさい伝ってこなかった。もしかしたら、そんなコンテストなどなかったのかもしれない、とあとになっては思うほどだった。

私の作品を好んで読んで下さる読者からは、思った通り悪評さくさくだった。何でこんなものを書いたのか、とおおいに顰蹙《ひんしゅく》を買った。

当時、SFに求められたものは文学性であり、哲学性だった。キノコやマグロなどのグルメ性ではなかったのだ。今度、河出書房新社の《怪獣文学大全》に収録の話があった時、一瞬、ためらいの思いが胸をよぎった。若い頃同人誌に書いた習作を発見されたような気分だった。出来の悪い子は可愛いという親心が、何となく分るようなこの一作ではあります。

『ゴジラ』ざんげ

香山滋

つい先日、電車の中で小学生が二人、こんな話をしていた。

「こんどの『ゴジラ』見たかい?」

「こんどのって、どこでやってるの?」

「日比谷さ。ぼく見たんだ、凄いぞ。アンギラスも出るよ。おまけに天然色なんだ」

はて、いつのまに、どこでテクニカラー版の『ゴジラ』が作られたのかな? と、よく聞いていると、その子は、どうやらディズニーの〝ファンタジア〟を見てきての話らしい。

いつだったか、歯医者の診療控室で、古いライフのさしえを見ていた子が、とつぜん、

「ゴジラだ、ゴジラだ!」

と、さも得意そうに叫んで、付添いの母親の顔を見上げた時のことと思いあわせて、ぼくは憮然としてぶしょうひげをなでた。

子供にとって、地質学時代の大型爬虫類は、すべて『ゴジラ』か、さもなければ『アンギラス』であるらしい。

ぼくも知らないうちに、罪なことを仕出かしたものである。

十一月三日、文化の日がそろそろやってくる。去年のその日に『ゴジラ』が封切になったのだから、一周年記念というわけだが、どうも顧みてなんとなくこそばゆい。

『ゴジラ』という名称は、むろんみなさんも御承知のように、ゴリラとクジラをつきまぜて作った思い付きに過ぎなく、こんな半分ふざけたものが、よもや、こうまで普遍化されるなどとは、ぼく自身ゆめにも思っていなかったから、ぼくのあわてざまも御想像願いたい。

考えてみると、その受けた因子は、『ゴジラ』なるものが、多分に漫画的であったからであろう。

本来なら、原水爆を象徴する恐怖の姿だから、こわがってもらいたいところ、逆に近親感を生むという不思議な現象をもたらしてしまった。

『ゴジラ』が出てくると、観客は笑うのである。声を出して笑わないまでも、クスリと微苦笑するのである。

つまり、漫画的愛嬌をたたえた『ゴジラ』が可愛くおもえ、どんなに乱暴をはたらいても決して憎めないのである。

だから、その愛すべき『ゴジラ』を、手をかえ品をかえて、殺さずにおかぬ筋に対しては、逆に同情と憐憫から、反感をさえ抱かれる始末になった。

ぼくとしては、原水爆禁止運動の一助にもと、小説の形式を藉りて参加したつもりであったが、これでは全く惨敗に近い。『ゴジラ』を生かして置いては、原水爆を是認することになるし、それかといって、ぼく自身でさえ可愛くなりかけてきたものを、これでもか、これでもかと、奇妙な化学薬品で溶かしたり、なだれ責めにさせたり、今もって寝醒めはよろしくない。よろしくないどころか、屢々《しばしば》夢にうなされるのである。

だからぼくは『ゴジラの逆襲』を最後に、たとえどんなに映画会社から頼まれても、続編は絶対に書くまい、と固く決心している。

若《も》し書くとすれば、それは、原水爆の象徴としてではなく、別の意味の『ゴジラ』として生れかわらせる外には、絶対に今後姿をあらわすことはない。

そうでなければ、『ゴジラ』を、かくまでに愛してくださった人々に申しひらきが出来ないからである。

さて、『ゴジラ』を苛めた罰かどうかは知らないが、ぼくはこの一年間、寝ても覚めても『ゴジラ』にとっつかれ通しに悩まされどおしだった。

まず第一が税務署である。

「先生、あれだけの当りを取った作のギャラが、たったこれだけ、という法はないでしょう？」

映画が当ったのと、原作者の懐とは、なんのかかわりもない。ギャラの大部分は、いろんなことで酒代として雲散霧消してしまっている。

次が雑誌の編集者である。

「先生、『ゴジラ』のような怪獣の登場する小説を是非書いてください」

ぼくは苦しまぎれに、『マンモジーラ』（マンモスとゴジラの合の子）、『怪獣コング』（キング・コングの作者よ、勘弁して下さい）、『獣人ゴリオン』（ゴリラとライオンの合の子）、外、十何匹の怪物を次々に書き、とうとう肝臓を腫らして、この二カ月ほど病床に横たわった。

最後は、出るたびに、いわゆる腰巻と称する表紙の帯に、必ずレッテルが付きまとう。

曰く、『ゴジラの作者……』

それが、たとえ内容『ゴジラ』と何の関連がなくても、レッテルだけは附きまとう。

やんぬるかな。自ら蒔《ま》いた種と、いまは心静かにあきらめ、ようやく下火になりかけた昨今、ほっと安堵の胸をなでおろしている。

だからといって、ぼくは決して、『ゴジラ』よ、おまえを憎んではいない。おまえを愛しているることに変りはない。

『ゴジラ』の霊よ、安らかに北海の果てに眠れよかし。合掌

怪獣談

香山滋

過日機会があって『雪の騎士』という仏パテー映画を見た。およそ五十何年も前のジョルジュ・メリエスの作品で、その一場面にゴジラが登場したのでひどくうれしくなった。むろん形が似ているというだけではあるが、いままで映画に出て来た数多くのゴジラ的怪獣のどれにも増してゴジラそっくり、そいつが口から火炎を吐くと観客の中からクスクス笑い声が湧きあがった。それで思い出したが東宝映画『ゴジラ』が封切られたとき最初にゴジラが現われたとたん観客がドット笑い出したものである。ほんとうは息をのんで怖がってもらいたいところであるから、なんとも妙な具合であった。が、よく考えてみるとゴジラそれ自体多分にユーモラスなムードを含んでいるらしく、それが却ってゴジラを今以て人気者にしている要素でもあったであろう。作者としてはゆめゆめそんな積りはなく原水爆の脅威を形であらわした恐怖怪獣の筈であるが、こうなっては何をか言わんやである。ともかく昭和二十九年十一月三日ゴジラ第一号誕生以来、盆と正月には必ずゴジラが現われ、恐怖ではなく御愛嬌を振りまくしきたりとは相成った。泰平の世はまことにありがたきかな、である。

それはそれとして、世はまことにすさまじい怪獣ブームである。ことにテレビ界はたいへんなもので、これでもかこれでもかと新種、珍種が後を絶たない。日本ばかりではなく外国からもぞくぞく渡来しパンデモーニアム（汎悪魔会議）そこのけの盛況とはいささか恐れ入る。もちろんお茶の間怪獣のことだからちっとも怖くはない。いたってのんびり、ヨタヨタと動きまわる。場合によっては歌舞伎もどきに大見栄も切る。立廻りもやる。まことに楽しきかな、で、当分ブームはつづくであろうし、奇想天外なアイディア・モンスターがぞくぞくお目見得するであろうが、所詮は縫いぐるみ怪獣の悲しさ、いくら知恵をしぼってみたところで人間の考案するデフォルメには限界があろうし、そしてもうそろそろその限界が見えはじめて来ている。

怪獣の中で圧倒的に人気があり扱い易いのは何といっても爬虫類で、特に巨大な恐竜族が大半を占めているのは当然と言えようが、それもあまりいじり過ぎこしらえ過ぎては却ってユーモラスを通り越してカリカチュアになりかねまい。もうここらが踏んまえどころではなかろうか。

そこで縫いぐるみ怪獣と併行しながら、機械ロボットが、そろそろ人気をさらおうとする気運が生れつつある。

また昔の映画を引き合いに出すが、連続大活劇華かなりし頃に『人間タンク』なるものが現われた。縫いぐるみならぬブリキ製タンクの中にアメリカの人気手品師ハリー・ハウディニがもぐり込んで出没自在に大活躍する。他愛のないもので今だったら退屈至極で見られたものではなかろうが、それでも当時は結構楽しめた。そういうアイデアをベースに近代科学化したら大いに受けるにちがいなかろう。例えばテレビの『ロビンソン一家』のフライデーのように。話が逸れてしまったが、怪獣ブームの裏を返せば、そこに爬虫類ブームという隠然たる底流があることは見のがせない。

上野水族館のテラリウムは言わずもがな、近年になってデパートあたりで盛んに生きた爬虫類の展示会が催されるが、そのたびに超満員である。ペット・ショップも競って珍らしい爬虫類を売り出し、本屋の図鑑類刊行もにぎやかである。

その依って来る要因が何であるか、私などには理解も及ばぬことながら、単なるこわいもの見たさ、珍らしがり、とばかりではなく、なにか私たちの心に、爬虫類の持つ生物進化途上に於ける原始的なフォルムへの愛着、失われた地質時代へのほのかなノスタルジア、そうしたものが呼びかけてくるのではなかろうか。暇と金があったら、私も世界じゅうの珍らしい、美しい爬虫類を集めて身近に侍らせ、地球創成時代の夢の中でうっとりとしてみたい。

そして、それとは別に、つくりものではない怪獣、つまり伝説、民話にあらわれてくる怪獣ども——なにも爬虫類にかぎったことではなく——古事記のヤマタノオロチ、俵藤太のオオムカデ、ニーベルンゲン、アラビアン・ナイトのドラゴン、ユリシーズのセイレネスなども再認識、再検討してみたい。案外そういうクラシックなものの中から、おもいがけない〝恐怖の映像〟のヒントが発見されまいものでもなさそうだから。

科学小説

花田清輝

その文体

科学小説の見本に、武田泰淳の『「ゴジラ」の来る夜』をとりあげなければならないとは、なんという不運であろう。もしかすると、この作家もまた、ロアルド・ダールのいわゆる「偉大なる自動文章製造機」を使用しているのではあるまいか。ボタンを一つ押せば、一秒に一枚の割合で、きれいにタイプされたお好みの原稿が、さらさらとバスケットのなかへ落ちてくる、あの便利な、機械である。もしもそうだとすれば、右の小説は、八十枚だから、製造するのに約一分二十秒ぐらいかかった、ということになる。ところが、そういう小説を読んで、なんとかもっともらしいようなことをかくためには、すくなくともこちらには、その十倍か、二十倍の時間が必要だ。それでは小説家にくらべて、批評家が、あまりにもかわいそうではないか。わたしもまた、「偉大なる自動批評製造機」を欲しいとおもう。自動読書機と自動文章製造機とを結合した仕掛けである。それさえあれば、小説のばあいほど、その操作は簡単でないにしても、この時評など、せいぜい、十秒内外で、でっちあげることができるかもしれない。

そういえば、わたしには、『「ゴジラ」の来る夜』よりも「偉大なる自動文章製造機」のほうが、はるかにサイエンス・フィクションらしいような気がしないこともない。ということは、わたしが、サイエンス・フィクションの原型を十八世紀の小説に——それも、ヴォルテールの『ミクロメガス』のような小説にではなく、スウィフトの『ガリヴァ旅行記』のような小説に求めていることを意味する。げんに後者の第三部にはいっているラガードー学士院参観のくだりには、電子計算機を模してつくられたダールのものほど精密ではないが——しかし、それだけにまた、誰にでも、そくざにその原理ののみこめるような文章製造機が、ちゃんと図解いりで紹介されているのだ。なるほど、それは、まだ、ボタン一つを押せば、きれいにタイプされたお好みの原稿が、バスケットのなかへ、さらさらと落ちてくる、といったようなぐあいに、うまくはできていない。四十人の助手をつかって、四十の鉄のハンドルを、ガチャン、ガチャンとまわしながら、そのつど変化していく単語の配列を、一々、記録していかなければならないというのだから、相当、原始的である。たしかにそこには、オートメーション時代の文章製造機とマニュファクチュア時代のそれとのあいだにみいだされる相違が、歴然とあらわれているといえばいいえよう。その点では、同じ十八世紀の小説ではあるが、シラノの『月世界旅行記』のなかにあらわれている蓄音機仕掛けの書物などのほうが、今日のテイプ・レコーダーやシンクロ・リーダーに、ヨリ近いシロモノかもしれない。しかし、正直なところ、そんなことは問題ではないのだ。ダールは、スウィフトの弟子であって、でっちあげ専門の著者たちにたいする後者の諷刺が、かならずしも前者のそれよりも、単純なメカニズムをもっているとはかぎらないのである。

数年前、『第一のボタン』という未完におわったサイエンス・フィクションをかき、水爆投下のボタンを押した人物の戦争責任をとりあげた当時まで、どうやら武田泰淳は、まだわたしと同様、「偉大なる自動文章製造機」のボタンを押すことにためらいのようなものを感じていたらしい。そのころのかれが、どの程度まで真剣に戦争責任について考えていたか疑問であるが、すくなくともかれが、そこで、表現の責任について拘泥していたことに疑問の余地はない。しかるに、この『「ゴジラ」の来る夜』という第三次大戦前夜の不安を、アレゴリカルに描こうとした作品のなかでは、かれは、戦争責任はむろんのこと、表現の責任さえ放棄し、ボタンを押したあとで、バスケットへたまっていく原稿の枚数を、ささやかな良心のカシャクさえなしに、ひややかにながめているらしいのだ。『第一のボタン』のなかに霧のようにただよっていた仏教的なニヒリズムが薄れてしまうと、水爆投下後の風景のような、惨澹たる廃墟があらわれたというわけだ。

『「ゴジラ」の来る夜』は、資本家と資本家の女秘書と労組の指導者と脱獄の上手な犯罪者と宗教家と「ゴジラ」劇に登場する女優とが、特攻隊になって、無人の病院へたてこもり、「ゴジラ」の出現を待っているところからはじまっている。ところが、籠城の第一夜、なにものかのために、まず、そのなかの宗教家が殺される。女秘書の推理によれば、これは、精神の不安をまぎらわすため、かれらの服用した「キルドルム」という睡眠剤の作用で、一同が、無意識のうちに、宗教家におそいかかった結果だというのだ。そういわれてみると、いかにもおもいあたるふしぶしがないではない。なぜなら、かれらのからだのどこかに、それぞれ、血痕が附着していたからだ。疑心暗鬼のまま、第二夜があけると、こんどはかれらに連絡にきた本部のヘリコプターの操縦士が、殺されている。原因はどうやら前回と同じらしい。そこで、これはたまらんというので、犯罪者と女優とが、ヘリコプターで脱出しようとするのであるが、その瞬間、「透明ゴジラ」がやってきて、一同、一人残らず壊滅してしまうというおはなしなのである。

わたしは、べつだん、右のおはなしが、ばかばかしいから、つまらないというのではない。ばかばかしいといってしまえば、スウィフトの『ガリヴァ旅行記』にしても、H・G・ウェルズの『宇宙戦争』にしても、サイエンス・フィクションの古典という古典は、ことごとく、ばかばかしいおはなしばかりだ。にもかかわらず、それらの古典に滋味溢れるもののあるのはなぜであろうか。一言にしていえば、すこぶる非科学的なことながら、すべてかれらが、文章の製造にあたって、手工業的な段階にとどまり、断じて「偉大なる自動文章製造機」のボタンを押さなかった点にあるのではないかとわたしはおもう。つまり、かれらは、例外なく、表現の責任をとっているのである。

といって、――だからといって、べつだん、かれらは文章にこっていたわけではない。スウィフトの文体にしても、ウェルズのそれにしても、至極、不愛想なドキュメンタリー・タッチにすぎない。コンリンズのいわゆる「微塵も芸術に負うところのない文体」なのである。スウィフトはともかく、ウェルズは、武田泰淳などよりも、はるかにサイエンスを信じていたおめでたい人物だったかもしれない。しかし、『宇宙戦争』の文体と、『「ゴジラ」の来る夜』のそれとをくらべてみると、どうもわたしには、おめでたい人物のほうが、はるかに人を食っていたような感じがしてならない。

その思想

科学者であるフランケンシュタインは、かれのつくりだした怪物によって殺される。しかし、その怪物が、はたしてこれまで考えられてきたように怪物みたいにみえるかどうかということは、はなはだ疑問であって、案外、それはフランケンシュタイン博士にそっくりかもしれないのだ。それかあらぬか、いまでは、フランケンシュタインというと、すくなくともわれわれの周囲では、怪物そのもののほうをさすばあいが多いようだ。安部公房の『人間そっくり』というテレビ・ドラマのなかで、科学小説家を訪問してくる火星人夫婦は、みたところ、その小説家といっこう変りのない人間そっくりの風貌をしているので、かれらが、かれの小説の単なる愛読者であるのか、それとも火星人だとおもいこんでいる気ちがいであるのか、あるいはまた、ホンモノの火星人であるのか、話をしているうちに、小説家自身にも、さっぱりその区別がつかなくなってしまうのであるが、そこに今日のフランケンシュタインのドラマが——無気味であればあるほど、ますます滑稽な、二十世紀のドラマがあることはいうまでもない。ということは、つまり、安部公房自身がみずからを、フランケンシュタインであるのか、怪物であるのか、そくざに決しかねているということであろう。

怪物には未来が——すくなくともフランケンシュタインよりも、未来がある。もしかすると、かれが怪物だとみられているのは、そのせいかもしれないのである。わたしは、ポール・ヴァレリーが、『テスト氏』のなかで、怪物の特性を、存続できないという点にもとめているのは、非常なまちがいであって、それは、かれがあまりにも日常的なものにだけ執着し、そういうものだけに存続の可能性が保証されているとおもいこんでいたためであろうと考える。しかるに、未来とは——もしそれが、真に未来の名に値いするような未来であるとするならば、その種の日常的なものから飛躍したところで、はじめて成立するものなのである。したがって、われわれの身辺にみいだされるいっさいの未来のにない手たちは――たとえかれらが、人間そっくりのようにみえるにしても、ヴァレリーのような保守派の眼には、逆に未来のない存在として――了解しがたい「怪物」としてうつることは、当然のことというほかはないのだ。

安部公房の力作『第四間氷期』（講談社刊）は、ヴァレリーとは反対に、革命的な立場から、二十世紀の「フランケンシュタイン」を描きだし、あくまでも怪物のがわに立って、ともすれば日常的な現実にしがみつきがちなわれわれ人間を、無慈悲に断罪しているので痛快だ。「フランケンシュタイン」というのが誤解をまねくなら、かつて『フランケンシュタイン』の作者であるマリー・シェリーがおのれの作品に、「現代のプロメテウス」という傍題をつけたのにならって、わたしは、ここに、今日の火をぬすんだものの物語があるといってもいい。そして、なにより注目しなければならない点は、すべての登場人物たちが、かれらの行動に、それぞれ、思想的な動機をもっているということだ。

最近、推理小説の領域において動機が問題にされているのは、けっこうなことであるが――しかし、科学小説の領域においても、同様のことが、さらにいっそう声を大にして、強調される必要があるのではなかろうか。もっとも、その動機なるものは、かならずしもいっぱんにいわれているように、金銭だとか、愛欲だとか、名誉だとかいったような日常的なものでなければばならないとは、いささかもわたしはおもわない。いや、むしろ、それらの動機に、むやみに拘泥することは、かえって、推理小説や科学小説を、世のつねの風俗小説に堕落させてしまうおそれがないでもないのだ。

したがって、わたしは、このさい、右のような知的な小説のジャンルにおいてなにより注目されなければならないのは、『第四間氷期』のなかで安部公房の描いているような思想的な動機であると考えるのであるが、如何なものであろう。

むろん、そのためには、作者自身が、無思想であってはなるまい。といって——だからといって、その思想を登場人物たちのくちをとおして、しゃべらせなければならないというのではない。安部公房の思想が、もっともあざやかに描きだされているくだりは、案外「序曲」と題する、その小説の冒頭の二ページかもしれないのだ。そこではかれのこれまでにたえず主張しつづけてきた終末観が——おそるべきカタクリズムにたいする予感が、信じがたいほどの波長と時速七二〇キロの速度で、深海を陸地にむかって走りつづけている海水の振動といったようなイメージで、みごとにとらえられているのである。そして、いずれは陸地という陸地を水びたしにしないではおさまらない、そのような海底のアンダーカレントに、さりげない顔つきでふれたあとで、まず、かれは、『プログラム・カード・ナムバー・1』のなかで、日常的なもののなかに頭からとっぷりとひたりきっているニセモノのフランケンシュタインと、かれのつくりだしたニセモノの怪物である予言機械とを、完膚なきまでに嘲笑する。つづいて『プログラム・カード・ナムバー・2』のなかで、はじめてかれは、ホンモノのフランケンシュタインと、かれのつくりだしたホンモノの怪物である水棲人間とを紹介し、ニセモノが、ホンモノによって断罪されていく過程を物語る。そして、そのつぎの『間奏曲』のなかで水棲人間の生態について述べ、最後の『ブループリント』のなかで、水棲人間によって統治されている未来社会のスケッチを試みている。すべての陸地が海によっておおわれてしまう以上、未来は、そのような危機の認識の上に立ったフランケンシュタインの手によってつくりだされた怪物である、水棲人間のものだ、というのが、安部公房の論理なのだ。

といったようなプロットの紹介は、あるいは、かえって、さらにいっそう読者に、この小説にたいするあやまった先入感をあたえることになるのではあるまいかと、わたしは心配だ。プロットなどは問題ではない。ひとはここから、われわれの周囲に無数に存在するユートピアンのむれにたいする安部公房のはげしい嫌悪を、ただちに読みとり、心をうたれないわけにはいかないであろう。しかし、はたしてかれは、フランケンシュタインであろうか。それとも、フランケンシュタインのつくった怪物であろうか。怪物のイメージを水棲人間のイメージに――というよりも、「ウォーター・ベビイ」のイメージに、といったほうが、わたしには感じが出るが――立派に転化してしまった手腕は高く評価しないわけにはいかないが――しかし、できればその「ウォーター・ベビイ」たちを、外がわからではなく、内がわから、描いて欲しかったとわたしはおもう。

その限界

たとえばつぎのような文章がある。「その大きな楓は、昔から庭の隅にあって、私の少年時代、夢想の対象となっていた樹木である。それが、この春久し振りに郷里の家に帰って暮すようになってからは、どうも、もう昔のような潤いのある姿が、この樹木からさえ汲みとれないのを、つくづく私は奇異に思っていた。不思議なのは、この郷里全体が、やわらかい自然の調子を喪って、何か残酷な無機物の集合のように感じられることであった。私は庭に面した座敷に這入って行くたびに、『アッシャ家の崩壊』という言葉がひとりでに浮んでいた。」

原爆の犠牲者原民喜の『夏の花』の一節である。被爆後、その大きな楓は、ポックリと折れまがってしまう。不幸にして、かれの予感は適中した。そして、その楓の無惨なすがたをみて以来、かれは、かれのいわゆる「夢想の対象」を、ことごとく喪失してしまうのだ。そんなことを考えると、第三次大戦後、オーストラリアだけが被爆をまぬがれた唯一の土地であるという仮定の上に立って、メルボルンの市民たちにおそいかかる放射能による死の恐怖を描いたネヴィル・シュートの未来小説『渚にて』は、多少われわれ日本人にとっては、そらぞらしい気がしないこともない。なぜなら、そのアメリカの作家の眼に未来のすがたとみえるものが、われわれにとっては、もはや過去のすがたであり、進行形現在のすがたであるからである。楓でもいい。女の肉体でもいい。スポーツ・カーでもいい。一瞬、青い火が、天の一角でパッとひらめくや否や、われわれの夢を惜しまなかったそれらの対象が、つぎの瞬間、突然、むごたらしく変貌してしまうということを、すでにわれわれは骨身に徹して知っているのである。

それかあらぬか、シュートの第三次大戦にたいする空想力もまた、わたしには、いささか貧弱すぎるような気がしてならない。なんでも最初、どこかの小国の飛行機が――たしかアルバニアだとかいてあったと思うが、いきなり、ナポリあたりにウラニウム爆弾を落し、それがキッカケになって、大国や小国が連鎖反応をおこして、それぞれの仮装敵国に攻撃を加え、あっという間に北半球の人間が、一人残らず死にたえてしまうことになっていたようであるが、このくらい、ばかばかしいはなしはない。アメリカではどうだか知らないが、それほど、現在の国際的平和勢力を過小評価してもいいものであろうか。第二次大戦のばあいと同様、ウラニウム爆弾の投下を命じた人間たちが、その後も、そのままの状態で、支配階級でありつづけることができると考えているとすれば、それは、あまりにも虫がよすぎるというほかはあるまい。かれらは、そくざに自国の人民の手で裁かれてしまうにちがいないのだ。しかるに、シュートには、すこしもそういった革命のイメージがない。したがって、北半球の人間はすべて絶滅しているにもかかわらず、アメリカ海軍の唯一の残存勢力である原子力潜水艦の乗組員たちは、あくまで艦長の命令にたいして柔順であり、メルボルンの市民たちのあいだにも、不穏な空気は、いささかもみとめられないのである。つまり、一言にしていえば、そこには、やがて南半球に到来するであろう放射能のために、心ならずも人びとの手ばなしてしまわなければならない「愚劣なる日常」にたいする哀惜の念がみなぎっているのだ。

スタンリー・クレイマーの監督した『渚にて』という映画は、以上のような原作の精神を忠実に生かしている。なるほど、放射能を浴びた経験のないアメリカ人にとっては、二、三箇月さきには、否応なしに死ななければならない赤ん坊のために、心をこめてミルクをつくっている、アンソニー・パーキンスの扮した若い父親のすがたが感動的かもしれない。ガソリンの欠乏のため、ポトフォリオをかかえ、自動車のかわりに馬にのって出勤している人びとの多いメルボルンの街頭風景がユーモラスかもしれない。さらにまた、グレゴリー・ペックの扮した潜水艦の艦長につきまとって、束の間の恋愛にわが身を賭けている、エヴァ・ガードナーの扮した年増女のすがたがいたましいかもしれない。いや、それよりも北半球における放射能の量を測定にいった潜水艦の潜望鏡にうつる、死の灰をかぶって、無人の街と化し去ったサンフランシスコやサンディエゴのすがたが、もっともショッキングかもしれない。しかし、われわれ日本人にとっては、こういう映画よりも、『第五福竜丸』のような作品のほうが、はるかに切実なひびきを持つ。なぜなら、くりかえしていうまでもなく、アメリカ人にとって未来のすがたとみえるものが、われわれにとっては、もはや過去のすがたであり、進行形現在のすがたであるからである。はじめに原爆を落し、その後もそれに関する実験をつづけ、無数の被害者を出しておきながら、いまさら、なにをしらじらしいことをいうか、といったような奇妙な感想さえ、うかんでこないわけではない。

しかし、まあ、それはともかくとして、芸術プロパーの観点からみても、わたしには、右の映画が、あまりにも常識的なような気がしてならなかった。そこでは、日常的な現実が、原民喜のいうような「やわらかい自然の調子を喪った、何か残酷な無機物の集合のようなもの」としてとらえられているわけでもなければ、あるいはまた、サルトルのいうような「ヴェールを剝ぎとられた、怪物じみたやわらかい無秩序のかたまり——おそろしく淫猥な裸形のかたまり」としてとらえられているわけでもないのだ。クレイマーは、ひたすら日常性の軌道を踏みはずすことの恐怖を強調しているだけだ。おもうに、かれは、かつてモンテーニュの簡潔に定義したような市民生活を——「空気を呼吸し、葡萄酒をのみ、女房と眠り、メロンを食う」といったような生活を、この上もなく貴重なものだと信じているのであろう。そこで、空気が汚染された結果、せっかく穴蔵へ貯えておいた葡萄酒をのみつくすことができず、女房との仲に終止符をうたれ、メロンもまた、ほったらかしてしまわなければならなくなることを、なによりもおそれているのにちがいない。むろん、わたしは、平和運動に反対するものではないが——しかし、それをささえているシュート＝クレイマー風の現状維持的な精神には、しばしば、あきたりないおもいをさせられる。戦争をふせぐためには、現状を変革する精神が不可欠なのだ。

しかし、それにしても『渚にて』の登場人物たちは、なんという凡庸な連中であろう。いや、なんという礼儀正しい連中であろう。もうすぐこの世のおわりがくるというのに、お互いにとりみだしたところをみせまいとつとめながら、せっせと葡萄酒をのんでみたり、退屈な恋愛に精をだしてみたり、スポーツ・カーをすっとばしてみたりしているにすぎない。かれらにくらべると、映画のおわりのほうで、ちらりとすがたをみせる、「兄弟よ、まだ遅くはない」とかいた旗のもとで、熱狂的な態度で説教を試みている救世軍のむれのほうが、まだしも非凡かもしれない。

東山魁夷×三島由紀夫「知友交歓」(往復書簡)より

怪奇空想映画療法

東山魁夷

三島さん

先日はお目出とうございました。その後、あなたの日記(新潮)を拝読して、お元気の御様子をなによりに思っています。

前からあなたのお作品はよく読んでいましたが、私の親しい杉山さんのお嬢さんと結婚されてから、いっそう親しみを感じているのです。ここではあらたまったお話をしたいのではありません。あなたとあらたまった話をしてはやりきれません。私達が多くの絵の具を用意しているように、あなたは言葉というものを沢山持っていて、それを絢爛としたものにされる。私は言葉を億劫なものに感じていて、あなたの最近の日記等を読むと圧倒されてしまうのです。じつに豊富な色彩が、的確なコムポジションで緊密に配置されているのを見るようです。その緊密さが私を感心させるといえば、あなたは絵描きなんて感覚だけで生きていて、頭の中は空っぽだと思われるでしょう。

その頭脳明晰なあなたが、新婚旅行中の京都で「獣人ゴリラ」を見ようと思ったり、「美女と液体人間」だとか宇宙ものがお好きな話を聞いて、私は嬉しくなりました。本当にあなたはこういう映画がお好きですか。じつは私は少年の頃から大好きで、今になってもけっこう楽しめるのです。写生旅行の途中、そんな映画の看板が出ていると、つい入ってみたくなります。「ゴジラ」は京都、「アンギラス」は長野でというふうに。「ラドン」や「地球防衛軍」、その他、外国の怪奇空想映画という種類のものなど、時間が許せばよく見ています。馬鹿々々しいとは思うのですが、見ているうちに夢中になって身体を乗り出す位です。いままで、恥かしいので隠していたのですが、あなたのような人が興味を持たれるのなら、私も意を強くすることができます。

もうひとつ、あなたは乗馬やボディ・ビルや日光浴や水泳がお好きと聞いています。私も学生時代からYMCAの体育部で、年中、泳いだり体操をしたりしていました。いまでも田園コートでテニスをやったり、鷹の台の会員になっているのですが、一向に上達しなくて、その上時間的な余裕もなくなってきました。しかし、画室の隣りにチェストウエイトやバック台を備えつけ、時々バーベルを持ち上げたりしています。

私は元来弱い方でしたから、スポーツをやる人のきびきびした身体の動きが羨しかったのです。昔見た映画で、チャップリンが恋仇の綱渡りの男に対抗して、できもしない綱渡りを真剣な顔で稽古する場面がありました。私がスポーツをやったのもそんなところだったかもしれません。しかし、だんだん丈夫になって、いまでは私の顔を見ると誰でも「お元気ですね」と挨拶します。

あなたのやっておられるスポーツの数々、実力の程はいかがですか。あまり良い記録が出た噂も聞いていません。

いつかあなたは、スポーツをした時の幸福感は、仕事の邪魔になる意味のことを書いていましたが、私もじっさいそうだと思っています。いま私がやっているのは、制作の息を続けるために身体を動かして訓練している程度です。披露宴であなたの御様子を拝見して、お仕事の重圧にもかかわらず健康な清潔感を持っていられるのは、日頃の鍛錬があらわれているものと思いました。では益々お元気で良いお仕事を祈ります。奥様によろしく。

東山魁夷×三島由紀夫「知友交歓」（往復書簡）より

「子供っぽい悪趣味」讃

三島由紀夫

たのしい、そして御厚意にあふれたお手紙を、うれしく拝読いたしました。本当は、こういう場合の礼節は、異国人同士の礼節のように、相手方の表現手段で御返事するのが本当のようで、貴下が言葉のお手紙を下さいましたから、こちらは絵で御返事申すべきでしょうが、目に一丁《いってい》絵具（?）のない小生のこととて、言葉でお答えする非礼をお恕し下さい。

言葉と申せば、高等学校時代にちょっとドイツ語をかじって、さて文士になって世間へ出てみますと、日本の文壇というところはフランス文学が圧倒的に優勢で、フランス語を知らなければ人に非ずという勢い、そんななかで、ドイツ語系の方に会うと、それだけで親近感を感じるわけで、東山さんにお親しみを感じたのも、毎月「新潮」のために描いておられたあの美しい、しかも強くて単純な表紙について、毎月、東山さん御自身がドイツの諺を附しておられたのを拝見してからです。

本誌の編集部の話によりますと、東山さんと小生の共通の趣味は、空想科学映画とボディ・ビルなのだそうであります。後者については「芸術新潮」の記事で夙に知っておりましたが、前者については初耳で、いささか呆気にとられました。

小林秀雄さんが、モオツアルトの私生活のばかばかしい子供っぽさについて、見事な評論を書いておられますが、もし空想科学映画狂を子供らしい悪趣味と仮定するなら、私は大体において、実生活においても完全に「良い趣味《ボン・グウ》」を持している芸術家というやつは、眉唾物だと思っています。実生活上の「良い趣味」というやつは、ゴルフ・クラブの会員たることや、カントリー・クラブやヨット・クラブの会員たることや、ブレイザ・コートや、立派なスポーツ・カアなどを含めて、世俗の悪事に泥んこになっている市民の紳士方に任せておけばよいのでしょう。

私はその上に「空飛ぶ円盤」の信者でして、いつかも日活ホテル屋上の観測会へ、双眼鏡を持って出かけて、数時間を全く徒労に費やしました。どう考えても、空飛ぶ円盤が存在するということは、東山さんの絵や小生の小説が存在するのと同じ程度には、確実なことではないでしょうか。又もし空飛ぶ円盤の存在があやしげだというのなら、この世における絵や小説の存在もあやしげになるのではありますまいか。

昨年の外国旅行のあいだにも、眠られぬ深夜の飛行機の窓から、月に照らされた雲海のひとつの頂きが、おごそかな峯をなして聳えているのを見ていると、そのむこう側から、今にも突然、空飛ぶ円盤の緑光を発する一編隊が、あらわれて来そうな気がしました。しかし勿論いつまで待っても現われず、現われなかったことがふしぎな満足にもなりました。

話は飛びますが、先年熱中していたボクシングはあんまり過労になるのでやめ、このごろは又ボディ・ビルにかえっています。いつかバーベルのお手合せをやりましょうか？　この運動はスポーツといえるかどうかわかりませんが、その日その日のコンディションに応じて、自分で加減できる利点があります。それに、貴下もそういうお考えだと存じますが、感覚的な地獄におちこみやすい芸術家は、肉体だけでも強健に保ちたいというのが私のねがいで、肉体にまで地獄の相をあらわす必要はないのですから。では御加餐を祈りつつ筆を置きます。

収録作品初出一覧

怪獣絵物語　マンモジーラ　「漫画王」一九五四年十二月号
「ゴジラ」の来る夜　「日本」一九五九年七月号＊
発光妖精とモスラ　「週刊朝日 別冊」一九六一年一月号＊
怪奇科学小説　ラドンの誕生　「中学生の友」一九五六年十月号付録
S作品検討用台本　映画『獣人雪男』（一九五五年八月十四日公開、村田武雄脚本、本多猪四郎監督）原作／『香山滋全集 第十一巻 ペット・ショップ・R』一九九七年　三一書房
マタンゴ　「笑の泉」一九六三年八月号☆
マグラ！　「SFマガジン」一九六三年八月臨時増刊号☆
思い出の「マグラ」！　東雅夫編『怪獣文学大全』一九九八年☆
『ゴジラ』ざんげ　「机」一九五五年十二月号
怪獣談　「日本推理作家協会会報」一九六七年四月号＊
科学小説　「宝石」一九五九年七月号、九月号、「キネマ旬報」一九五九年十二月一日号☆
怪奇空想映画療法／「子供っぽい悪趣味」讃　「美術手帖」一九五八年十一月号

初出一覧の＊印の作品は「幻想文学　第三十九号」（幻想文学出版局、一九九三年）を、☆印の作品は『怪獣文学大全』（河出文庫、一九九八）を底本とした。その他の作品は初出本を底本とした。

本文表記は原則、新字体・新仮名づかいを採用した。また、適宜ルビを追加・削除した。

一部、今日の視点からみるとふさわしくない語句・表現が用いられているが、作品の時代的背景と文学的価値に鑑み、そのまま掲載することとした。

深尾徹哉氏の著作権継承者の方を探しています。お心当たりのある方は編集部までご連絡ください。

編者解説

最初にお断りしておこう。

本書は、私にとって「アンソロジスト」のデビュー作となった『怪獣文学大全』(河出文庫／一九九八年八月発行)の、待望久しい復刊である。一部の読者から熱心な復刊の御希望が寄せられ、ウェブなどでも古書価が高騰して心苦しい思いでいたのだが、このほどようやく念願を果たすことができた。再刊にあたっては、収録作の見直しを行ない面目を一新している。編者の我儘《わがまま》に付き合ってくださった平凡社ライブラリー編集部のNさんと、前任者のSさんには本当に感謝の言葉もない。

さて本書には、一九六〇年代怪獣ブームの点火役となった東宝怪獣映画の原作群、および映画にインスパイアされて生まれた文豪たちによるオマージュ的作品群のうち、主要なものを網羅している。「怪獣」と呼ばれる新たな「文化」が「子供向け」などと揶揄《やゆ》されながらも粘り強く日本文化のうちに浸透し、やがてそこから米国やアジア圏を巻き込み、大輪の花を咲かせるに至った経緯は、真に「一奇観」と称するに相応《ふさわ》しい。三島由紀夫と東山魁夷の往復書簡に顕著なごとく、その初発の時期から慧眼なる一部の作家たちは、この新たなる文化に着目／瞠目し、たゆまぬ憧憬の視線を注いできた。このささやかなアンソロジーは、それら先人たちの大いなる遺産を、後代に伝えようとする試みに他ならない。

それでは早速、個々の収録作の解説に移ろう。

香山滋（文）／深尾徹哉（絵）「怪獣絵物語　マンモジーラ」

作者みずから随筆中で明記しているとおり、「マンモス」と「ゴジラ」を融合させた命名による巨大怪獣物語で、『ゴジラ』第一作封切とほぼ同時期の一九五四年十二月一日、「漫画王」十二月号に掲載された。マンモスの牙に恐竜風の頭部というかなり強引な作画だが、ゴジラに先立つ貴重な作例の造形といえよう。作画の深尾徹哉は、この時期、多くの児童書を手がけている。

武田泰淳「「ゴジラ」の来る夜」

「ひかりごけ」を初めとする数多くの名作で知られる戦後文学の大家が残した、珍しいゴジラ小説。初出は「日本」一九五九年七月号。後出の時評で花田が手厳しいことを書いているが、これは批評家ならではの筆法で、あまり真に受けないほうがいいかも。当時の世相を窺わせる諷刺小説として上手く書けているし、そこから「神よ、あなたはゴジラ……」へ一気に駆け上る黙示録風の幕切れは江藤淳も賞賛しており、「透明ゴジラ」という時代に先駆けた着想といい、さすがである。武田には「ゴジラ」「アンギラス」など、映画の怪獣の命名にも感心する無邪気な一面があったという。

中村真一郎・福永武彦・堀田善衞「発光妖精とモスラ」

戦後文学の輝ける旗手たちが残した珍しい怪獣小説を、もう一篇。その晩年まで『女体幻想』など怪奇幻想文学に執着していた中村、『鬼』を初めとする王朝幻想譚を遺した福永、堀田にもまた『現代怪談集』一巻がある。〈マチネ・ポエティック〉を代表する三作家が、六〇年安保運動の騒乱のさなか共作したという本篇の初出は「週刊朝日 別冊」一九六一年一月号。本篇を原作とする東宝映画『モスラ』は、同年七月に封切られた。「小美人」は双子の美人姉妹歌手ザ・ピーナッツの当たり役となったが、注目すべきは、原作では二名ではなく四名とされていた点だろう。大国のエゴへの批判や核兵器廃絶への切なる思いが認められる点でも、時代に先駆けた内容であった。

黒沼健『怪奇科学小説　ラドンの誕生』表紙
「中学生の友」1956年10月号別冊付録　小学館　絵＝大日向明

黒沼健「怪奇科学小説 ラドンの誕生」

この時代、大いに気を吐いた「怪奇読物」の先覚者に、黒沼健がいた。新潮社からシリーズで刊行された怪奇実話読物は、三島由紀夫を初めとする作家たちの愛読するところとなった。東宝映画『空の大怪獣 ラドン』（一九五六年十二月封切）の公開に先立ち、雑誌「中学生の友」一九五六年十月号の別冊付録として発表された本篇は、凍結爆弾による水中でのラドン退治という結末部分こそ改変されているものの、大筋では映画版と同様である。UMA（未確認動物）小説としての無気味な味わいには、ミステリーの名訳者でもあった黒沼らしさが発揮されているといえよう。

香山滋「S作品検討用台本」（『獣人雪男』原作）

香山滋といえば「ゴジラの産みの親」という評価が圧倒的だろうが（随筆篇収録の作品を参照）、香山版『ゴジラ』の原作は他社から何度か復刻されていることもあり、本書ではあえて、よりマイナーだが魅力あふれる、知られざる怪獣小説たる本篇（「S作品」とは、すなわち「SNOWMAN」

だろう)を採った。「雪男」をめぐるリアルな伝説をベースに、冬山に潜む恐怖を描いた逸品であり、滅びゆく種族の悲哀といい、岡本綺堂の長篇『飛騨の怪談』に相通ずるところがある。

福島正実「マタンゴ」

海洋ホラーの名手として名を馳せた英国作家W・H・ホジスンの短篇「闇の声」をもとに、「SFマガジン」編集長だった作家・福島正実と星新一が共同して原案を作成した、東宝映画きっての異色作「マタンゴ」……ゴジラやモスラが東宝怪獣映画の表の顔とすれば、「ガス人間第一号」などの「変身人間」シリーズや、「フランケンシュタイン」連作などは、さしずめ裏の顔——東宝怪獣映画のダークサイドを体現する作品群といえよう。その極北に位置づけられるのが、今なおカルト的な人気を誇る(近年は「キノコ小説」として注目する向きもあるようだ)怪作「マタンゴ」である。

小松崎茂によるデザイン決定稿を見ると、マタンゴの原イメージが、原爆のキノコ雲だったことが窺われて、一驚を喫する。なるほど、それを摂取したものを否応なく異形へと変ずる茸妖の怪異には、放射能汚染の恐怖を如実に想起せしめるものがあろう。ちなみにゴジラの初期デザインにも、やはり原子雲をモチーフにしたものがあった。ゴジラとマタンゴ——東宝モンスターの中でも対照的な両者は、「核の恐怖」に懐胎された異貌の双生児なのかも知れない。

光瀬龍「マグラ！」「思い出の「マグラ！」」

一九六三年八月、「ＳＦマガジン」誌上に発表され、九八年の『怪獣文学大全』で初めて単行本収録のはこびとなった、本格怪獣小説の隠れた逸品「マグラ！」。恐山のイタコの口寄せなど、土俗的雰囲気を濃厚に漂わせながら、大怪獣と人間の白熱の攻防戦をストレートに描く東宝怪獣映画のスタイルに忠実に則った力作である。

初出時の扉に「東宝映画化」の文字が躍っていることを、私は長らく不審に思っていたのだが、『怪獣文学大全』収録にあたり、執筆の経緯を記した書き下ろしエッセイ「思い出の「マグラ！」」を作者御自身から頂戴して、疑問氷解した。さるにても、戦後派諸兄といい光瀬氏といい、草創期の東宝怪獣映画に、文壇の諸氏がかくも深く関わっていらしたとは、驚きであった。

香山滋「『ゴジラ』ざんげ」「怪獣談」

「『ゴジラ』ざんげ」は一九五五年十二月、「机」に発表。「怪獣談」は六七年四月、「日本推理作家協会会報」に発表。ゴジラの創造主・香山滋は、古生物学に造詣の深い作家で、今は失われた古代の生物たちを、こよなく愛してやまなかった。その一端は、これらのエッセイの随所からも感じ取られることと思う。ゴジラが恐怖のシンボルから、いつしか子供たちのアイドルと化していったのも、元をただせば、香山自身の古生物愛に淵源していたのかも知れないと、ふと思う。

花田清輝「科学小説」

絢爛たるレトリックと逆説の論理で、戦後の文学界に孤高の地歩を占めた名エッセイストの面目を窺わせる、犀利《さいり》な論考。「その文体」と「その思想」は、探偵小説雑誌「宝石」の一九五九年七月号および九月号に「S・F時評」として掲載された（「その限界」のみ「キネマ旬報」一九五九年十二月に掲載）。「SFマガジン」の創刊は、同年の十二月だから、してみると、本篇は日本で最初期に書かれたSF時評と言えそうである。その口開けに「「ゴジラ」の来る夜」が選ばれたのは、偶然とはいえ、「怪獣」と「日本SF」の浅からぬ関係を暗示しているかのようで、まことに興味深い。

東山魁夷「怪奇空想映画療法」

三島由紀夫「「子供っぽい悪趣味」讃」

雑誌「美術手帖」一九五八年十一月号の〈知友交歓〉（往復書簡）ページに掲載された。文壇と画壇の暁星ふたりがくつろいで語る、しかも史上最初期の（！）愉快な特撮／怪獣映画談義。ちなみに魁夷の書簡中で言及されているように、三島は同年六月に、画家・杉山寧の長女・瑤子と結婚している。

東　雅夫

二〇二五年一月

［編者］
東雅夫（ひがし・まさお）
1958年、神奈川県横須賀市生まれ。早稲田大学文学部卒業。アンソロジスト、文芸評論家。1982年から「幻想文学」、2004年から「幽」の編集長を歴任。著書に『遠野物語と怪談の時代』（角川選書、第64回日本推理作家協会賞［評論その他の部門］受賞）、『百物語の怪談史』（角川ソフィア文庫）など、編纂書に『文豪怪異小品集』シリーズ（平凡社ライブラリー）、『文豪怪談ライバルズ！』（ちくま文庫）、『文豪てのひら怪談』（ポプラ文庫）ほかがある。また近年は『怪談えほん』シリーズ（岩崎書店）、『絵本 化鳥』（中川学画、国書刊行会）など、児童書の企画監修も手がけ、ますます活躍の場を広げている。

平凡社ライブラリー 984
怪獣談《かいじゅうだん》 文豪怪獣作品集《ぶんごうかいじゅうさくひんしゅう》

発行日…………2025年3月5日　初版第1刷

著者……………武田泰淳、香山滋、光瀬龍ほか
編者……………東雅夫
発行者…………下中順平
発行所…………株式会社平凡社
〒101-0051　東京都千代田区神田神保町3-29
電話　(03)3230-6573［営業］
ホームページ　https://www.heibonsha.co.jp/
印刷・製本……株式会社東京印書館
ＤＴＰ…………平凡社制作
装幀……………中垣信夫

ISBN978-4-582-76984-5

落丁・乱丁本のお取り替えは小社読者サービス係まで
直接お送りください（送料は小社で負担いたします）。

【お問い合わせ】
本書の内容に関するお問い合わせは
弊社お問い合わせフォームをご利用ください。
https://www.heibonsha.co.jp/contact/